## Dedication

‖

*für Maria*
*und Galsan Tschinag*

# 처음 보는 유목민 여인

배수아
에세이

ㄴㄴ › ‹ ㄷㄴ

차례

## 작가의 말

━━━━━━━━━━━━━━━━━━━━━

나는 2009년 7월, 도저히 저항하지 못할 운명의 힘에 이끌려 몽골로 떠나 약 한 달간 서북부 국경 지대인 알타이와 수도인 울란바토르에서 머물렀다. 그리고 한국에 돌아온 직후, 내 느린 마음이 여전히 알타이에 거의 머물고 있는 상태로, 나는 이 글을 썼다.

　그리고 이어지는 2010년과 2011년 여름에도 나는 마리아와 함께 갈잔 치낙의 알타이―투바를 방문했다. 두번째 세번째 방문은 당연히 최초의 방문과는 좀 다른 경험이 되었고, 함께 여행한 일행들도 대부분 새로운 얼굴이었다. 나는 제대로 된 방한복과 튼튼한 신발을 챙겨갔으며 알타이 거주 내내 가장 아쉬웠던 물건인 플라스틱 대야도 준비했다. 누르하치가 이끄는 아름다운 흰말을 탔고, 몽골의 가장 서쪽에 위치한 알타이 고원 위외로운 유르테를 방문했으며, 불투명한 젖빛으로 흐르는 급류의 강을 보았다. 알타이의 한 마을에는 여행자들이 기증한 책으로 만들어진 유목민의 도서관이 있었다. 영어 불어 독일어 등 각 나라의 알타이 안내서들, 덴

마크의 탐험기, 영국의 모험소설들. 세번째 알타이 방문을 마치고 한국으로 돌아오는 비행기 안에서 나는 생각했다. 이것으로 충분하다, 나는 다시는 알타이로 가지 않으리라.

만약 내가 첫번째 여행을 마친 직후가 아니라 시간이 한참 흐른 후에 이 글을 썼다면, 아마도 그 내용과 느낌은 좀 달라졌으리라. 하지만 내 마음이 여전히 알타이의 언덕 뒤편에 머물던 시기에, 알타이 꿈과 주술에서 완전히 벗어나기 전에 이 글을 썼고, 완성된 원고를 교정 없이 편집자에게 바로 넘겼으며, 여러 가지 사정에 의해 수년 동안 편집자의 서랍에서 숨겨져 있던 원고가 절대로 출판되는 날이 오지 않기를 바라면서 나 스스로도 이 원고의 존재를 거의 잊고 있었기 때문에, 오랜 시간이 흐른 뒤에 우연히 다시 내 앞에 나타난 이 글은 순식간에 지금은 존재하지 않는 시간으로 나를 이끌었다. 내 안의 무엇인가가 전환되었다. 그리하여,

나는 아직도 여전히, 여행자들이 모두 떠나버린 알타이 언덕 뒤편에 홀로 남아 있는 마리아의 말머리장식호궁이다. 악보도 음표도 없는 선율이다. 문자 없이 저물어가는 그리움의 언어이다. 모든 일행들이 아이락에 취하고 있는 저녁, 텅 빈 유르테 안에 홀로 앉아 외부의 푸른 허공을 선회하는 한 마리 독수리를 지켜보는 나, 독수리가 지켜보는 나이다.

2015년 9월

배수아

## 나의 현상

━━━━━━━━━━━━━━━━━━━━━━━━━━━

우리 일행이 알타이에 도착한 후 처음으로 다 함께 저녁을 먹는 자리에서 갈잔은 말했다: 이것은 내가 여러분에게 드리는 진지한 당부이다. 몇 년 전 우리는 고비 사막으로 갔었다. 그때 우리 일행 중 한 명인 여든 살 난 독일 여인이 갑자기 죽는 일이 있었다. 그 상황에서 우리가 할 수 있는 선택은 많지 않았다. 전화도 없고 갑작스럽게 교통수단을 구하기도 힘든 상황에서 우리는 울란바토르의 독일대사관을 통해 독일 본국의 가족들에게 연락을 취하도록 조치해야만 했는데, 이는 결코 쉬운 일이 아니었으며 빠른 시일 안에 해결될 수 있는 일도 아니었다. 독일에서 어떤 회신이 도착할 때까지, 그래서 그들이 시신을 헬기로 실어갈 때까지 메마른 고비 사막 한가운데서 우리는 아무것도 할 수가 없었다는 뜻이다. 하루하루 시간이 흐르면서 그 여인의 몸은 점차 부패하면서 일그러졌고 마침내 우리는 그녀가 썩어가다못해, 결국 내부가 팽창해서 터져버리는 광경을 눈앞에서 지켜보고 있어야만 했다. 그러므로 이것은 내가 지금 이 자리의 여러분에게 드리는 진지한 당부이다. 유언이 될 수 있는 쪽지를 써라. 그리고 항상 몸에 지니고 다녀라. 이곳은 세계로부터 잊힌 땅이나 마찬가지인 알타이 산악 지대 깊숙한 곳이며, 그것이 언제 어디서 오게 될지, 우리는 아무도 모른다.

말을 마친 갈잔은 일행 중 유일하게 독일어-모국어자가 아닌 나를 향해 물었다. 수아, 너도 내가 한 말을 다 이해했는지?

나는 알아들었다고 고개를 끄덕였으나 과연 저 내용이 정말로 진지한 것인지, 아니면 그 여행 내내 우리를 살짝 혼란스럽게 만들게 될, 갈잔 특유의 과장과 연극적 화법의 일부인지, 그 판단은 내리지 못한 채 마음속으로 어리둥절하고 있었다. 그날은 우리가 알타이에서 보내는 첫 밤이었고, 나는 그 한가운데서 온몸과 정신을 압도하는 비현실성에 너무 깊이 사로잡혀 있었기 때문이다.

그러다 알타이 체류가 거의 끝나갈 무렵, 나는 같은 유르테유목민의 이동식 천막을 가리키는 중앙아시아 투르크족 언어이며 몽골어로는 게르라고 한다에서 살았던 아름다운 마리아가 정말로 쪽지를 써서 항상 품에 넣고 다녔다는걸 알게 되었다. 그 쪽지에는 애처로울 만큼 단정한 필체로 "내가 여기서 죽게 될 경우, 이곳 몽골에 묻히기를 원한다"라고 적혀 있었다.

하지만 그러면 누가 내 무덤을 찾아올까. 마리아는 슬프게 중얼거렸다.

내 무덤은 여기서 혼자가 되겠지. 가족들도 친구들도 모두 유럽에 있으니 그들은 이곳까지 올 수 없을 거야. 그래서 어쩌면 그들에게 잘못하고 있는 것인지도 모른다는 생각이 들었다고, 마리아는 덧붙였다.

나는 그렇게 생각하지 않는다고 말해주었다. 우리의 무덤 속에는 얼마

지나지 않아 흙 말고는 아무것도 없을 테니까. 우리는 더이상 그곳에 없는 것일 테니까. 그러므로 남아 있는 어떤 이들이 우리를 그리워하게 되더라도 그들이 반드시 무덤으로 찾아와야 할 이유는 없을 테니까.

우리는 어느 날, 초원 한가운데서 불쑥 나타난 몽골 유목민의 묘지를 지나쳐간 일이 있었다. 그것은 마치 자연의 완전한 일부로 되돌아가지 못한 어색함과 죄책감을 감추려는 듯 어딘지 불편하고 투박하며 무뚝뚝한 모습으로 거기 있었다. 유목민의 묘지는 유럽인들의 그것처럼 예쁘게 단장되어 있지는 않다고 갈잔의 아들인 갈타이가 말 위에서 말했다. 묘지는 담장으로 둘러싸였거나 문을 통과하여 들어가는 것이 아니라 아무런 거칠 것이 없는 평원 한가운데에 줄을 맞추어 누운 군인들처럼 정연하게 모여 있었는데, 사각형 땅에 커다랗고 거친 회색빛 돌들로 덮인 모양이었다. 꽃이나 천사, 우물과 물뿌리개 등의 장식품들은 없었다. 방문객을 기다리는 표정도 아니었다. 그 어떤 세속적 보살핌의 인상도 주기를 거부하는 승려들의 소리 없는 오케스트라처럼 보였던 그것.

나는 그 자리에서 마리아의 쪽지를 옮겨 적었어야 했는데 그러지 못했다. 갈잔은 내가 몽골을 떠나는 날 나에게 쪽지를 써서 갖고 다녔느냐고 물었고, 내가 아니라고 대답하자 진심으로 화를 냈다. 그제야 비로소 나는 그 말이 절대 농담이 아니었음을 알게 되었다. 그는 우리 모두에게서 몇 해 전 고비 사막에서 몸이 터져나가던 여든 살 난 여인을 보았던 것이고, 그녀와 우리와의 차이는 내 생각과는 달리, 사실상 없는 것이나 마찬가지였다. 그곳, 알타이에서는.

나는 2009년 7월, 도저히 저항하지 못할 운명의 힘에 이끌려 몽골로 떠나 약 한 달간 서북부 국경 지대인 알타이와 수도인 울란바토르에서 머물 렀다.

이것은 여행기가 아니다. 더 정확히 표현하자면 이것은 여행기라고 불 리기에는 어떤 요소가 너무 부족하거나 혹은 너무 넘치게 될 것이다. 무 엇보다도 이것은 결코 여행과 함께 시작하거나 끝나지 않는다. 나는 여행 을 떠났지만 어떤 의미에서 그것은 여행이 아니라 나로부터의 도피였으 며, 특별히 흥미진진하거나 남다른 사건이나 경험이 있었던 것도 아니었 다. 예를 들자면 2009년 여름에 내가 머물렀던 나라 몽골은 고비 사막이 나 홉스굴 등 이름난 관광지와 비일상적으로 독특하고 인상적인 자연풍 광으로 이미 많이 알려져 있지만, 내가 있었던 알타이 산맥의 아름다움은 관광객의 눈에 볼거리를 제공해주는 그런 아름다움은 아니며 사진으로 전달될 수 있는 그런 종류의 감동을 주는 곳도 아니다. 그리고 그곳에서 내가 주로 한 일은 지프를 타고 돌아다니며 매일 새로운 사람과 자연의 파 노라마를 마주하며 사진을 찍은 것이 아니라, 추위에 떨면서 유르테에 불 을 피울 야크똥을 모으는 것이었다. 종종 나는 거의 하루종일 유르테 안 에서 혼자이기도 했다. 종종 나의 말을 이해하는 사람이 한 명도 없는 순 간이 있었고, 종종 내가 그들의 말을 전혀 알아듣지 못하는 순간도 있었 다. 많은 경우 나는 내 감정과 언어 안에서 오직 혼자였다. 나는 앞으로 걸 어갔으나 스텝 황야는 그 자리에 그대로 있었고, 때로 황야가 앞으로 나 아갔으나 나는 그 자리에 그대로 있었다. 이 세상에서 여행기와 가장 먼 여행이 있다면 바로 그것이리라. 이국적 경험담이라고 하기엔 너무 빈약

**나의 현상**

하며, 길 떠나는 자로서의 멜랑콜리나 사색, 여행자의 낭만을 말하기에 당시 나는 지나치게 내성적인 상태였으며 많이 지쳐 있었다. 또한 일상에서 찾을 수 없는 어떤 진실을 길에서 발견했다고 쓰고 싶은 마음도 없을 뿐만 아니라 반드시 타인에게 들려주어야 할 만큼 감동적인 사연을 얻지도 않았다. 이 글에 앞으로 반복해서 등장하게 될 여행이란 단어는 길이나 지도, 낯선 나라, 인상 깊고 아름다운 풍광, 새로운 문물, 혹은 새로운 자신, 두근거림이나 자유, 혹은 모험이나 떠남, 대개는 돈을 지불함으로써 현대인이 얻게 되는 어떤 종류의 비일상적 체험을 의미하는 게 아니라, 아마도 단지 지극히 개인적이고 정적인 꿈, 고통의 또다른 이름으로서의 꿈, 혹은 정체불명의 그리움, 슬픔과 체념으로 가득찬 발자국, 혹은 그러한 감정의 순간에 우리를 사로잡는 은밀하고도 슬픈 몽환과 동의어에 불과할 것이다. 이해할 수 없는 말과 얼굴들로 이루어진 나의 또다른 장소로 향하는 여행이자 동시에 한때 나의 육신을 이루었을지도 모르는 돌과 쇠를 찾아가는 여행.

그것은 스스로도 전혀 기대하지 않았던 여행이었으며 불확실성으로 가득찬 출발이었고 나는 보이지 않는 칼과 쇳덩이, 맹수와 질병에 의해 쫓기는 사람처럼 떠났는데, 그곳에서 칼과 쇳덩이, 맹수와 질병을 보았고 여행의 막바지에 이르러서는 전혀 기대하지 않았던 바람, 그곳에 있음으로써만 가능했던 어떤 간절한 바람을 갖게 되었고 우연히 유르테의 문을 열고 밖으로 나갔는데, 놀랍게도 검은 몸체의 테두리가 코로나처럼 희게 반짝이는 이른 아침의 야크떼를 보면서 그 바람이 이루어지고 있다고 생각했으며 마음이 순간 알타이의 하늘 위로 솟아오르는 것처럼 느껴졌고 나는 두 손을 가슴으로 모았으며 그러다 시간이 흐르자 그 충족의 사로잡힘은 알타이 환각의 연장이었다는 것을 깨달았는데, 그것을 깨달은 이후에도 내 일부는 여전히 허공에 남아 있는 듯했으며 그리하여 돌아오기를 원하지 않았음에도 불구하고 돌아오게 되었다.

그러나 그 돌아옴은 온전한 것이 아니었다. 아름다운 마리아가 알타이에서 늘 우울하게 말하던 대로 나는 항상 여기에 있고, 그곳에 있는 건 내 육신뿐이에요, 하는 것처럼 이제 앞으로는 내가 어디에 있든지 나는 여기에 있지만 여기에 있는 건 내 현상뿐이에요, 하고 말하게 되리라는 예감.

**불현듯 '갈잔 치낙'이란 이름에 끌려**

━━━━━━━━━━━━━━━━━━━━━━━━━

이 글이 처음 시작되는 근원은 몇 년 전으로 거슬러올라가며 그때는 내가 낯선 땅으로 불현듯 여행을 떠나게 되리라고는 전혀 예상하지 못했고 일생 동안 늘 그래왔듯이 그럴 계획도 소망도 갖고 있지 않았다. 나는 내가 지금까지 스스로에게 알려진 성향이나 체질에 비추어볼 때, 운이 최고로 좋다고 해봐야 기껏 책이나 읽다가 죽으리라고 미리 짐작하고 있었다. 혹은 조금 다르게 표현하자면, 운이 최고로 좋다면 그렇게 되리라고 말이다. 아무 곳으로도 가지 않고. 이것은 항상 절룩거리기만 하던 내 젊은 시절의 신념 같은 것이었는데, 어느 날부터인가 나는 스스로를 포함하여 모든 것이 허공에서 흐느적대는 해파리처럼 정체불명이란 생각이 들기 시작했다. 신념은 방탕만큼 공허하고, 바삭거리는 종이처럼 요란할 뿐이지만, 신념을 갖지 않는 것 역시 마찬가지로 공허하리라는 생각이 들기 시작했다. 여기서의 신념은 꿈이다. 여기서의 신념은 꿈의 꿈이다. 그리하여 아무 곳으로도 가지 않음으로써 모든 곳에 있게 되리라는 꿈.

어느 날 나는 독일어로 글을 쓰는 몽골 소설가 갈잔 치낙의 작품 『귀향』을 선물받는다. 그런데 놀랍게도 갈잔 치낙은 작가일 뿐 아니라 샤먼이며, 몽골 서북부의 소수민족 투바 부족의 추장이라고 했다.

나는 그때까지 샤머니즘에 전혀 관심이 없다는 이유로―비록 그 책이 샤머니즘을 주요 테마로 하고 있지는 않았지만―『귀향』을 즉시 읽지 않고 몇 달이나 셋집의 책상 위에 놓아두고만 있었다. 당시 생각으로는 아마도 내가 영영 읽지 않게 될 많은 책 중의 하나라고 짐작하고 있었으리라.

나는 그 책의 저자가 독일어로, 그것도 문학적으로 뛰어나면서도 동시에 매우 독창적인 자신의 색채를 가진 독일어로 글을 쓸 줄 아는 아시아의 작가이기 때문에, 게다가 서구인들의 동양 신비주의를 한껏 부추기는 샤먼이자 시베리아 스텝 평원 한 귀퉁이에서 소리 없이 사라져가는 소수 부족의 추장이기 때문에 더욱 많은 주목과 과잉된 평가를 받는다는 의심에서 완전히 벗어날 수가 없었던 것이다.

그러나 지금 생각해보면 내가 가졌던 선입견은 어느 정도 기계적인 반항에 가까웠다. 어쩌면 그것은 내가 갈잔 치낙과 같은 아시아인이기 때문이었을지도 모른다. 가슴에 이집트의 상형문자가 그려진 티셔츠를 입고, 취미로는 하이쿠를 쓰며, 관심사는 달라이 라마와 티베트 불교, 욕실에는 가쓰사카 호쿠사이의 대형 판화를 걸어놓고, 세이 쇼나곤과 요시다 겐코의 글을 읽으며, 현대 한국에는 어떠한 샤머니즘적 요소가 남아 있는지 궁금해하는 독일 지식인 친구에게 "하늘을 찌르는 물질주의"―이것은 네이폴의 소설 『마법의 씨앗』에서 주인공이 자신의 조국 인도를 묘사하면서 썼던 단어이다―와 인습으로 인한 숨막힘 말고는 한국에 아무것도 없다고

**불현듯 '갈잔 치낙'이란 이름에 끌려**

━━━
우리와 함께 마테차를 나누어 마시는 갈잔 치낙.

대답하기를 좋아하는 아시아인이면서 글을 쓰는 작가이기 때문이다.

하지만 2009년 봄 인생의 어떤 사건이 있은 후 나는 『귀향』을 펼쳐들게 되었고, 그 책을 단숨에 읽어나갔다.

갈잔 치낙의 자전적 소설 『귀향』에는 매우 인상 깊은 장면이 있다. 유목민 소년 갈잔 치낙은 동독으로 유학을 가고 싶었다. 꼭 가고 싶었다. 그러기 위해서는 유학생 선발 시험에 합격해야만 했다. 시험 과목은 러시아어 작문. 소년 갈잔의 러시아어 공부는 6년 동안 일주일에 두 시간씩 학교에서 배운 것이 전부였다. 집에 돌아와서는 다른 유목민 아이들과 마찬가지로 목동 일을 거들어야 하므로 따로 공부를 할 시간은 없었다. 수업을 빠진 날도 부지기수였다. 유학생 선발 시험은 커다란 텅 빈 교실에서 이루어졌다. 시험을 치는 학생은 단둘이었다. 소박한 목동의 옷차림인 키 작은 소년 갈잔과, 양복에 넥타이까지 차려입은, 몽골인 장군 아버지와 러시아인 어머니 사이에 태어나 모스크바에서 최고위급 공산당원 자녀들이 다니는 학교를 마친, 유럽인처럼 키 큰 소년. 키 큰 소년에게 러시아어는 모국어나 마찬가지였다.

작문의 테마는 '나의 미래'였다. 두 시간의 시험 시간이 지나자 키 큰 소년은 문법적 오류는 물론이고 틀린 철자 하나 없는 깔끔한 반 페이지짜리 작문을 느긋하게 제출하고 시험장을 나갔다. 그러나 갈잔의 작문은 아직 끝나지 않았다.

그날의 시험은 처음부터 누가 승리하고 누가 패배할지가 불을 보듯 빤한 싸움이었다.

그러나 나는 기필코 이겨야만 했다. 반드시 뽑혀서 독일로 가서 공부를 해야만 했다. 그래서 나는 투쟁했다. 필사적으로 투쟁했다. 승리 말고는 오직 죽음뿐인 사람처럼 목숨을 걸고 투쟁했다. 내가 아는 백여 개 정도의 빈약한 러시아어 어휘를 이용하여 연속으로 오류를 저지르고 있음을 강하게 의식하면서도, 계속해서 쓰고 또 써나갔다. 하지만 속으로는 틀린 문법과 철자 정도는 누구나 쉽게 고칠 수 있는 단순한 오류일 뿐이라고 생각을 했다. 나는 이러한 약점을 능가하는 내 강점을 보여주고 싶었다. 내 안의 숨겨진 저력을 하늘이, 혹은 국가가, 혹은 그런 비슷한 이름을 가진 그 어떤 존재가 발견한다면 그는 나를 승자로 뽑을 수밖에 없으리라. 만일 그렇지 않다면 그건 정의가 이루어지지 못함이다. 만일 그렇지 않다면 세상의 이치가 올바르게 실현되지 못함이다.

한 장 한 장 그렇게 나는 종이를 채워나갔다. 시험 시간인 두 시간이 훌쩍 지나고 여러 번 주의와 경고를 되풀이해서 받을 때까지. 왼손으로는 내 시험지를 걷어가려는 감독관의 팔을 막는 동시에, 오른손으로는 점점 더 빠르게 글자를 써나가면서.

— 갈잔 치낙, 『귀향』 92~93쪽


그런데 예상하지 못한 일이 벌어졌다. 그가 유학생으로 선발이 된 것이다. 물론 그의 러시아어는 문법적으로 엄청나게 많은 오류가 있었으나 반드시 독일로 유학을 가서 문학을 전공하고 작가가 되고 싶다는 그의 바람이 왜 그런 소망을 갖게 되었는지가 절실하게 드러나 있었기 때문이다. 여감독관은 다음날 갈잔을 껴안고 감동의 눈물을 흘렸다. 키 큰 소년의 반페이지짜리 작문은 무오류였으며 유창하고, 내용도 교과서대로 흠 잡을데 없었다고 한다: 나는 대학에 가서 공부하고 또 공부할 것이다. 위대한지도자 레닌처럼 열심히 공부할 것이다. 그래서 조국과 당에 봉사할 것이다. 공산주의의 승리를 위해 싸우고 승리할 것이다. 전체 소비에트 인민이 그렇듯이 공산주의 안에서 행복과 환희에 넘치는 삶을 살 것이다.

다섯 명의 선발위원 중 세 명은 무오류 작문을 뽑아야 한다는 원칙에 이견이 없었다. 한 명은 결정을 내리지 못했다. 그러나 마지막 한 명, 선발위원장은, 갈잔의 작문을 선택했다. 위원장은 갈잔의 러시아어 실력이 빈약한데도 러시아어 모국어자인 경쟁 상대보다 훨씬 더 풍부한 어휘를 구사한 점, 창의적인 사고를 펼쳤다는 점을 높이 샀고, 그것으로 동료들을 설득할 수 있었던 것이다.

그것은 갈잔의 인생에서 가장 어려웠던 시험 중의 하나이며 그 승리로인해 그의 삶은 가장 중요한 변화의 길에 들어서게 되었다.


『귀향』을 읽은 후 나는 스스로 이유를 잘 알지도 못한 채 갈잔 치낙을 만나러 가야겠다는 막연한 생각을 했다. 그의 책을 한 권 읽었을 뿐이고 그를 개인적으로는 전혀 알지 못하며 그도 당연히 나를 전혀 모르고 우리는 공통의 친구도 한 명 없으며 또 그가 어디에 있는지 어떻게 그를 만날 수 있을지 구체적인 방법도 몰랐다. 하지만 작가인 그가 종종 유럽을 방문하여 낭독회를 가질 거라고 예상했으므로 독일의 낭독회 일정을 찾아보려

**불현듯 '갈잔 치낙'이란 이름에 끌려**

고 구글을 살피던 중, 매 여름마다 그가 소수의 유럽인 신청자들을 자신의 알타이―투바 땅으로 데려가고 있다는 사실을 알게 되었다.

## 투바는 소리 없이 아프다

처음 헬라 파울스에게 메일을 쓸 때만 해도 나는 멍하거나 혹은 극도로 혼란스러웠고 어느 방향으로든 아무런 확신이 없는 상태였다. 베를린에 있는 헬라는 갈잔 치낙의 알타이 여행에 동행하기를 원하는 신청자들을 위해 유럽에서 실질적인 일을 대행해주는 사람이었으므로 나도 일단은 그녀에게 연락을 취해야만 했다. 갈잔 치낙의 독일 낭독회를 방문하려던 계획이 갑자기 단 한 번도 생각해보지 못한 몽골 알타이 여행으로 바뀌었다. 그런데 알타이는 베를린이나 파리 등과는 매우 다른 여행지라는 생각이 들면서 왜 다른 곳도 아닌 하필이면 알타이로 가야 하는지 스스로에게 여러 번 물어보았으나 아무런 대답을 얻지 못했을 뿐만 아니라 내가 과연 알타이로 가기를 원하는지 아닌지에 대한 것도 마찬가지였다. 사실은 그렇게 자신에게 물어보는 행위를 정말로 한 것인지도 의심스럽다. 내가 보낸 첫번째 메일에 헬라 파울스는 친절하고 다정한 답장을 보내주었는데 거기에는 올해인 2009년 여름 알타이 여행은 이미 작년 12월에 인원이 모두 찼다고 적혀 있었기 때문이다. 그럴 가능성을 전혀 예상하지 못했으므로 갑자기 당황한 나는 앞뒤 생각할 겨를도 없이 허겁지겁 다시 사정하는 장문의 메일을 보내서 나는 반드시 알타이로 가야만 하고, 그것도 반드시 투바 유목민 갈잔 치낙에게 가야 하며, 그 이유는 갈잔의 책을 읽고 깊은 인상을 받았고, 그가 자신의 부족을 이끌고 들어갔던 조상의 땅 그곳 알타이 여행에 관해 글을 쓰고 싶어서라고 전혀 계획에도 없었던 명분까지 즉흥적으로 만들어버렸다.

내 통장은 거의 비어 있었고, 사야 할 물건은 엄청나게 많아 보였으며, 그 와중에 베를린의 헬라와 여러 번 메일을 교환해야 했고, 떠나기 전에 계간지에 실을 단편소설도 하나 미리 완성해서 넘겨주어야 한데다가, 어쩌면 이것이 가장 중요한 일이기도 했는데, 나에게는 결코 만만치 않은 액수인 여행 자금도 구해야 했다. 그러므로 차분히 앉아서 과연 나는 알타이에 가기를 원하는가, 왜 하필이면 반드시 알타이인가, 그것이 나에게 어떤 의미가 될 수 있을까, 하고 생각할 여유라고는 전혀 없었으며, 그런 일은 하지도 않았고 할 수도 없었을 뿐만 아니라, 정신을 차리고 보니 어느 날 나는 새로 산 겨울용 슬리핑백과 두꺼운 단열 매트와 등산용 배낭과 커다란 숄더백으로 이루어진 산더미 같은 짐을 끌며 울란바토르행 비행기에 허겁지겁—공항에 너무 늦게 도착하는 바람에—몸을 싣고 있었다고 말하는 편이 사실에 가까울 것이다.

그때까지 알타이란 이름은 나에게 '말머리장식호궁마두금' 혹은 '목구멍노래'란 단어처럼 낯설기만 했으며, 지도를 펼쳐보기 전까지는 지구의 어느 고독한 국경 모퉁이에 자리잡고 있는지 정확히 알지도 못했다. 그곳이 어디란 말인가. 중국인가 러시아인가 몽골인가 아니면 바빌론인가 샹 그릴라인가. 그리고 투바Tuwa라는 지명은 흔히 러시아에 속한 시베리아 의 투바 자치공화국으로만 알려져 있는 것이 보통이므로, 몽골의 투바 부 족에 관해서는 한글이든 독일어든 극히 미미한 정보밖에 찾을 수 없었다. 정확히 말하자면 인터넷에서 스위스의 민속학자인 아멜리에 솅크가 쓴 「투바는 소리 없이 아프다」라는 짧은 글을 찾은 것이 거의 전부였다.

2001년 쓰인 그것은, 몽골 정부로부터 잊힌 땅 투바의 유목민들이 참혹할 정도로 혹독한 겨울을 두 해나 겪었다는 문장으로 시작한다. 말들은 선 채로 동사하고 야크의 뿔조차 얼어버리는 지독한 겨울, 뿐만 아니라 매년 이어진 가뭄과 혹한으로 목초지는 나날이 줄어들고, 그로 인해 가축들은 죽어가며 매년 기후는 점점 나빠지고 시장 경제를 휘어잡는 세계화의 위력은 점점 강해지는데, 자신들의 땅에서 소수로 전락한 투바 유목민들은 심지어 국제적십자와 같은 외부의 도움으로부터도 소외되기 일쑤이며—그들이 속한 행정구역의 책임자는 백여 년 전 투바인의 땅인 그곳 몽골 알타이로 들어와 살기 시작했고 지금은 정차경제적으로 우위를 차지하고 있으며 수적으로도 다수인 카자흐족 출신 정치가이며, 따라서 구호물자 분배에서도 투바인들은 뒤로 처진다고 한다—그들 유목민은 아마도 자유를 가진 이 지구상 마지막 인류에 속할 터인데(여기서 '자유'라는 단어가 나에게 얼마나 의미심장하게 다가오는지), 그 대가로 너무 큰 희생을 치르고 있으니 그들을 도울 수 있게 음식과 따뜻한 옷, 신발과 난방 연료 등을 자신들의 단체에 직접 보내달라는, 유럽인을 향한 호소의 글이었다.

여행을 떠나기 전 만난 사람들은 나에게 왜 하필이면 인도도 네팔도 아

닌, 그렇다고 실크로드나 고비 사막도 아닌 알타이로 가느냐, 원래 몽골
이란 나라에 특별한 관심이 있었느냐고 물었으며, 그럴 때마다 나는 몽골
에 대해서 아는 것은 아무것도 없고, 바로 몇 달 전만 해도 몽골은 내가 죽
을 때까지 단 한 번도 발을 디디지 않을 가능성이 가장 높은 나라 중의 하
나였다고, 그렇게 대답할 수밖에 없었다. 내가 지금 그곳으로 가는 이유
는 오직 거기 갈잔이 있기 때문이라고. 그렇다면 사람들은 당연히 그 갈
잔이란 사람이 도대체 누구인데 그를 만나러 멀리 여행까지 간단 말인가?
하고 묻게 되는데, 이 질문에 나도 아직은 잘 모른다고 대답하면서 다음
과 같은 설명을 덧붙이는 식이었다. 갈잔이 누구인지 아직은 나도 한마디
로 말할 수가 없다. 독일어로 글을 쓰는 몽골 작가로 알려진 그의 책을 한
권 읽기는 했지만 나는 그를 개인적으로 알지도 못하고 본 적도 없으며,
이번 여행으로 그와 직접 서신 교환을 한 것도 아니고, 단지 베를린에 있
는 그의 여행 담당자와 메일을 몇 번 주고받은 것이 전부인데, 그러므로
당연히 갈잔은 내가 누구인지도 모르고, 한국에서 오는 한 명의 여행자가
이번 알타이 여정에 동행하게 된다는 소식을 울란바토르에 있다는 그가
들었는지 어떤지, 그 사실도 나는 아직 모른다고. 나는 오직 베를린에 있
는 여행 담당자 헬라 파울스하고만 이메일로 연락을 취했는데, 하지만 내
가 그녀를 개인적으로 아는 것도 아니고, 단지 이메일로 내 소개를 한 정
도이며, 정작 그녀 자신은 알타이로 가지도 않으니, 그러므로 나는 울란
바토르에 도착한 다음에야 그들을 만나게 될 것이라고. 그러면 사람들은
호기심을 가지고 다시 물었다. 네가 말하는 '그들'이 누구냐고. 그러면 나
는 그것도 나는 아직 모른다, 내가 헬라 파울스에게 들은 바에 의하면 울

란바토르 공항에 내리면 누군가 나를 마중 나와 있을 것이고, 아마도 갈잔의 가족이거나 여행 관련자일 터인데, 그것이 그들이 될 거라고, 그때 나는 그들에게 여행 경비를 현찰로, 그것도 몽골 화폐인 투그렉이 아니라 유럽 통화인 유로로 건네기로 되어 있다고 대답하면 사람들은 나에게 정말로 혼자서 가는 것이냐고 진지하게 물었고, 그렇다는 말을 들은 다음에는 예외 없이 매우 의심스럽거나 걱정스러운 표정을 지어 보이곤 했다.

헬라 파울스는 알타이 여행을 위한 자세한 안내를 보내왔는데 그것을 보는 순간 나는 이번 여행이 내가 생각했던 것보다 더욱 많은 경비가 들 것임을 예상할 수 있었다. 헬라의 안내문에 들어 있는 필수 준비 항목에는 내가 가지고 있는 물건이 거의 없었기 때문이다. 안내문은 이미 지난해 12월에 작성된 것이었다.

2008년 12월 베를린.

이제 내년 여행을 함께할 멤버들이 모두 정해졌습니다. 그래서 여러분들을 위해서 간단한 주의 사항 정도의 안내문을 만들어보았습니다. 개별적으로 질문을 해오는 사람들도 몇 명 있었고, 또 여행에 대한 기대 때문에 한창 들떠 있을 기분을 차분하게 가라앉히는 데도 도움이 될 것 같아서입니다. 이미 여러분에게 미리 알려드린 내용까지 전부 포함해서 안내문을 작성했으니 참고하세요.

**여행 기간:** 2009년 7월 14일~8월 4일.

**여행 가방:** 울란바토르에서 욀기에까지의 몽골 국내선 구간은 수하물 10킬로, 기내 반입은 5킬로까지만 허용된다. 만일 중량을 초과할 경우 킬

로당 2 내지 3유로의 추가 부담을 물어야 한다.

**알타이에서의 거주지:** 여러분들은 여행 기간 동안 두 군데의 아일몇 채의 유르테가 함께 모여 있는 유목민 거주지를 아일이라고 한다에서 머물게 된다. 처음에는 아래쪽 아일에서 머물다가 기간이 반 정도 지나면 말을 타고 4시간가량 올라가야 하는 위쪽 아일로 이동한다. 여러분이 살게 되는 아일은 대략 해발 2천에서 3천 미터 정도 지대에 있다. 여러분은 유르테 안에서 거주하게 되는데, 날씨가 따뜻한 경우라면 야외에서 잠을 잘 수도 있다. 유르테는 목재 골격 위에 천을 덮은 간단한 형태인데 보통 한 유르테 안에 5 내지 6명의 사람들이 거주하게 된다. 반드시 잊지 말아야 할 것은, 겨울용 슬리핑백이 필수라는 점이다. 모든 유르테 안에는 난로가 하나씩 설치된다. 밤에는 난로에 불을 피워야 하는데 날씨가 추울 경우는 낮에도 피워야 한다. 불을 피우기 위해서 필요한 야크똥은 여러분이 직접 모아야 한다. 유목 생활에 있어서 청결이나 위생의 기준은 도시와는 다르다. 몸을 씻기 위해서는 야외에서 쓸 대야 하나만 있으면 되고 여러분을 위해서 푸세식 화장실을 특별히 설치해줄 것이다. 하지만 대개는 스텝 초원에서 볼일을 보는 편이 간단하다.

**알타이의 기후:** 몽골은 대륙성 기후이다. 즉 밤낮의 기온차, 계절에 따른 기온차가 크다는 뜻이다. 그러므로 이른 아침에는 서리가 내리지만 한낮에는 호수에서 수영을 할 수도 있는 그런 기후이다.

### 7월의 알타이 고지대(해발 2500미터) 기온 분포

**낮:** 영상 10도에서 25도(영상 5도까지 내려갈 수도 있음).

**밤:** 영상 5도에서 15도(영하 5도까지 내려갈 수도 있는데 드물게는 영하 10

도를 기록하기도 함).

스텝 초원은 거의 항상 거센 바람이 불게 되는데 어느 방향에서 바람이 불어오느냐에 따라서 공기가 매우 쌀쌀해질 수도 있다. 스텝 초원은 비가 거의 내리지 않지만 그래도 7월은 강수량이 가장 많은 달에 속한다. 그러므로 7월의 알타이는 유럽과 마찬가지로 비가 내리는가 하면 태양이 따갑게 내리쬐고, 그렇지 않으면 가을 날씨처럼 선선한 날들이 이어지기도 한다. 때로는 눈이나 우박이 내리는 경우도 있다.

**야외 활동:** 말을 타고 아일 근처를 돌아다니면서 주변 풍경을 돌아볼 기회가 있다. 설사 말을 탈 줄 모른다 해도 비교적 쉽게 배울 수가 있다. 몽골의 말은 체구가 작고 온순한 편이므로 간단한 몇 마디의 명령법만 알면 말을 몰 수가 있다. 그리고 항상 유목민 말몰이꾼들이 동행을 하게 되니 누구든지 자신이 없거나 불안하면 그들에게 도움을 청할 수 있다.

**참고 서적:** 이번 알타이 여행에 관해 사전 지식을 얻고자 원하면 다음과 같은 책을 읽어보면 도움이 될 것이다.

—갈잔 치낙의 책들.

—실비아 디 나탈레『쿠라이』: 11세의 나이에 전후 독일로 이민 온 유목민 출신 소녀의 이야기를 다룬 매우 흥미로운 소설. 오늘날까지 이어지는 투르크족과 몽골 민족 간의 갈등의 역사가 배경으로 등장하여 우리들의 현대사까지도 다시 돌아보게 만든다.

—아멜리에 쉥크『몽골』: 몽골의 역사와 문화, 그리고 현재의 상황에 대한 보고서.

—몽골 지도 1:2500000: 필수적인 건 아니지만 몽골 땅을 가로질러 비

행할 때 참고한다면 도움이 될 것이다.

　**준비물:** 알타이의 기후는 극도로 건조하며(땀이 거의 나지 않음) 공기는 놀랄 만큼 깨끗하다(예를 들자면 셔츠의 목 부분이 거의 더러워지지 않음). 그러므로 갈아입을 속옷을 평상시를 기준으로 준비해갈 필요는 없다. 작년에 갔던 일행은 너무 옷을 적게 가져가서 문제가 될 정도였다. 작년 알타이의 여름은 아주 싸늘했었다. 스텝 초원에서의 삶은 도시에서보다 기후나 날씨에 더욱 많이 노출된다는 점을 염두에 두자. 다음은 여러분들에게 반드시 준비하라고 권하고 싶은 필수 품목들이다.

　긴 내복 아래위.

　방풍 방수 재킷.

　방수 바지.

　울 스웨터.

　방한복/방한모자.

　목욕용품.

　트래킹화 등의 튼튼한 신발(스텝 초원은 돌과 바위가 많으며, 말을 타기 위해서도 필요하다).

　햇빛을 가리는 챙모자/야구모자/선크림!!!!/선글라스.

　겨울용 슬리핑백!!!

　단열 매트리스.

　보온병.

　라이터/성냥.

　손전등.

양초.

그리고 만약 가능하다면 승마용 부츠나 음악을 연주할 수 있는 악기, 망원경을 가져오면 도움이 된다.

간식거리(초콜릿, 비스킷, 말린 과일, 견과류……).

간단한 의약품(설사약, 진통제, 변비약 등. 특히 채식주의자일 경우 셀룰로오스가 함유된 약품을 강력 권장함).

120리터 정도의 대형 비닐봉지(갑자기 비가 쏟아질 경우 등에 유용함).

모든 소지품, 특히 슬리핑백은 방수에 유념하여 단단히 꾸릴 것.

**선물:** 갈잔의 부족들은 여러분을 자신들의 유르테에 자주 초대하게 될 것이다. 그럴 때면 간단한 선물을 가져가는 것이 보통이다. 그래서 여러분이 참고로 하라고 가능한 선물 리스트를 만들어보았다. 어디까지나 참고 사항이고 또한 유목민들에게 실용적인 것 위주로 작성한 것이다. 그러나 상징적인 선물이나 다정한 몸짓 등도 유목민들에게 기쁘게 다가갈 것이다.

손전등.

행주/수건/걸레.

고성능 망원경은 아주 훌륭한 선물이다.

주머니칼.

톱니가 없는 긴 주방용 칼.

과도.

모직류를 꿰맬 때 쓰는 튼튼한 바늘.

거울용 털모자(투바인들은 원색을 좋아한다).

**투바는 소리 없이 아프다**

내열 재료로 된 큰 국자.

끌이나 톱, 망치, 작은 손도끼, 삽.

모든 종류의 가위.

셔츠, 블라우스, 모자, 아동용 의류(새것이 아니라도 상관없음), 속옷.

아기용 의류(새것).

의약품(진통제, 기침약!!!, 관절통, 연고, 항생제).

화장품/메이크업류.

현찰도 훌륭한 선물이 된다.

사탕, 과자, 웨하스, 홍차나 녹차.

이렇게 생각나는 모든 것을 적어보았습니다. 혹시 내가 빠뜨린 것이 있다면 알려주기 바랍니다.

그러면 즐거운 여행 준비를 바라며.

—헬라


사실 나는 헬라의 상세한 조언을 말 그대로 전부다 진지하게 받아들이지는 않았다. 우선 아무리 시베리아와 접경 지대라고는 하나 한여름인 7월에 그토록 혹독한 기후가 펼쳐질 거라고는 도저히 상상할 수가 없었기 때문이다. 나는 단 한 번도 텐트에서 잠을 자본 적이 없고 스텝 초원에 발을 디뎌본 적도 없었다. 그때까지 캠핑이나 야외 활동의 경험도 없었다. 그래서 내복이니 털 스웨터니 영하 5도니 하는 말을 독일식의 지나친 조심스러움으로 인한 과장으로 받아들였다. 나 자신은 한국에서 7월의 숨 막히는 무더위에 시달리는 중이었으므로 도저히 실감이 나지 않았던 것이다. 게다가 몽골 국내선에서 10킬로의 수하물만을 부칠 수 있다고 하므로 최대한 짐의 무게를 줄여야 할 필요도 있어 보였다. 단지 겨울용 슬리핑백만은 단단히 챙겨가야겠다고, 밤이면 추울지도 모르니까 그거라면 충분할 거라고 생각했는데 이것은 큰 실수였음이 나중에 밝혀진다. 여행 기간 내내 나는 비에 젖고 추위에 떨었으며, 방수 의류는커녕 제대로 된 바지도 없이 여름 치마 한 벌로 끝까지 버텨야 했고, 게다가 챙 달린 모자도 쓰지 못한 바람에 알타이의 찌르는 듯이 강렬한 햇볕에 절망적으로 타고 말았다.

## 울란바토르

울란바토르 공항은 내게 무엇보다도 흐릿한 어두움으로 기억된다. 사람들이 모두 빠져나가고 조명이 꺼진 극장의 통로같이 피곤하게 가라앉은 어두움. 내가 탄 비행기가 그곳에 도착한 시각은 밤 열한시 정도였는데, 반드시 그 때문만은 아니다. 국제공항치고는 생각보다 규모가 작았으며—나는 마치 세상의 모든 국제공항을 알고 있는 듯이 말한다—무엇보다도 가라앉은 먹물처럼 어둑한 그늘이, 깜깜한 바깥으로부터 침범해 들어온 압도적인 농도의 무겁고 짙은 그늘이 공항 내부에 드리워진 느낌이었다.

음울이라고 하기엔 너무나 태연자약하고 우수라고 하기엔 너무나 건조한, 햇빛에 진하게 그을린 듯한 어떤 늙은 얼굴을 연상시키는 무표정한 어둠. 흐릿한 전등불 아래서 피곤하고 무심한 표정을 짓는 어둠. 울란바토르 공항에서 수하물을 찾고 난 사람은 드디어 전혀 알지 못하는 낯선 도시에 도착했다는 생각으로 반쯤은 불안해하며 걸음을 옮기게 되는데, 입국장

통로가 터무니없이 짧기 때문에 갑작스럽게 어떤 문을 통과하게 되고, 그 문은 입국장과 홀을 연결하는 게이트이므로 아무런 마음의 준비가 되어 있지 않은 상태에서 그야말로 불쑥, 희미한 불빛이 비치는 좁다란 홀을 가득 채운 채 기다림으로 눈을 반짝이면서 게이트를 통과해 나오는 한 사람 한 사람을 지켜보는 수많은 얼굴들을, 그것도 아주 가까이서 맞닥뜨리게 된다.

나는 거기서, 게이트를 통과하자마자 바로 오른쪽에서, 내 이름이 똑똑히 적힌 종이를 들고 있는 키 큰 몽골 남자를 발견했다. 울란바토르 공항의 독특하고 이국적인 어둠 탓인지 나는 그의 키가 무척이나 크며, 놀랄 만큼 크며, 검고 윤기 나는 머리칼은 물에 젖은 독수리 깃털처럼 흠 하나 없이 완벽하게 진하고, 까맣게 반짝거리는 눈매는 젊고 날렵한 매를 연상시킨다고 생각했다. 그가 들고 있는 내 이름은, 내게서 시작된 이 비현실의 몽롱한 여행이 세계의 어떤 측면에서는 낯선 이들에 의해서 실제로, 그야말로 실제로 진행이 되고 있었구나 하는 기묘한 느낌을 불러일으켰다. 내 이름이 나를 기다리고 있었다, 울란바토르 공항에서, 그가 들고 있는 종이 위에.

나를 마중 나온 이는 갈잔 치낙의 세번째 아들이자 갈잔의 뒤를 이어 몽골 투바의 부족장이 될 갈타이 갈잔몽골에서는 아버지의 이름이 아들의 성이 되는 식으로 이름이 지어진다. 아버지의 이름이 소유격이 되어, 즉 '갈잔의 아들 갈타이'란 의미가 된다이었다.

갈타이와 파울, 그리고 나는 공항을 떠나 울란바토르 시내로 들어왔다. 파울은 갈잔 치낙 재단의 주요 프로젝트 중 하나인 몽골 조림 사업에 관여하는 독일인 지질학자로, 여자친구와 함께 며칠 전부터 울란바토르의 갈타이 집에 머물고 있다고 했다. 베를린에서 오는 다른 일행들은 3일 후 이른 아침에 울란바토르에 도착하게 되고, 그러면 우리는 그들과 공항에서 합류한 후 바로 비행기를 타고 알타이의 윌기에로 떠나게 될 예정이었으며, 그동안 나는 갈타이가 미리 구해놓은 울란바토르 시내의 한 아파트먼트에서 지내기로 했다.

늦은 시간이었지만 차창 밖으로 울란바토르의 중심지인 수흐바타르 광장의 번쩍이는 불빛과 인파가 보였다. 그날은 나담 축제의 막바지였고, 게다가 휴일이었던 것이다. 비가 내린 다음이라 광장 바닥은 검게 번득거렸고 대기는 우물 속처럼 어둡게 습기 찼으며 광장을 중심으로 한 몇몇 건물과 커다란 광고판 이외에 도시의 모든 나머지는 밤의 짙은 그늘 속에 가라앉아 있었다. 갈타이는 광장 인근에 차를 세우고 울란바토르 방문이 처음인 나에게 광장을 구경시켜주었다. 그러나 울란바토르에서 나를 가장 먼저 건드린 것은 중심 광장의 모습이나 말에 올라탄 수흐바타르의 동상이 아니라 바람이었다. 그곳의 바람은 달랐다. 내가 처음으로 숨을 들이마셨을 때 대기에서는 마른 가죽과 광물질의 뼈, 그리고 흙냄새가 났다. 그제야 나는 내가 대륙의 한가운데로 날아왔으며 사방이 바다가 아닌 사막과 황무지, 스텝 초원으로만 둘러싸인 건조한 땅에 도착했음을 실감했다.

세계의 어디나 마찬가지로 수흐바타르 광장의 젊은이들은 몸짓이 컸고 피부는 윤기 났으며 이유 없이 들떠 있는 것처럼 보였다. 젊은이란 어떤 장소, 어떤 경우에도 생명의 편에 서 있었다. 하지만 생명의 반대편에 있는 것에 의해 충동되어 이곳으로 날아온 나는 그들에게서 냉담하게 시선을 돌렸다.

광장의 수흐바타르 동상 아래에서 나는 키릴문자로 표기된 발음과 함께, 마치 물에 풀려나가는 갈댓잎인 양 길게 펼쳐지며 흐르는 고유한 몽골문자를 처음으로 보았다.

몽골로 떠나기 전 한국에서 나는 아직까지 한 번도 사본 적이 없는 종류의 책—여행기 혹은 여행 안내서를 한 권 사려고 했다. 몽골 여행기 말이다. 250만 분의 1 몽골 지도는 이곳에 있지도 않을 것 같았지만 적어도 누군가 몽골을 다녀온 호기심 강한 이들이 비전문적 여행기라도 써놓지 않았을까 하는 기대였다. 그러나 내가 발견한 것은, 어쩌면 당연한 결과이겠지만 네팔, 인도, 유럽, 중국, 실크로드 등 전 세계 여행자들의 마음을 빼앗는 매혹적인 관광지에 비해서 일단 몽골 관련 여행기는 출판물 자체의 종류가 너무나 절대적으로 적다는 사실이었다. 몽골을 중점적으로 다루는 책은 한두 권 정도를 찾아낸 것이 전부인데, 그나마도 홉스굴이나 고비 사막 등 이름이 알려진 관광지를 중심으로 편집이 되어 있으며, 몽골이란 나라 전체를 다룬 책을 처음부터 끝까지 샅샅이 살펴봐도 알타이 지역에 관해서는 전혀 언급이 되어 있지 않고, 심지어 내가 가게 될 서북부 지역은 지도조차도 생략되었으며, 몽골 소수민족에 관한 내용에서도 '투바'라는 단어는 단 한 번도 등장하지 않았다. 내가 발견한 유일한 정보는 알타이 산악 지대를 한 문장으로 언급하면서, 이슬람교도인 카자흐족이 그곳에 거주한다는 설명이 전부였다.

갈타이가 구해준 아파트먼트는 울란바토르의 중심가라고 할 수 있는 시내 수흐바타르 광장에서 걸어서 5분 거리인 독일대사관 맞은편에 있었다. 갈타이는 첫날 나를 그곳으로 데려다주면서 친절하게도 미리 준비한 몇 봉지의 차와 빵 몇 덩어리도 함께 건네주었으므로 나는 밖으로 나갈 필

갈타이가 구해준 아파트먼트 발코니 창을 통해 보이는 길 건너편. 주 울란바토르 독일대사관.

아파트먼트 입구의 열쇠구멍을 찾을 수 없을 정도로 어두운 복도, 낡은 나무 창틀. 두꺼운 이중 철문의 아파트먼트. 백금처럼 하얗게 타오르는 바깥 세계.

울란바토르

요 없이 냉장고에 들어 있던 잼과 함께 다음날 아침식사를 마칠 수 있었다. 냉장고에는 마가린도 한 통 있었지만 너무나 입맛에 맞지 않아서 빵에 바르는 것을 포기하고 말았다. 아파트먼트가 있는 건물은 통로에 전등이 없었고, 그래서 대낮에도 밤처럼 어둑어둑했으며, 저녁이 되어 햇빛이 약해지면 열쇠구멍을 찾는다는 건 도저히 불가능했기에 외출시에는 항상 손전등을 갖고 다녀야만 했다. 특이하게도 서로 겹쳐 있는 두꺼운 철문을 두 개나 열어야 아파트먼트 안으로 들어설 수 있었다. 겉보기에는 유럽의 공동주택을 연상시키는 모양의 아파트먼트 건물은 튼튼하게 지어졌으나 일단 안으로 들어서면 아주 오랫동안 전혀 돌보지 않았다는 인상이 강했다. 건물 입구와 계단은 몹시 황폐했으며 낡고 오래된 나무 창틀은 귀퉁이가 떨어져나갔고 쓰레기를 버리는 공간은 따로 있지 않았다. 독일대사관이 바로 앞에 마주보이는 발코니에는 먼지와 잡동사니들이 쌓여 있었다.

텔레비전을 켜니 여러 개의 외국어 방송이 나왔는데, 독일의 도이체 벨레Deutsche Welle도 있었다. 어떤 채널에서는 짧은 반바지를 입은 채 한껏 지어낸 명랑한 표정으로 방긋방긋 웃으면서 익숙하고 단순한 춤동작을 끝없이 되풀이하는 한국의 젊은 여성 그룹이 노래를 부르기도 했다. 나는 채널을 도이치 벨레에 고정시키고는 한국에서 가져온 울란바토르 시내 지도를 펼치고 내가 찾아가야 할 장소들인 박물관과 우체국, 은행, 대형 슈퍼마켓과 프랑스 레스토랑의 위치를 점검했다. 갈타이는 그런 장소들이 어디에 있는지 내 지도 위에 표시를 해주었다. 모두 수흐바타르 광장을 둘러싸고 도보로 반경 20분 거리 이내에 모여 있었으므로 나는 차를

결혼식을 마치고 칭기즈칸 동상에 인사를 올린 커플.

울란바토르

탈 필요가 없을 터였다.

다음날은 날이 아주 맑았다. 한낮의 수흐바타르 광장은 달구어진 쇠붙이처럼 이글거리는 강한 햇빛으로 넘쳤다. 선글라스와 모자, 양산이 없다면 오래 돌아다닐 수 없을 만큼 뜨겁고 강렬한 햇빛이었다. 아직도 축제의 연장인 듯 광장 한편의 무대에서는 무거운 멜로디의 애수 띤 음악이 스피커를 통해서 장중하게 울려퍼지고 있었으며, 그것을 보기 위해서 무대 근처로 다가갔지만 무대를 장벽처럼 둘러싼 인파 때문에 나는 정말이지 아무것도 볼 수가 없었다. 처음부터 눈에 띈 사실이지만 몽고인들은 대체로 키가 컸다. 광장 반대편에서는 결혼식 예복을 차려입은 한 쌍이 거대한 칭기즈칸 동상을 향해 계단을 올라가고 있었다. 하객들은 층계 아래쪽에서 카메라를 손에 든 채 기다린다. 결혼식을 치른 남녀가 칭기즈칸 동상에 인사를 올리는 것은 의례인 듯했고, 경찰이 펜스 앞을 지키고 있는 것으로 보아 동상은 보통 때는 접근이 통제되는 것 같았다. 하늘은 이상스러울 정도로 농담 없이 새파랬으며 흰 구름이 위쪽을 향해 피어오르는 연기 모양으로 형성되어 있었다. 붉고 푸른 깃발, 둔중한 사각형으로 치솟은 건물들, 윤기 나는 검고 긴 머리를 그대로 늘어뜨린 여자들, 짙고 커다란 선글라스와 챙 달린 펠트 모자를 쓴 사람들, 한국어와는 달리 딱딱 끊어지는 거센 발음이 드물면서 중국어처럼 억양은 요란하지 않고, 사이사이에 후음이 두드러지는, 그래서 강물이나 바람에 흩어지는 모래의 소리처럼 들리는 몽골어, 전통 복장인 델 유목민이 일상적으로 입는 의상. 바람을 막아주는 아래위가 붙은 긴 두루마기 형태이며 허리에 끈을 매어서 고정하는데 이때 가슴 부분에 생기는 공간은 주머니처럼 물건을 보관할 수 있다 차림에 긴 장화를 신은 남자들.

사거리의 보행신호등이 파란불로 바뀌자 나는 길을 건너려고 했는데, 차들이 결코 멈추지 않고 계속 달리고 있었으므로 매우 당황했다. 보행자들 역시 마찬가지로 신호등의 색과는 무관하게 차들이 뜸하다 싶으면 태연자약하게 길을 건넜고, 놀랍게도 바로 2미터 앞에 서 있는 교통경찰관도 이런 문제에 그다지 개의치 않는 것 같았다. 신호등이 없는 길은 더욱 상황이 나빠서, 얼마 지나지 않아 나는 현지인들이 길을 건널 때 그 곁에서 함께 건너는 방법이 유일한 안전책이라는 것을 파악했다.

나는 나중에 베를린에 온 뒤 수요일마다 발자크Balzac 카페에서 W를 만났고, 그에게 울란바토르의 이런 교통 상황에 대해서 설명해주었는데, W가 웃으면서 말하기를 그건 마치 러시아의 상황과 비슷하며 러시아에는 "파란불일 때 혼자 건너는 것보다 빨간불일 때 여러 명이 함께 건너는 편이 더 안전하다"는 말이 있을 정도라고 했다.


울란바토르 시내에서 가장 기억에 남은 일은 우체국에 가서 혼자 힘으로 엽서를 부친 것이다. 말이 통하지 않는 나라의 우체국에서 혼자 엽서를 부치는 것은 나에게 항상 은밀하고도 즐거운 모험이었다. 국립박물관에서 그림엽서를 산 나는 갈타이가 추천해준 프랑스 레스토랑 '르 비스트로 프랑세Le Bistrot Français'로 가서 파스타를 먹으면서 내 수첩에 주소가 들어 있는 여섯 명의 사람들에게 엽서를 썼다.


친애하는 친구에게. 이 엽서의 그림을 보면 아마도 짐작하겠지만, 나는 지금 몽골 울란바토르에 있답니다. 내일이면 나는 알타이로 떠납니다.

**울란바토르**

비행기를 타고 두 시간 이상 가야 하는 몽골의 서북쪽 국경 지대입니다. 그곳이 어떨지, 아직은 나도 아무것도 아는 게 없어요. 당신이 이 엽서를 받을 즈음이면 나는 전기도 전화도 주소도 없는 알타이 산맥 유목민 거주지에 있게 될 겁니다. 그곳에서 3주일 동안 보낼 거예요. 지난 몇 달 동안 당신이 내게 보여주신 배려와 친절은 정말로 고마웠습니다. 진심으로 감사하는 마음을 담아서. 울란바토르, 몽골, 2009년 7월 14일.

갈타이가 강력하게 추천한, 독일대사관에서 멀지 않은 곳에 있는 프랑스 레스토랑 '르 비스트로 프랑세'는 아마도 울란바토르 시내에서 외국인들에게 꽤 이름이 알려진 곳일 테지만, 웨이트리스가 영어와 독어와 불어를 조금씩 할 줄 알고 바나나 아이스크림과 샐러드 등 유럽식 메뉴가 나온다는 것 말고는 나에게 특별히 인상적이지 않았다. 커피는 입맛에 맞지 않았고 토마토소스 파스타도 가격에 비해서 그저 그런데다가 카페 테라스에서 바라보는 거리 풍경이 아름다운 것도 아니었으며 치즈가 든 샐러드 정도나 먹을 만했다. 그럼에도 불구하고 음식값은 거의 유럽 현지 수준이었다. 몽골 여행을 마친 다음 나중에 베를린에 가서 산 몽골 여행 안내서에는 '르 비스트로 프랑세'가 '모던 노마즈modern nomads' '로스 반디도스Los Bandidos' '실크로드 레스토랑' 등과 함께 울란바토르에서 가장 비싼 식당에 속해 있었다.

나는 키릴문자를 익혀서 오지 않은 것이 후회되었다. 시내의 거의 모든 간판이 키릴문자였으므로 그것을 읽지 못하면 현지 식당에 들어가기가 힘들었기 때문이다. 독일대사관 건너편에는 '오렌지 카페'라는 비교적 저

렴한 독일식 카페가 있었지만 아쉽게도 들어가볼 기회가 없었다. 일단 알타이로 가게 되면 3주일 동안 신선한 야채와 과일은 전혀 먹지 못한다. 그래서 나는 갈타이가 가르쳐준 슈퍼마켓으로 가서 저녁으로 먹을 과일과 주스를 샀다. 슈퍼마켓에는 유럽과 한국산 물건들이 그득했다.

## 테렐지 국립공원

내가 한국에서 산 유일한 몽골 여행 안내서를 펼치면, 울란바토르 인근의 테렐지 국립공원에 관해서 나온다. 완만한 구릉 위로 녹색으로 펼쳐진 드넓은 초원과 도저히 믿어지지 않게 독특한 형상을 가진 아름답고 웅장한 천연의 바위들, 그 아래로 보이는 관광객 캠프의 이국적인 유르테 호텔, 사람의 마음을 두근거리게 하는 자연의 풍광들이 그림엽서처럼 멋진 사진 속에 담겨 있었다. 그리고 그 사진들은 전혀 거짓이 아니어서 갈타이와 그의 아내, 파울, 그리고 파울의 여자친구 케르스틴과 함께 테렐지로 갔을 때 나는 그 사진에 나온 것과 똑같은 풍경을 눈앞에서 감상할 수 있었다. 사진과 똑같군, 이런 생각이 내 머리를 빠르게 스쳤다. 마치 그림엽서 같아. 유럽의 성과 조각상들, 거울처럼 자리잡은 호수와 아름다운 중세풍의 도시, 첨탑과 다리를 찍어놓은 그런 그림엽서. 혹은 이 세상의 것 같지 않은 멋진 자연의 정경을 찍은 뉴질랜드의 그림엽서들. 나는 내가 그런 그림엽서 속에 들어와 있다는 생각이 들었고, 그것뿐이었다.

테렐지 국립공원에서 파울, 갈타이 그리고 케르스틴.

그림엽서 속으로 걸어들어가는 것은 우리가 경험할 수 있는 비전 중에서도 가장 초라하고 빈약한 비전에 속할 것이라고 나는 생각한다. 그것은 예상치 못한 불행이며, 당황스러운 기분을 야기하기도 한다. 이곳은 분명 의심 없이 아름다운데, 놀랍게도 아무런 감동을 불러일으키지 못하기 때문이다.

텔레비전에서 보았던 내용을 자신의 상상이 만들어낸 그림으로 믿는 행위처럼 앙상하면서도 여운이 없다. 그곳은 우리가 이미 알고 있으며, 또한 앞으로 비행기를 타고 날아가게 될 이 세상의 다른 수많은 장소들, 우리에게 이름이 알려진 다른 장소들과 마찬가지로 보이기 위해서 잘 다듬어진 유원지 공원에 가까운 모습이었다. 그곳을 찾은 관광객들은 여기저기에 광고판과 함께 흩어진 유르테 호텔에 묵었고 지프를 빌려 타고 주변 벌판을 돌아다닐 수 있었다. 올망졸망 서 있는 2인용 유르테 곁에는 전기를 일으키는 발전기와 전신주가 솟아 있었으며 언덕 위에는 빗물을 받는 커다란 플라스틱 탱크가 텅 빈 채 놓여 있었다. 비포장도로 위로 먼지를 일으키며 지프가 끊임없이 왕래했고 관광객 캠프를 가리키는 표지판이 도로의 여기저기에 나타났다 사라졌다. 차에서 내리기도 전에 나는 테렐지에 관한 흥미가 몽땅 사라져버림을 느꼈다. 내가 눈으로 볼 수 있는 것보다 훨씬 더 많은, 그것도 사계절의 테렐지 풍경을 이미 책에서 사진으로 보아버렸기 때문이다. 심지어 지금 돌이켜 생각해보면 내 기억 속에 떠오르는 테렐지가 과연 내가 두 눈으로 본 테렐지인지, 아니면 여행 안내서에 들어 있던 그 그림의 영상들을 내가 실제로 본 장면들이라고 믿는 것인지 분간할 자신이 없다.

나는 조금 멍한 기분으로 심은 지 얼마 안 되는 어린 단풍나무와 포플러의 생장 상태를 관찰하는 파울과 갈타이 뒤를 천천히 따라다녔다. 그곳은 갈잔 치낙 재단의 몽골 조림 사업지의 하나이고 그들은 봄에 심은 나무들을 보러 온 것이었다. 그들은 몽골에 4천 그루의 나무를 심었고 올해 안에 3만 그루 이상을 더 심을 계획이었다. 여름 햇볕은 너무 뜨겁고 겨울은 길고 혹독하며 땅은 너무나 건조하고 지하수는 말라가고 있는, 그리고 1년 내내 바람이 무서울 정도로 세찬 이곳에서 나무를 키운다는 것은 많은 수고를 요한다고 그들은 말했다. 뿐만 아니라 알타이 지역에 나무를 심기 위해서는 어린 묘목을 사서 비포장도로를 4백 킬로 이상이나 달려 운반해야 한다. 언덕 위로 올라가 내려다본 테렐지 풍경은 거대한 분화구처럼 움푹 파인 모습이었고, 빙하기에 멀리 북쪽에서 흘러온 것이 아니라 땅속에서 불쑥 솟아나와 원래부터 거기에 자리잡고 있었던 거대한 바위들이 초록빛 초원 여기저기에 죽은 공룡의 등뼈 모양으로 흩어져 누워 있었다. 한국에서부터 막연히 갖고 있던 최악의 상황에 대한 불안, 내가 이곳에서 잘 꾸며진 에스닉 디즈니랜드 말고 다른 것을 발견하지 못하리라는, 그런 불안이 어쩌면 사실이 될지도 모른다는 예감 때문에 나는 두려움을 느꼈다.

테렐지 공원을 빠져나오는 길에 우리는 소형 버스 한 대가 옆으로 쓰러져 있는 것을 보았다. 울란바토르 시내와 마찬가지로 길이 험한 이곳에서도 차들은 속력을 줄이지 않고 덜컹거리며 무섭게 달렸다. 아마도 과속으로 달리던 버스가 중심을 잃고 옆으로 쓰러진 것 같았다. 사람들이 이미 버스 곁에 모여들어서 버스를 일으켜세우려고 하는 중이었다. 갈타이는 서둘러 길가에 차를 세웠고, 차에서 내린 파울과 함께 버스를 향해 달려

**테렐지 국립공원**

갔다. 그리고 다른 남자들과 함께 버스에 매달려 들어올리기 시작했다. 구령에 맞추어 버스를 한 번씩 위쪽으로 들어올릴 때마다 남자들의 얼굴이 일제히 시뻘겋게 변했다. 그때 누군가 한 명의 소녀를 우리들에게 데리고 왔다. 소녀는 겉보기에 많이 다치진 않았지만 얼굴에 핏자국이 있었고 쇼크 때문에 표정이 하얗게 굳어 있었다. 케르스틴은 소녀를 바닥에 눕히고 나에게 소녀의 다리를 들어올리게 했다. 그리고 호흡법을 통해 소녀를 진정시키려고 했다. 그리고 5분쯤 지나자 소녀가 반짝 눈을 뜨고 또렷한 독일어로 케르스틴에게 말했다. "Es geht schon(이제 괜찮아요)." 케르스틴의 블라우스와 내 재킷에는 어느새 핏자국이 묻었다. 한 청년이 오더니 케르스틴의 만류에도 불구하고 소녀를 안고 돌아갔다. 어느새 남자들은 덜커덩 하는 둔중한 소리와 함께 버스를 일으켜세우는 데 성공했다. 덩치가 큰 파울의 얼굴은 온통 땀투성이가 되었다.

한 여자가 나에게 다가와 이해할 수 없는 몽골어로 빠르게 말하면서 담배 케이스의 뚜껑을 열고 냄새를 맡게 했다. 박하향이 섞인 바셀린처럼 달콤하면서 코를 찌르는 강한 냄새가 났다. 너 창백해 보여, 하고 케르스틴이 말했다. 나는 피 때문이라고 대답했다. 그제야 나는 코담배 병을 든 여자가 내 어깨를 감싸안은 채 얼굴과 팔을 쓰다듬고 있음을 알아차렸다. 아마도 그녀는 나 역시 사고가 난 버스에 탔던 것이라고 생각하는지도 모르는 일이었다.

하지만 만삭인 갈타이의 아내는 이 모든 무의미하고 자그마한 소동을 길 한쪽에 비켜선 채 아무런 감흥이 없는 일상적인 얼굴로 지켜보고 있었다. 피를 흘린 사람은 있으나 누구도 죽지는 않았다. 보험회사나 경찰에 전화를 하는 이도 아무도 없었고, 쓰러졌던 버스는 약간의 흠집만 얻은 채 다시 세워졌으며, 사람들은 서둘러 자신들의 차로 되돌아갔다. 그날 이 일은 나에게 기묘한 기억으로 남아 있다. 아무런 기록도 남기지 않는 교통사고, 사소한 일에 연연하지 않는 사람들, 그리고 우연히 만난, 기절하기 일보 직전의, 독일어를 할 줄 아는 몽골 소녀. 갈타이는 돌아오는 길에 운전을 하면서 〈알타이의 가을〉이라는 노래를 불렀다.

저녁이었고, 희뿌연 먼지가 이는 길 위로 커다란 태양이 가라앉는 광경이 보였으며 지프의 뒷좌석에 기대앉은 내게는 아직도 낯선 여인이 내민 강한 코담배 냄새가 남아 있었다. 나는 냄새로 하나의 나라를 묘사할 수 있다. 나는 오래전부터 내가 방문한 도시들이 상당 부분 냄새로 이루어져 있음을 알아차렸기 때문이다. 거주자들의 몸과 의복, 심지어 표정과 태도에서 풍기는 그 도시 특유의 냄새들. 사람들은 그것을 주로 음식물 때문이라고 여기지만 내 경험에 의하면 대개의 경우 옷에서 풍기는 세탁 세제나 욕실이나 주방에서 주로 사용되는 세척제, 세수 비누 등에 함유된 향료들이 음식만큼이나 도시에 강한 인상을 부여한다. 내가 베를린에 도착할 때마다, 그리고 그곳에서 다른 이들의 집을 방문할 때마다 문 뒤편에서 나에게 어떤 사실을 각인시켜주던 냄새, 너는 지금 베를린에 있는 거야, 하는. 그것은, 다른 종류의 개인적인 향기를 제외하고 공통적인 요소만 꼽는다면, 주로 퍼실Persil 세제의 냄새, 린넨 천과 커튼, 다리미로 납작하게 누른 이불에서 풍기는 섬유의 냄새, 향료가 들어간 양초가 타는 냄새, 화장실 탈취제의 강한 향기, 그 도시의 카펫이 풍기는 염료 특유의 냄새, 백년된 집의 나무 계단 냄새, 묵은 널빤지 마룻바닥의 냄새, 기둥과 페인트의 냄새, 검게 변한 벽돌과 포석의 냄새, 도시 사람들이 사랑하는 동물의 냄새, 도시 특유의 강물 냄새, 사람들이 어떤 몸짓을 취할 때마다 소매에서 마치 향수처럼 작용하는 목욕용 비누의 향기, 머리카락에서 나는 헤어 토닉 냄새, 셔츠에서 풍기는 섬유유연제, 행주와 수건이 말해주는 어떤 인공 향료의 냄새.

그러나 알타이에는, 당연한 이야기지만 인공 향료의 냄새는 전혀 없으며, 시냇물에서 곧바로 풀어서 손을 씻을 수 있는 천연 재료 비누는 냄새가 거의 나지 않고, 유르테 지붕에서 너울거리는 천에서는 양털과 짐승 냄새, 우리를 위해 음식을 만들던 주방 유르테에서는 타닥거리는 매운 불꽃 냄새, 유목민들의 장화와 우리들의 신발에서는 야크똥 냄새, 사람을 포옹할 때는 낡은 가죽의 미지근한 냄새, 씻지 않은 몸냄새, 담배 냄새, 양젖 치즈 냄새, 닳은 섬유 냄새, 바람의 방향에 따라서 다르긴 하지만, 대기에서는 차갑게 얼어붙은 돌냄새와 오래된 뼈냄새가 나게 된다.

## 알타이 가는 길

2009년 7월 15일 이른 아침 나는 갈타이가 보내준 차를 타고 울란바토르 공항으로 갔다. 공항에는 하루 전에 베를린을 출발한 일행이 막 도착해 있었다. 그들은 이미 베를린 테겔 공항에서 서로 인사를 나누었겠지만 나와는 첫 대면이었다. 우리 여행자들은 모두 22명으로, 일곱 명의 스위스인과 두 명의 오스트리아인, 그리고 한 명의 한국인인 나를 제외하면 모두 독일인들이었다. 우리는 갈잔과 갈타이와 함께 몽골 서북부 국경 지대의 도시 욀기에로 날아갈 예정이었다. 하지만 그전에 카운터에서 짐을 부친 다음 공항 근처의 풀밭으로 차를 타고 나가 특별하고 기분 좋은 아침 식사를 하기로 했다. 갈타이의 아내와 아기마—아기마는 갈잔의 가장 큰 손녀로, 매우 아름답고 수줍은 소녀이다—는 풀밭에 체크무늬 담요를 펼치고 오이와 토마토가 든 그릇과 빵이 든 바구니, 치즈와 과자, 차가 담긴 보온병을 차렸다. 아직 아침 7시도 채 되지 않은 이른 시간이었으므로 공기는 쌀쌀했고 기묘한 습기가 차 있었으며 잠이 부족해서 멍한 기분이었다. 아마도 베를린에서 출발하여 밤을 새워 날아온 다른 이들은 더욱 피곤했을 것이다. 풀밭은 이슬에 젖어 축축했고 새로운 땅에 도착한 이들은 낯섦과 들뜸 때문에 계속해서 여기저기를 정처 없이 서성였다. 인근 공장 굴뚝에서는 새하얀 연기가 피어올랐으며, 구름 사이 둥글게 뚫린 커다란 구멍을 통해서 금속성 태양빛이 번개의 커튼처럼 번득였다. 아래 멀리 내려다보이는 이른 아침 울란바토르 도심의 모습은 세계의 다른 도시들과 크게 달라 보이지 않았다. 부유한 신흥 계층을 위한 신도시 지역과 그에 대비되는 제3세계 특유의 광범위한 변두리의 칙칙하고 우울한 풍경으로 이루어진 대도시가 부스스하고 피곤한 얼굴로 잠에서 깨어나고 있었다. 그것은 외국으로 여행을 떠나왔다는 불명확한 기대의 감정을 어느 정도 가라앉히면서 묘한 실망감과 현실감을 불러일으켰다.

그러나 칭기즈칸 공항을 바라보면서 풀밭 위의 아침식사를 하자는 갈타이의 제안은 어쨌든 기분 좋은 것이었다. 다른 사람들과 마찬가지로 나도 카메라를 들고 어쩌면 나에게 마지막이 될지도 모르는 그 장소의 풍경을 이리저리 찍었는데, 특별한 계획이나 훌륭한 전경을 발견해서가 아니라 나의 '지금 여기 있음'에 대하여 스스로에게 주는 증언 같은 것이었다. 그날 아침 내가 서둘러서 찍었던 사진들 중에는 한 나이 든 남자가 입에는 파이프를 문 채 사람들과 멀리 떨어져서 홀로 풀밭을 서성이는 것이 있다. 그는 일행 중 한 명인 한스였는데, 물론 당시에 나는 그의 이름이 한스라는 것은 물론 그가 누구인지, 우리 일행 중의 한 명인지 아닌지도 몰랐고, 심지어 내가 그의 사진을 찍는다는 사실도 인식하지 못했다. 흰 셔츠와 검은 바지 차림의 한스는 어느 정도의 불안감으로 서로 가까운 거리를 유지

울란바토르 공원 인근의 풀밭에서 아침식사를 하기 직전

하고 있는 우리 일행과 상당히 떨어진 먼 곳에서—사진 속 그의 모습은
아주 조그맣게 보인다—뭔가를 찾는 사람처럼 바닥을 내려다보며 걸음
을 옮기고 있다. 그의 머리 위로는 회색 구름 사이로 우물처럼 둥그런 하
늘의 구멍이 자리잡았고, 쇳덩이처럼 단단한 인상을 주는 대지 위로는 무
지개색의 빛 조각들이 어른거리는 중이다. 이후 여행 기간 내내 한스는,
특별히 의도하지도 않으면서 그런 식으로 사람들과 거리를 유지했는데
그것은 그가 고독을 특별히 사랑해서라거나 인간관계를 힘들어해서라기
보다는—도리어 그 반대에 가깝다. 그는 어쨌든 이 '그룹' 여행에 자발적
으로 참여했던 것이다—주변의 사소한 사물과 사건에 전혀 신경 쓰지 않

**알타이 가는 길**

일행과 떨어진 곳에서 풀밭을 걷고 있는 한스.

알타이 가는 길

고 자신만의 방향으로 어느덧 더듬더듬 걸어가버리는 습성이 있으며, 일단 그렇게 방향을 잡은 다음에는 어떤 소리도 어떤 다른 광경도 그의 주의를 끌지 못하기 때문이라는 인상을 받았다.

나중에 나는 한스가 돌과 나뭇조각에 칼로 무늬를 새기는 고요한 취미에 열광적이라는 사실을 알았고, 주위를 모두 잊은 채 오직 그 일에만 집중하고 있는 한스의 모습을 알타이에서 여러 번 보았고, 그는 파이프를 입에서 떼는 일이 거의 없었으며, 여행이 끝난 후 9월에 우리가 독일의 린다우에서 다시 만났을 때 그는 나에게 자신이 알타이의 초록빛 돌에 새긴 어떤 그림을 보여주었는데, 수많은 빗금과 선으로 이루어진 그 그림은 반추상적인 형태로, 긴 의상을 걸치고 수염을 기른, 파도가 일렁이는 물 위를 걷고 있는 한 남자처럼 보였는데, 그는 나에게 그것이 양떼들에 둘러싸인, 혹은 물가에 서 있는 모세라고 말했다.

나는 그 풀밭에서 마리아를 처음으로 보았다. 마리아의 모습도 그날 아침 내가 풀밭에서 무작위로 촬영한 사진 속에 들어 있다. 처음에는 전혀 존재감이 없었던 한스와는 달리 마리아는 처음부터 내 주위를 끌었다. 오스트리아에서 온 그녀는 서른 살로 우리 일행 중에서 가장 젊었으며, 그 나이의 여인들에게서 아주 보기 드문 특색, 전혀 아무런 장식이나 꾸밈이 없이 너무나 순수해서 차라리 어떤 정적인 과격함이 느껴질 정도였고, 그리고 아름다웠기 때문이다. 그녀의 목소리는 나직하고 차분했으며 몸짓에는 수줍음과 주저함이 깃들어 있었다. 때로 그녀는 어떤 문제에 대해서 쉽사리 결정을 내리지 못한 채 아주 오랜 시간을 망설이고만 있었는데, 그 모든 모습은 내가 그때까지 보아왔던, 좋고 싫음이 비교적 분명하고 자의

식 강한 유럽 여인들의 전형적인 특성과 매우 상반되는 것이었다. 풀밭 위에서 빵을 먹으면서 마리아가 내게 처음으로 했던 말은, "나는 네 이름을 인터넷에서 구글해봤어" 하는 것이었다. '구글하다'가 일반적인 독일어 동사로 쓰이는 경우를 그때 처음으로 접한 나는 아, 하고 입을 잠시 다물었다. 그래서 뭔가 발견했냐고 물으니 아주 조금이긴 하지만 그래도 내가 작년에 베를린에서 낭독회를 가졌다는 것 등을 찾아냈다고 했다.

그리고 마리아는 내게 물었다. "마테차를 좋아하니?" 나는 그게 뭔지 몰랐다. 마리아는 설명하기를, 자신이 10년 전 아르헨티나에서 한 달 동안 지낼 때 그곳에서 마테차를 알게 되었는데, 이후 하루도 빼놓지 않고 마셔야만 하는 마테차 팬이 되었다는 것이다. 그녀의 말에 따르면 마테차는 건강에 좋다고 했다. 신체의 저항력을 튼튼하게 해주어 마테를 마신 이후로 자신은 단 한 번도 감기에 걸린 적이 없으며, 마테 자체의 강력한 성격 때문에 살균 효과가 있어 여러 사람이 함께 같은 용기에 든 마테를 같은 흡입구를 통해 나누어 마셔도 결코 감염의 위험이 없다는 것이다. 그리고 이것이 중요한데, 마테는 절대로 사회적인 음료이고, 따라서 혼자서 고독하게 마시는 것이 아니라 여럿이 둥글게 앉아 하나의 흡입구를 통해 서로 나누어 마시는 것이 의례라고 했다.

마리아는 배낭에서 조그맣고 둥근 항아리 모양의 짙은 초록빛 용기를 꺼내 보여주었다. 마테를 마시기 위한 전용 용기라고 했다. 나는 그 용기라는 것을 보고 조금 놀랐는데, 그것은 일반적인 그릇이 아니라 속을 긁어서 파내고 완전히 건조시킨 진짜 호박의 가장자리에 금속 테두리를 두른 것이었기 때문이다. 그 안에 말린 마테 잎을 반쯤 채우고 뜨거운 물을

마리아의 마테차.

부은 다음 '봄비셔'라고 불리는 쇠로 만든 전용 흡입구를 꽂아 오른손으로
상대편에게 건네게 되는데, 이때 봄비셔의 방향이 상대편을 향하도록 하
는 것이 예의이다. 그러면 역시 오른손으로 그것을 받은 사람은 진하게
우러난 차를 마시면서, 특히 마지막 모금을 빨아들일 때는 소리를 크게 낼
수록 좋고, 그것은 차가 아주 맛이 좋으므로 마지막 한 방울까지 빨아 마
실 수밖에 없다는, 이 차를 대접해준 사람에게 감사의 마음을 전달하는 제
스처가 된다고 했다.

　마리아는 고향 오스트리아에서 함께 마테를 마실 사람을 찾지 못했으
므로 회사에서나 집에서 늘 혼자 마테를 마셔야만 하는데, 그것이 몹시 슬

프다면서 알타이에서 분명 마테 친구를 찾을 수 있으리라 기대하며 인터 넷으로 주문한 아르헨티나산 마테 잎을 1킬로나 가지고 왔다고 했다. 마 테는 카페인 함량이 높으므로 저녁보다는 오전에 마시는 편이 좋다고 그 녀는 덧붙였다. 나는 아직 한 번도 경험은 없지만 기꺼이 마테차를 마실 의향이 있다고 했고, 그러자 마리아는 아주 기뻐하면서 당장 그 자리에서 아기마에게 뜨거운 찻물을 좀 달라고 해서 마테차를 만들었다.

내 목구멍을 최초로 통과한 마테차는 마치 담배 가루를 그대로 진하게 우려낸 물처럼 아주 독하고 썼다. 하지만 여러 번 반복해서 마시다보니 마 치 담배가 그러는 것처럼 묘하게 중독적인 향수를 불러일으키는 효과가 있었다. 이후 우리는 간혹 마테를 시음해보고 싶어하는 다른 일행들과 함 께 알타이에서 아침마다 유르테의 양지바른 담장에 기대앉아 알타이—투 바의 눈 덮인 먼 산봉우리들을 바라보면서 아르헨티나에서 온 마테를 마 시는 것이 일과가 되었다. 특히 마테차는 커피가 없는 알타이 생활에서 훌륭한 각성 물질이 되어주었다.

매일 아침 마테차를 마실 때마다 나는 생각했다. 이 또한 내가 알타이 로 오리라는 것과 마찬가지로 전혀 예상하지 못한 일이다. 하필이면 알타 이에서 아르헨티나산 마테를 오스트리아에서 온 마리아와 함께 매일 마 시게 되리라는 것을.


아침식사를 마친 우리는 공항으로 돌아가 월기로 가는 비행기에 올 랐다. 기억에 의하면 두 시간이 넘게 걸린 비행이었다. 알타이와 울란바 토르 간의 시차는 한 시간. 우리는 몽골의 서북쪽 국경, 몽골과 중국과 러

울란바토르에서는 결코 느끼지 못했던 이곳은 알타이다, 하는 감정이 가슴에서 피어올라 향나무의 흰 연기처럼
나를 가득 채우기 시작했다.

시아의 접경 지역이며 카자흐스탄 국경과 인접한, 시베리아의 끝자락인 알타이로 날아가는 것이었다.

비행기가 알타이 지역으로 접어들자 지상의 풍경이 순식간에 바뀌었다. 도시나 부락 등 인간의 힘으로 일구어진 대지의 모습은 찾아볼 수 없이 그곳은 끝없이 펼쳐진 오직 청회색 빛 스텝 황무지 산악지대였으며, 듬성듬성 흩어진 희고 창백한 구름들 아래로 거인의 주름살처럼 한없이 펼쳐진 험준한 산맥과 기다랗고 시커먼 협곡, 그리고 눈꺼풀을 상실한 커다란 눈동자와 같은 둥근 호수들이 내려다보였다. 모든 사물들은 단순히 아름답다기보다는 어떤 종류의 상투적인 표현으로도 묘사할 수 없을 만큼 거대하고 무한하다는 첫인상을 주었으며, 이윽고 바라보고 있는 자들을 심리적으로 무릎 꿇게 만드는 육중하고 말없는 힘을 간직하고 있었다. 분명 우리가 자연이라고 부르는 것이긴 하나 자연이란 말에서 우리가 연상할 수 있는 모든 전형적인 것과 전혀 닮지 않은 얼굴.

대기는 더할 수 없이 맑았고 빛 속에서 천지의 풍경은 독특한 광물성으로 반짝였다. 군데군데 보이는 불그스름한 흙과 암석들로 이루어진 짙은 골짜기의 그늘, 스텝 초원의 초록빛과 그림자 같은 회색빛 강줄기들이 이어졌는데, 어디에도 숲이나 나무와 같은 초목의 형체는 보이지 않는 앙상한 산악 지대의 그 모든 풍경이 주는 인상을 한마디로 요약할 수 있는 단어—척박한 원시성—가 내 머릿속에 떠올랐다 사라졌으며, 그 어떤 생명체도 살지 않을 것만 같은 혹독한 산맥의 드러난 등뼈들 위로 고개를 수그리고 있으니 나를 최초에 이곳으로 이끌었을지도 모르는 어떤 세속의 죽음과 함께, 결코 이곳에는 있지 않을 것이 분명한 그것—한 사람의 정

**알타이 가는 길**

신 혹은 영혼—의 존재가 떠올랐다.

우리 여행자들은 말을 잊은 채 시선을 지상의 풍경에 고정했다. 이곳이 우리가 지금까지 살아오던 그 세계, 그 공간에 속하는 것이 과연 맞는가? 만약 그렇다면, 우리가 탄 비행기는 1만 년 전의 오늘을 향해 시간을 거슬러 가고 있는 것이 분명하다. 울란바토르에서는 결코 느끼지 못했던 이곳은 알타이다, 나는 알타이에 있다는 감정이 비로소 가슴에서 피어올라 향나무의 흰 연기처럼 나를 가득 채우기 시작했다.

우리가 울란바토르에서 비행기에 타기 전 마리아는 나에게 말했다. 화장실에 미리 가두는 편이 좋을 거야. 월기에 공항에는 제대로 된 화장실이 없단다. 마리아는 작년에도 갈잔을 따라 알타이로 왔었다. 우리 일행 중에는 이처럼 갈잔 치낙의 알타이—투바 여행이 처음이 아닌 이가 여러 명 있었다. 월기에 공항은 화장실만 없는 것이 아니고 수하물을 운반하는 컨베이어 시스템도 갖추지 못해서 비행기에서 내린 승객들은 대기실에서 한참을 기다린 다음에야 공항 포터들이 수하물 가방을 일일이 비행기에서 꺼내 운반해온 다음 하나하나 이름을 부르며 나눠주는 것을 기다릴 수밖에 없었다. 알타이의 월기에는 이미 산악 기후를 확연히 느낄 수 있도록 서늘했고 햇볕은 더욱 따갑고 날카로웠다.

물론 나는 화장실에 가야만 했고 그건 마리아도 마찬가지였는데, 우리는 이제 앞으로 다섯 시간 동안 버스를 타고 알타이 깊숙이 들어가야만 했기 때문이다. 그 다섯 시간이란 계산은 도중에 버스가 한 번도 고장 나지 않고, 돌투성이 길 위에서 버스의 타이어가 한 번도 펑크 나지 않으며, 그늘 한 점 없이 뜨거운 오후의 광선 속 오르막으로 이어지는 광활한 알타이 고원을 달리면서 낡아빠진 버스가 단 한 번도 엔진 과열로 멈추어 서게 되지 않는다는 전제하에서의 일이다.

월기에 공항 화장실은 공항 건물에서 조금 떨어진 외부에 있었는데, 땅을 파고 판자를 세워 만든 노천 화장실이었다. 심지어 월기에로 오는 비행기 내의 화장실에도 세면대는 있었으나 수도꼭지에서 물은 한 방울도 나오지 않았다. 물. 그것은 알타이의 유목 생활 내내 커다란 테마가 되었다. 비록 아무도 크게 소리 내어 그것을 말하지는 않았지만 말이다.

여행의 마지막에 이를 즈음 어느 날 밤, 나는 유르테 밖으로 나와 그 앞을 흐르는 강물을 두 손으로 마구 떠 마셨다. 그래도 갈증이 가시지 않아 반 리터짜리 물통을 가득 채워 두 번이나 물을 마셨다. 나는 몸이 아팠고, 열이 있었기 때문에 차가운 물에 대한 유혹을 도저히 견딜 수가 없었다. 나는 야크와 염소, 양떼들이 그 물을 건너다니는 것을 알고 있었으며, 우리 일행 중에 몇몇은 마침내 참지 못하고 그 물에 그대로 머리를 헹구는 광경을 목격한 적이 있었다. 그들을 아주 이해 못하는 건 아니다. 우리 모두는 머리를 감지 못하고 몸을 씻지 못해 견딜 수 없는 지경이 되어 있었다. 그리고 누군가 옆에서 도와주지 않는다면 물에서 떨어진 곳에서 이를 닦고 머리를 헹구어야 한다는 이곳의 규범을 엄격하게 지키기 힘들었기 때문이다. 산꼭대기의 눈이 녹아 흐르는 물은 말 그대로 얼음처럼 차가웠고 살을 에는 바람에 머리카락은 얼어붙을 지경이 되므로 누구라도 최대한 빨리 비누를 헹구어내고 싶어했다. 알타이에서 "당신이 버린 물이 그대로 당신 입으로 들어간다"는 말은 환경오염 캠페인 구호가 아니라 그 자체

64

로 현실이었다. 그러나 다행히도 나는 알타이에서 우리 일행 중 누군가가 물 때문에 건강에 문제가 생겼다는 말은 듣지 못했다. 단지 한스만이 가벼운 식중독 증세를 겪었다고 하는데, 그것은 그가 종종 스텝 초원의 야생화를 따서 뜨거운 물에 차를 우려내어 먹었기 때문이라는 말이 있었다.

월기에 공항에서 우리를 기다리는 버스는 스무 명 정도의 사람들이 탈 수 있는 중형 버스였고, 과연 이 버스가 무사히 목적지에 도착할 수 있을지 의심이 들 정도로 낡아빠졌는데, 짐을 전부 싣고 나자 빈자리가 부족하여 모두들 불편하게 끼어 앉아야만 했다. 나는 마리아와 함께 가장 뒷좌석 두 개를 차지했는데 바닥에는 짐이 깔려 있어서 다리를 둘 곳이 마땅치 않는 자리였지만 우리가 가장 늦게 버스에 올라탔으므로 다른 선택의 여지가 없었다.

내가 앉은 자리에서는 한스의 얼굴을 마주볼 수 있었다. 그가 가장 앞줄에 반대 방향으로 앉아 있었기 때문이다. 좁은 좌석에 끼어 앉아 휘청거리는 마른 상체를 꼿꼿하게 세우고 있는 그의 얼굴은 치즈처럼 창백해 보였는데, 정신없이 덜컹거리는 버스를 타고 가는 내내 그의 표정과 자세에는 별다른 변화가 없었을 뿐만 아니라 단 한 번도 다른 이들과 얘기를 나누거나 고개를 빼고 창밖을 내다본다거나 하지 않았다. 그의 모습은 나에게 기차를 타고 가다가 불현듯 마주치게 되는, 희고 꼿꼿하며 일정한 모습으로 열을 지어 들판에 서 있는 풍력발전기들을 연상시켰다. 기다란 팔을 규칙적인 속도로 허공에서 빙빙 휘두르고 있는 풍력발전기들은 나에게 늘 놀랍고도 낯설며, 심지어 엄숙하기까지 한 독특한 인상을 주곤 했던 것이다.

한스는 처음부터 이상스럽게 느리고 서툴어 보이는 움직임으로 눈에 띄었으며 간혹 이해할 수 없는 긴 웅얼거림을 내뱉었기 때문에 여행 기간 내내 일행은 모두 그를 돌봐주거나 최소한 그에게 주의를 기울이고 있어야 한다는 기분을 갖게 되었다.

마리아의 설명에 의하면 그녀는 아홉 시간 동안 버스를 타고 오스트리아 빈에서 베를린으로 왔고—버스가 기차보다 훨씬 싸기 때문에—베를린에서 일행과 합류한 뒤 곧장 비행기를 타고 다시 아홉 시간을 날아 울란바토르에 왔으며, 그런 다음 바로 아침을 먹고 다시 욀기에로 날아온 것이라고 했다. 마리아뿐 아니라 유럽에서 온 일행들의 여정은 다 마찬가지일 터였다. 베를린에 살고 있는 사람은 카롤라 한 명뿐이었다. 이제 다시 다섯 시간 혹은 그 이상을 이토록 덜컹거리는 버스에 앉아서 비포장길을 달려가야 한다. 마리아 자신도 한스가 그런 힘든 여행을 다 견뎌내는 것이 놀랍다고 했다. 하지만 69세인 한스는 우리 일행 중의 최고령자는 아니었다.

출발한 지 한 시간 정도 지나서 우리는 어떤 마을을 통과했다. 유르테와 벽돌집이 모여 있는 작은 거주지였지만 그곳은 우리가 알타이—투바로 들어가는 동안 유일하게 마주친 하나의 '마을'이었다. 버스가 어느 산모퉁이를 돌고 편평한 땅 위에 자리잡은 집들과 가축우리, 유르테가 모습을 드러내자 마리아가 반갑게 입을 열었다.

"이곳이 기억나. 작년에도 우리는 이 마을을 지나쳐서 갔으니까…… 이제 곧 눈앞에 모스크가 나타나겠지……"

정말로 그곳은 조그마한 단층 모스크가 있는 카자흐 마을이었다. 모스크의 하얀 첨탑이 흐린 저녁 하늘 아래 연기 없는 굴뚝처럼 솟아 있었다.

**알타이 가는 길**

가장 먼저 내 눈에 들어온 집들의 특징은 얇게 자른 짙은색 나무판자로 만들어 세운 담장들이었다. 마치 중국의 시골 거리를 연상시키는 이런 담장의 모습을 나는 나중에 욀기에나 혹은 울란바토르 교외에서도 흔하게 보게 된다. 그 담장 안에 단층 벽돌집 혹은 흰 유르테가 자리잡고 있었다. 나는 내 눈에 최초로 들어온 알타이의 유목민 마을 풍경에서 눈길을 뗄 수가 없었다. 우리가 탄 버스는 먼지를 일으키며 마을 외곽을 지나쳐서 갔다. 마을은 마치 아무도 살지 않는 것처럼 움직임이나 소리가 없었다. 마당의 빨랫줄에 널린, 펄럭이는 빨래의 깃발이 없었더라면 나는 정말로 그렇게 믿어버렸을 것이다.

버스는 도중에 한 번 고장을 일으켰고, 언제 수리가 될지 알 수 없으므로 우리는 황무지 한가운데서 기다리느니 차라리 걸어서 앞으로 가기로 했다. 어차피 길은 하나뿐이었고, 버스가 다시 움직일 수 있게 되면 우리를 따라올 터였다. 이미 해는 산 너머로 기울어 스텝 지대에는 모래와 먼지 빛깔의 희미하고 불분명한 저녁이 내려앉아 있었다. 그때의 기억이 난다. 생애 처음으로 마주친, 당황스러울 정도로 아무것도 보이지 않는 황무지. 한 그루 나무도 한 포기 풀도 없는, 돌과 뼈로 이루어진 자연의 한가운데. 길은 회색 돌무더기처럼 보이는 드높은 언덕 사이로 나 있었다. 아쉽게도 나는 사진을 찍을 수 없었다. 우리는 대부분 카메라의 배터리를 아껴야 하는 입장이었다. 알타이에는 전기가 없기 때문이다. 단지 여분의 배터리를 준비해온 몇몇, 그리고 필름 카메라를 가지고 온 마리아만이 그 문제로부터 자유로울 수 있었다.

나는 마리아와 나란히 서서 천천히 걸었다. 처음으로 말의 해골을 보았을 때는 좀 충격을 받았으나 곧 아무렇지도 않게 넘기게 되었다. 바람이 한 번씩 불어올 때마다 사정없이 이는 먼지 때문에 스카프로 입을 가리고 걸어야만 했다. 그때 우리의 곁을 지프 한 대가 먼지를 뽀얗게 일으키며 지나갔다. "갈잔의 지프야." 마리아가 중얼거렸다. "우리는 이렇게 걸어가는데 혼자서 지프를 타고 신나게 가버리다니 너무하는군." 마리아는 속상해했다.

우리가 뒤를 돌아보니 저 멀리 보이는 우리의 버스는 아직 꼼짝도 하지 않고 있었다. 꼼짝하지 않는 정도가 아니라 운전수는 아예 우리의 짐을 모조리 다 들어내고 있는 중이었다. 아마도 본격적인 수리가 필요한 것 같았다. "하지만 마리아, 이미 그는 지프에 일행을 세 명이나 태우고 가고 있으니 빈자리도 없고, 또 버스는 금방 고쳐질 거야." "만약 그렇지 않으면? 이제 곧 어두워질 텐데, 여기서 밤이라도 새워야 한다면?" 마리아는 이마에 주름을 만들며 얼굴을 찡그리는 특유의 고통스러운 표정을 지었다. 그녀는 종종 사물의 비관적인 면을 먼저 보며 그것에 대해서 우선 언급해야만 하는 습관이 있었다. "그러면 여기서 밤을 새우면 되는 거지 뭐." 나는 아무렇지도 않게 대꾸했지만 사실 알타이의 경험자는 내가 아니라 마리아였다. 나는 만사를 쉽게, 나에게 유리하게 해석하고 기대한 다음에 현실이 닥치면 항상 실망하고 분개하는 편이지만 마리아는 처음부터 세계를 지나치게 경계하고 조심스러워했다. 반면에 대인관계에 있어서 마리아는 사람들과 원만하게 지내며 편차 없이 골고루 친절하게 대하는 편이었지만 나는 그렇지 못했다.

다행히 그리 오래 지나지 않아 움직일 수 있게 된 버스는 다시 우리를

포옹하는 갈잔과 마리아.

신고 달렸다. 도중에 커다란 강을 하나 만나게 되었는데, 그 강가에 위치한 유르테 앞에서 버스는 멈추었다. 그곳은 알타이로 들어가는 여행자들을 위한 일종의 휴게소의 역할을 하는 유르테였고, 이미 우리를 위한 간식과 차가 스텝 초원의 식탁 위에 차려져 있었다. 우리는 그곳에서 여러 종류의 유제품과 딱딱한 치즈, 바게트처럼 구운 빵, 초콜릿 등으로 이루어진 간식과 뜨거운 밀크티를 마셨다. 싸늘한 바람 속에서 마시는 한 잔의 밀크티는 무엇과도 비교할 수 없는 훌륭한 위안이었다.

나는 사방을 둘러보았다. 그날 이후 나에게 알타이의 땅은 수없이 많은 세월을 살아낸 늙은 암석과 허무한 시간의 자갈들, 그리고 차가운 흰빛의 커다란 뼈들로 이루어진 장소가 되었다. 바람이 무섭게 휘몰아쳤으므로 식탁 위에 깔아놓은 비닐 식탁보가 펄럭거리고 머리칼이 얼굴을 가렸으며 옷을 껴입었음에도 불구하고 춥다는 기분이 들 정도로 사방은 싸늘하고 냉랭했다. 휙 하는 소리와 함께 바람이 가슴의 구멍을 통과해서 지나간다는 느낌이 들었다. 그럼으로써 그 구멍은 점점 커지는 것 같았다. 강물은 얼음의 결정 같은 커다란 거품을 송이송이 일으키면서 흘렀다.

그곳은 항상 인간의 체온이 그리운 땅이었다. 퍼실 세제의 향기나 화장실용 오데코롱이 아닌, 살냄새 나는 인간의 몸. 나는 그 점을 지금 너무나 잘 이해한다.

여름에도 두꺼운 재킷과 함께 머리를 감싸는 두건이나 모자는 이곳의 필수품이었다. 즉 헬라가 우리에게 알려준 것은 전부 다 한마디 한마디 진지한 사실이었던 것이다. 나는 나름대로 계산을 하고 태양을 가리기 위해 최대한 널따란 챙을 가진 여름 모자를 마련해왔으나 그것은 아무런 보온 효과가 없는 여름용이라는 점을 제외하더라도 결정적으로 머리에 고정할 끈이 달리지 않았으므로 이 '분노하는 바람'(갈잔 치낙의 소설 제목)의 땅에서는 아무런 소용이 없을 터였고, 그 사실을 휴게소 유르테에 도착한 다음에야 알아차릴 수 있었다. 그리고 추위는 배고픔만큼이나, 혹은 그보다도 더욱 지독한 원초적인 고통일 수 있다는 것도 그곳에 가서야 깨달았다. 나는 커다란 붉은 숄을 가방에서 꺼내 뒤집어써야만 했다. 매우 흉하고 마음에 들지 않는 붉은색이었지만 그것이 내가 가진 가장 따뜻한 쓸 것이었으므로 어쩔 수 없었다. 앞으로 나는 계속해서 그 숄을 뒤집어쓰고 다니게 되고, 여러 사람들의 사진에 유감스럽게도 그 숄과 함께 등장하게 된다.

어둠이 짙어진 저녁, 우리는 나지막한 암석의 구릉들 아래 몇 개의 흰 유르테가 모여 있는 땅에 도착했다. 개 짖는 소리가 크게 들렸다. 근처에는 아주 작은 시냇물이 졸졸 흐르고 있었고 좀 떨어진 곳에 회색빛 거울처럼 반짝이는 작은 호수가 보였다. 이끼와 같은 키 작은 풀들이 드문드문 자라고 있는, 특별히 눈길을 줄 곳 없이 평범하고 황량해 보이는 스텝 초원의 어디쯤, 일곱 시간 동안 버스를 타고 오면서 줄곧 눈앞을 스치고 지나갔던 변함없는 풍경들의 계속된 연장인 듯 보이는 장소였다. 바람 속에서는 여전히 차가운 돌과 먼지의 냄새가 났다.

그곳은 내가 지금껏 살아오면서 단 한 번도 상상해보지 못한 장소였다. 자연이라는 이름을 지녔으나 물기 머금은 초록 수풀이나 나무 한 그루 서 있지 않으며, 아름답고 풍요로운 강물도, 멋지고 웅장한 규모의 산맥도, 낙엽송과 갈대들이 바람에 미친 듯이 우수수 흔들리며 감정을 야기하는 검은 호수 아일에서.

**알타이 가는 길**

소리도, 울창한 숲의 실루엣 위로 산불처럼 타오르는 석양도 없으며, 대기에서는 싱그러운 식물의 향기를 전혀 느낄 수 없고, 눈에 들어오는 색채란 희미한 저녁 하늘 아래 빈약한 풀빛이 섞인 압도적인 회색빛, 그리고 화석으로 변한 시간의 냄새만이 연기와 함께 떠도는 더없이 거칠고 황량한 환경, 그곳은 바로 그런 장소이면서 더할 수 없이 자연 그대로인 곳이었다. 지프에서 내린 갈잔이 나를 돌아보며 말했다.

"환영한다, 너는 이곳 알타이―투바 땅을 방문한 최초의 한국인이다."

그곳은 검은 호수 아일, 우리가 묵게 될 첫번째 거주지였다.

## 유르테의 생활

울란바토르에서 처음 만난 케르스틴은 나에게 말했다. "유르테 안은 공간이 너무 비좁기 때문에 서로 꺼안고 자야 할 정도란다."

물론 이건 당연히 농담이었지만 한 유르테 안에서 생전 처음 보는 다섯 사람이 함께 거주해야 하는 환경은 처음에는 좀 당황스러웠다. 그러나 시간이 지나면서 생각했던 것보다는 훨씬 더 빠르게 적응할 수 있었다. 사실 알타이의 생활은 도시인의 기준으로 본다면 불편한 문제가 그것 말고도 아주 많았으므로 사적 공간이 사라진 점 정도는 심지어 사소하게 느껴졌다.

우리가 머물렀던 유르테 내부는 벽을 따라 다섯 개의 나무 침대가 놓이고 한가운데에 쇠난로가 있었다. 매일 저녁마다 불을 피워서 매서운 밤 추위를 견디게 되는데 연료는 야크똥으로, 유목민 가정에서 잘 마른 야크똥을 모으는 것은 대개 아이들의 임무이다. 아이들에게 그것은 노동이자 동시에 즐거운 놀이였다. 실제로 우리가 커다란 비닐 자루를 끌고 야크똥을 하나하나 뒤집어보면서 과연 이것이 충분히 잘 마른 똥일까 아닐까 한참을 고심하는 동안—제대로 마르지 않은 야크똥은 악취가 나고 불이 잘 붙지 않는다—어디에선가 가벼운 바람처럼 나타난 유목민 아이들이 마른 야크똥을 주워다가 우리의 자루를 순식간에 채워주는 일이 종종 있었다. 야크똥은 성냥을 바로 가져다댄다고 불이 금방 붙지는 않으므로 불쏘시개가 될 나무나 종이 등이 필요하다. 그리고 야크똥은 화력은 좋지만 금방 꺼져버리는 단점이 있으므로, 충분히 모아서 난로 곁에 쌓아놓고 조금씩 채워주지 않으면 얼마 지나지 않아 다시 떨어야 한다. 내 침대는 유르테 입구와 가장 가까운 곳에 있었는데, 덕분에 바로 머리맡에는 항상 우리가 모아온 야크똥이 잔뜩 쌓여 있게 되었다. 하지만 유르테에서의 삶은 그런 문제를 크게 신경 쓰지 않게 만들었다.

유르테에서 가장 신비로운 존재의 하나는 나무판자로 된 문이다. 노란색이나 푸른색으로 칠해졌고 몽골 특유의 연속무늬가 그려진 조그만 나무문을 통과하려면 누구나 다 허리를 깊숙이 숙이고 다녀야 하는데, 드나들면서 문지방을 발로 디디거나 실수로 머리를 위쪽에 부딪치는 것은 유목민의 예절에 크게 어긋나는 일이다. 유르테의 문은 안전한 보호의 공간인 내부와 위험이 도사린 외부를 경계 짓는 성스러운 구역인데 그 문지방을 디디게 되면 수호 정령이 놀라서 불운이 유르테 내부로 침입하기 때문이다. 13세기 칸의 시대에 궁정 유르테에서 이런 실수를 하는 자는 참수형에 처해졌다.

유르테 안에 들어서면 오른쪽은 찬장과 요리 도구 등이 있는 부엌으로 여자의 공간, 왼쪽은 도살한 양가죽이나 양머리, 말안장, 작업 도구나 연장 등이 놓여 있기도 하는데, 그곳은 남자의 공간이다. 원칙적으로 유르테의 문은 남쪽을 향해서 나 있고 유르테 안, 문에서 가장 정면으로 보이는 북쪽 자리는 성스러운 장소로 가족의 가장 귀중한 물건을 보관하는 곳이다. 우리가 방문한 유르테의 북쪽 자리에는 대개—한국의 시골 마을에서 볼 수 있는 것과 유사하게—고인이 된 조상의 낡은 흑백사진이 걸려 있었다. 또한 그 유르테의 주인이자 가장 어른이 앉는 자리도 북쪽이다. 그는 유르테의 문, 즉 남쪽을 향해서 시선을 두게 된다.

유르테에서 신비로운 또다른 존재는 난로에 피우는 불이다. 자연에 맨몸으로 내던져진 인간에게 불은 단순히 온기를 피워내는 물질적 대상 그 이상이 된다. 유르테의 불은 난방을 하고 요리를 하고 차를 끓이는 기능만을 담당하는 게 아니라 유르테의 정신적인 중심이기도 하다. 불은 유르테와 그 유르테에 거주하는 인간들을 보호해주는 여신으로 숭배를 받는다. 그러므로 유르테의 난롯불에 쓸모없는 휴지 조각을 집어던진다거나 난로를 향해 발을 내밀어 불을 쬔다거나 칼을 들고 난롯불을 가리킨다거나 하는 행위는 여신에게 해를 가하고 여신을 모욕하는 것이다. 같은 이유로 난롯가에서 도끼를 이용해 나무를 자르거나 난롯불을 넘어가는 행위도 금지 사항이다. 이 법칙은 칭기즈칸 시대부터 있어왔던 것으로 오늘날에도 거의 변함없이, 비록 현대의 몽골인이 더이상 불의 여신의 존재를 그 자체로 믿지는 않는 것처럼 보일지라도, 지켜지고 있다. 불을 경외하는 마음으로 몇 방울의 화주를 난로에 뿌리거나 고기 조각을 제물로 던져넣을 수는 있다. 하지만 몽골의 전설에 따르면 아무 생각 없이 난롯불에 우유를 쏟아부었던 여인이 엄청난 불행을 당했다는 이야기가 전해진다.

**유르테의 생활**

이렇듯 원칙적으로 난로의 불을 '끄는' 행위는 커다란 죄에 속한다.

어둑한 유르테 안 바닥에 무릎을 꿇고 앉아서 열린 문을 통해 바깥의 풍경을 쳐다보고 있으면 더없이 강렬한 비현실의 감각이 사람의 내부를 점령한다. 태양이 저토록 사납게 이글거리다니, 하늘이 저토록 파랄 수 있다니, 눈 덮인 산의 윤곽이 저토록 희고 선명할 수가 있다니. 이 투명한 곳은 어디란 말인가. 누가 나를 이곳으로 데리고 왔는가. 누군가 거짓말을 하고 있어, 지금 투명한 내가 이곳에 있다고 말하는구나. 나는 지금 생애 최초로 나에게 주어진 객관의 세계가 아니라 나 자신의 상상 속에서 존재하고 있는 것이 틀림없다.

이웃 유르테를 방문하면 항상 야크의 젖을 찻잎과 함께 끓인 밀크티를 대접받게 되는데, 이때 반드시 양손이나 아니면 최소한 오른손으로 잔을 받아들어야 한다. 주는 사람도 마찬가지이다. 간혹 이것을 잊어버리고 왼손을 내미는 사람이 있으면 당장 갈잔의 질책이 떨어졌다. "손이 틀렸잖아!" 그러면 즉시 선한 정령에게 고개를 숙여 사죄를 표현해야만 했다. 가장 여러 번 실수를 한 사람은 아마 한스였을 것이다. 밀크티를 한 잔 다 마시면 잔을 또다시 채워주는데, 이때 원하지 않을 경우 손바닥으로 잔 위를 살짝 덮으면 거절의 몸짓이 된다. 식사를 하기 전이나 후, 간식을 먹을 때나 손님이 찾아오거나 혹은 손님이 되어 다른 유르테를 방문할 때 항상 밀크티를 끊임없이 마시게 되므로 갈증을 느낄 겨를이 없어서 유목민들은 물을 잘 마시지 않는다. 밀크티뿐 아니라 입구가 사발처럼 널찍하고 깊이가 얕은 황동 주발에 따른 화주도 돌아가며 한 모금씩 마시게 되는데, 원하지 않으면 입술만 살짝 대었다가 떼면 된다. 이때 나오는 화주는 독한 보드카일 경우도 있고 가축의 젖을 이용해 담근 비교적 덜 독한 술일 때도 있다. 화주는 한 바퀴만 돌고 끝나는 것이 아니라 여러 순배를 돌기 때문에 조금씩이라도 홀짝거렸다가는 나중에 취할 수도 있다. 하지만 기본적으로 권하는 음식이나 술을 거절하지 않는 것이 유목민의 예절이다. 그리고 중요한 일이 있을 때마다 몇 방울의 밀크티나 화주를 공중으로 뿌리면서 자연의 정령에게 바치는 것은 기본적인 의례이다.

그리고 코담배도 돌아가면서 서로 권하게 된다. 코담배란 얼룩진 무늬가 있는 오래된 돌로 만든 병 속에 향기 강한 풀이나 향료를 이겨넣고 귀한 손님을 만나면 뚜껑을 살짝 열어 냄새를 맡게 하는 것인데, 납작한 비단 천 주머니에 싸서 품에 넣고 다닌다. 코담배 재료의 배합은 개인의 독특한 레시피에 따르므로 누구나 다 자신만의 향기를 가진 코담배를 만들 수 있다. 과일처럼 달콤하거나 쑥처럼 씁쓸하거나 톡 쏘면서 상쾌한 박하향이 나거나 싱그럽거나 독하거나 무지개처럼 복합적이거나 사향 냄새가 나거나 또는 경우에 따라서 익숙하지 않은 이상야릇한 향기가 나거나. 그러나 코담배의 냄새만큼이나 중요한 것이 담배 케이스 자체이다. 햇빛에 비추어 보았을 때 보는 각도에 따라 이루 묘사할 수 없는 여러 가지 다양한 색과 추상적인 무늬가 초록과 노랑, 갈색, 검정과 흰색, 회색 등 겹겹으로 영롱하게 어룽거리는 것이 중요하며 오래된 암석으로 만들었다는 사실을 증명할 수 있는 동식물의 화석이 박혀 있다면 더욱 귀한 대접을 받는다. 이 담배 케이스를 품에서 꺼내 상대방에게 건네는데, 이때 케이스를 쥔 오른손을 상대방의 오른손과 겹치듯이 잡고 서로의 담배 케이스를 한 번에 교환하게 된다. 일상에 필요하지 않은 개인 소유물이나 사치품이

**유르테의 생활**

란 전무하다시피 한 유목민들이 작업복으로 입는 허름한 델 윗부분에서 자신의 담배 케이스를 조심스럽게 꺼내며, 얼굴을 조금 붉히고 매우 수줍지만 동시에 자부심을 숨길 수 없는 미소를 잔잔하게 짓는 광경은 언제 보아도 마음이 따듯해질 정도로 소박하고 인간적으로 느껴졌다. 비록 나는 코담배 케이스가 없었지만, 그럼에도 불구하고 누군가가 자신의 코담배를 나에게 냄새 맡게 하기를 원하면서 수줍은 표정으로 다가올 때, 그래서 품속에서 담배 케이스를 꺼내면서 미소를 지어 보일 때, 그 몸짓만으로 충분하며 아름답고 감동적이기까지 했다. 그곳은 언어가 통하지 않는 것이 큰 스트레스로 작용하지 않는 낯선 사회였고, 그러한 다른 장소를 나는 아직 겪어보지 못했다.

유르테에서 100미터 정도 떨어진 곳에는 선명한 파란색 판자로 지어진 우리들의 화장실이 있었다. 누군가 화장실에서 마음 편히 오래 머물고 싶다면 화장실 판자벽에 겉옷이나 숄 등을 걸어 사람이 있다는 것을 표시해두면 된다. 화장실은 삼면만 벽이 있고 앞은 트여 있으며 천장도 없다. 그러므로 악취도 나지 않고 생각보다 아주 상쾌했다. 월기에 공항의 노천 화장실과는 비교가 되지 않았다는 뜻이다. 눈앞에는 너른 스텝 초원이 그대로 펼쳐졌으며 간혹 가축떼들이 바로 코앞을 지나가기도 했다. 볼일을 마친 다음에는 화장실 곁에 만들어놓은 흙구덩이에서 흙을 한 삽 퍼서 뿌려주면 더욱 좋다. 하지만 다들 이렇게 열심히 흙을 뿌려댄 덕분에 화장실은 예상보다 더 빨리 가득 메워지게 되었고, 그러면 누군가 헌신적인 인물이 나서서 화장실 안에 다시 구덩이를 파놓는 식이었다. 화장실을 사용하는 것은 우리들뿐이었고 다른 유목민 가족들은 아무도 화장실로 들어가지 않았다. 시간이 흐르자 우리는 급할 경우 다른 유목민처럼 그냥 초원에서 볼일을 보는 편이 더 편해졌다. 예를 들자면 커다란 바위 뒤나 언덕 뒤편 등의 장소를 찾을 수만 있다면. 그리고 설사 누군가에게 들킨다고 해도 그것이 더이상 죽을 정도로 창피하지도 않았으며, 다른 사람이 볼일 보는 행위를 실수로라도 굳이 쳐다본다는 것이 도리어 이상하게 여겨지는 단계에 이르렀다. 주의할 사항은 휴지를 사용한 다음 그것을 방치하면 바람에 날리는 쓰레기가 되므로 반드시 돌로 눌러둘 것 등이다.

우리들의 아침은 빵과 밀크티 등으로 일반적인 식사였으나 점심과 저녁은 대개 양고기 요리가 나왔다. 종종 양고기 대신 염소 고기가 나올 때도 있었고 한 번은 지원자들이 직접 사냥한 알타이 마모트 고기를 먹었다. 유목민들이 최고로 치는 요리는 뜨겁게 달구어진 돌과 양고기 조각을 커다란 압력냄비에 함께 넣고 한 시간 정도 불에 데워서 냄비 안에서 발생한 수증기와 뜨거운 돌의 온도로 양고기를 익히는 것이다. 그렇게 요리한 양고기는 숯불구이와 비슷한 맛이 났는데, 우리를 식사에 초대한 유목민 가족들은 주로 이 요리를 내놓았다. 이 요리를 먹기 전에는 독특한 에피타이저가 나오는데, 그것은 도살한 양의 내장과 정체불명의 부속물을 익힌 것으로 넓적한 쟁반에 담아 돌아가면서 한 조각씩 집어먹는다. 양고기가 유르테 밖에서 냄새를 풍기며 익는 동안 우리는 이야기를 나누면서 이 에피타이저와 함께 밀크티와 빵, 야크젖 치즈 등의 유제품을 먹었다.

완벽하지는 않았지만, 나는 최근 몇 년간 언제나 채식주의자였다. 적어도 동물의 살코기는 거의 5년 동안 전혀 먹지 않았다. 알타이로 오기까지 나를 가장 크게 고민하게 만든 현실적인 문제는 바로 그것이었다. 나는

**유르테의 생활**

유목민의 삶으로 들어가는 것이며, 그 어떤 강요가 있는 것도 아니고 의무도 아니며 그래야 할 만한 아무런 뚜렷한 이유도 없지만, 그럼에도 불구하고 자유의사로 기꺼이 그곳으로 가는 것이며, 그러므로 내가 한 번도 먹어보지 못한 양고기를 주식으로 해야 하는 것에 대해서 아무런 불평이나 고민을 토로할 권리가 없다. 단지 3주일 동안이지만 과연 내 위장이 그것을 어떻게 받아들일지, 나는 자신이 없었다. 그렇다고 해서 몸에 익숙한 음식을 약간이라도 챙겨가기는 싫었다. 그것은 어쩐지 내가 꾸고 있는 이 알타이 꿈을 속물적인 현실로 만들어버릴 것 같았기 때문이다.

처음에는 고기를 먹어야 한다는 사실이 매우 무거운 짐으로 다가왔다. 그러나 시간이 지나면서 다른 모든 부담스러웠던 예상들과 함께 육식의 문제도 생각보다는 그다지 큰 짐으로 작용하지는 않게 되었다. 알타이에서 가축들이 살아가는 모습을 눈으로 직접 볼 수 있었던 것이 그 원인이었을 것이다. 유목민의 가축들은 일생 동안 좁은 우리에서 사육되는 게 아니라, 넓은 초원에서 풀을 뜯으며 그들의 삶을 살기 때문이다.

그러나 익숙하지 않은 음식으로 인한 소화불량, 양고기 맛을 좋아하지 않으므로 식사를 충분히 즐길 수가 없었던 점은 끝까지 극복하지 못한 문제로 남았다.


이른 아침잠에서 깨어나 유르테 밖으로 나오면 막 떠오르는 붉은 태양 아래 야크떼들이 목초지로 떠나고 있었다. 나는 단 한 번도 목동의 모습을 직접 본 적이 없다. 야크떼들은 야크의 정령처럼 쿵쿵거리는 소리를 내면서 느린 걸음으로 갔다. 검고 흰 기다란 털에는 이슬이나 서리가 붙어 떠오르는 아침 햇살 속에서 영롱하게 반짝였다. 나는 그처럼 신비로운 영롱함을 내가 사는 세상에서 본 적이 없었다. 야크의 정령들은 1년 내내 눈과 얼음으로 희게 빛나는 고원 산등성이를 향해서 갔다. 그리고 저녁이 되면 어디에서인지 알 수 없는 아주 길고 먼 움직임이 시야에 들어오기 시작하는데 발을 구르는 나직한 소리와 특유의 쿵쿵거림으로 이루어진 그 고요한 소요는 야크떼들의 것으로, 그들은 자신의 집을 아는 발걸음으로 그렇게 줄을 지어 우리의 거주지를 지나갔다. 그들은 항상 일정한 각도로 고개를 숙이고 있는데, 천성이 몹시 수줍어서 사람이 가까이 다가가면 아주 멀리 피해버리곤 했다.

우리의 유르테 주변을 뛰어다니던 아주 작은 검은색 새끼 염소나 개울을 건너다가 발이 바위틈새에 끼는 바람에 내가 손으로 꺼내준 새끼 양, 덥수룩한 털과 커다란 덩치 때문에 늑대보다도 더욱 험상궂어 보였던 유목민의 개들, 순하고 사랑스러웠던 몽골의 말, 우리의 짐을 옮기던 선량한 표정의 신비로운 낙타들, 항상 거주지 주변에서 공중을 빙빙 돌고 있던 솔개, 사람의 접근이 어려운 유난히 험한 독수리 협곡에 둥지를 틀고 사는 독수리, 소문으로만 들었던 알타이 고원의 눈 표범, 깎아지른 듯 가파른 바위벼랑을 자유롭게 돌아다니는 산양, 말을 타고 원승을 나갈 때마다 어디서 나타났는지 알 수 없게 갑자기 등장하던 재갈 없는 야생마의 무리. 그리고 그들의 주변을 사정없이 몰아치던 무섭게 거센 바람. 나는 양 도살 현장이나 알타이 마모트 사냥에 참여하지 않았다. 하지만 알타이에서의 체험은 내가 도시에서 가졌던 육식에 대한 편견을 많이 완화시켜준 것이 사실이다. 특히 육식 혐오의 근원은 단순히 고기를 먹는다는 행위 자체보다도 저가의 대량 공급을 위한 동물의 사육과 도살 방식에 있다는 점을 그곳에서 분명히 느낄 수 있었다. 그러나, 그럼에도 불구하고 모든 종류의 죽음은 절대적으로 우울하다는 편에 나는 서 있다. 그것이 우리 자신의 변함없는 미래라는 점을 끊임없이 상기시키는 성질로서의 죽음 이라는 현상.

　우리들은 알타이 황무지에서 죽은 동물의 잔해들과 수없이 마주쳤으 며, 하얗고 기다란 말의 두개골을 스텝 여기저기에서 주워들었고, 도살한 양의 내장을 사진 찍었고, 잘려나간 채 뒹구는 양의 다리와 말린 늑대의 혀와 꼬리를 보았고, 그사이 여러 번이나 늑대 사냥이 있었고, 한밤에 유 르테 밖을 나갈 때 '젖의 강'이라고 부르는 은하수가 길게 펼쳐진 맑은 밤 하늘 아래, 파랗고 짙은 어둠 속 멀리서 늑대 사냥꾼의 총소리가 들려올 때가 있었다.

　어느 날 아침식사 시간에 갈잔은 늑대를 보호해야 한다는 서구의 낭만 주의자들을 맹렬하게 비난했고, 단순히 먹기 위해서가 아니라 그들이 할 수 있는 만큼 최대한 많이, 닥치는 대로 양을 물어 죽이는 늑대의 습성을 설명하면서 늑대 사냥이 유목민의 생존에 필수적이라는 점을 강조했다. 유목민들은 사냥한 늑대 가죽을 길쭉하게 늘여 바닥에 펼쳐놓고 우리에 게 판매하기도 했는데, 가죽 끄트머리에는 늑대의 머리가 그대로 붙어 있 으며, 그 얼굴 표정과 기다란 주둥이는 분명 죽음의 고통을 겪은 다음일 텐데도 유목민의 전설에 어울리게 여전히 사납고 표독해 보였다. 이 모든 것을 비롯하여 초원을 돌아다니다보면 유르테 곁에 세워진 커다란 사각형의 틀에 동물의 털가죽을 판판하게 펼쳐서 바람에 건조시키는 광경을 흔히 볼 수 있으며, 침대 바닥에는 대개 양의 털가죽이 펼쳐져 있고, 알타이 소녀들은 양의 복사뼈 조각을 그대로 공깃돌로 활용해 가지고 놀며, 늑대 뼈를 깎아 만든 파이프 담뱃대를 비롯하여 여러 종류의 뼈로 만든 장신구와 장난감들, 나중에는 파울이 내게 건넨 늑대 이빨 부적까지도 모두 어떠한 심장의 동요 없이 물끄러미 쳐다볼 수 있게 되기까지는 나에게 한동안의 시일이 필요했다.

주요리가 나오면 유목민들은 허리춤에 찬 커다란 나이프를 칼집에서 빼어들고 고기를 잘라 먹는다. 우리 일행 중에도 주머니칼을 가져온 사람들은 그렇게 했는데, 나는 유목민이 잘라서 건네주는 부위가 가장 맛있고 연하다는 사실을 깨달았으므로, 나이프가 없기도 했지만 굳이 직접 잘라 먹지는 않았다. 익은 고깃덩이와 함께 나오는 뜨거운 돌에는 진한 양 기름이 노랗게 묻어 있기 마련인데 이것을 손에 들고 이리저리 굴려 식혀가면서 손에 양 기름을 바르면 핸드크림을 바르는 것과 같은 효과를 낸다. 그 느낌은 화장품이나 비누 원료인 라놀린과 흡사했다. 야외에서 식사를 할 때면 개들이 우리 등뒤에서 기다리고 있다가 던져주는 뼛조각을 기쁘게 받아 물었다. 유목민의 개들은 덩치가 크고 외모는 사납게 생겼지만 사람이 고기를 먹는 데 다가와서 고개를 들이밀거나 하지는 않았다.

또한 몽고인들이 즐겨 먹는 요리 중에는 부즈라는 것이 있는데, 양고기를 갈아서 밀가루 반죽 속에 채워 증기로 익히는 음식으로, 우리 개념의 고기만두와 흡사하다. 단지 밀가루 반죽이 두껍고 속에 들어간 소가 오직 양고기뿐이라는 점이 다르다. 접시에 부즈를 하나 덜고 그 위에 기름 양념을 한 향기로운 파를 살짝 얹어서 먹는 것이다. 여행이 끝나고 유럽인들이 돌아간 후에 나는 울란바토르 교외 갈잔의 집에서 며칠 동안 머물렀는데 이때 먹었던 맛있는 부즈는 오래 기억에 남았다.

점심을 풍족하게 먹고 나면 저녁에는 고기 조각을 넣고 끓인 국수나 쌀죽이 나왔다. 나에게는 반가운 음식이었지만 마리아는 그런 음식으로는 배가 부르지 않는다면서 불만스러워했다. 알타이에서 돌아온 나는 몸무게가 5킬로 줄었는데, 이건 나뿐만 아니라 우리 일행들 대부분에게 공통된 결과였다. 심지어 음식에 전혀 아무런 문제가 없었으며 양고기를 뼈째 들고 늘 맛있게 뜯어먹었던 마리아조차도 나처럼 5킬로가 줄었다고 했다. 그런데 나의 잃어버린 5킬로는 집으로 돌아온 지 한 달도 되지 않아 아쉽게도 금세 원상회복되기는 했다.

물론 양고기를 먹기 위해서는 양을 도살해야만 했다. 원하는 사람은 양 도살을 구경하거나 직접 참여할 수도 있었다.

가축 도살에 거부감을 가지는 몇몇 일행들을 향해 갈잔은 말했다.

"유목민이 기르는 한 마리 양은 너무 어린 나이에 죽어서는 안 된다. 하지만 너무 나이 들어 죽어서도 안 된다."

갈잔은 스스로 유목민이라는 점을 자랑스러워했다. 그래서 우리 정주민 일행들을 향해서 턱을 내밀고 도도한 표정으로

"너희는 밀을 키운다. 가을이 되면 우리가 가서 그 밀을 빼앗아온다. 그것이 수천 년 동안 우리가 살아온 방식이다."

하고 말하기도 했는데, 이렇듯 갈잔 특유의 도발적인 연기를 유치하다고 생각하는 일행도 있긴 했지만 나는 알타이 체류 내내 그로 인해서 즐거웠다.

육식을 주로 하는 유목민들의 음식이지만 조리법 자체는 기름지지 않았다. 또한 그들은 향신료나 양념을 거의 사용하지 않고 소금간도 강하게 하지 않으므로 양고기 특유의 맛이 진하게 느껴졌다. 그래서 우리들 중에는 인스턴트 소스 제품을 가지고 와서 요리에 쳐서 먹는 사람도 있었다. 그리고 유목민들은 도시인들과는 달리 느긋하게 앉아 배불리 먹는 습관이 없었다. 그들의 식사는 간소했고 많이 먹지 않는다는 인상을 받았다. 갈잔은 그릇의 음식을 다 비우면 혀를 길게 내밀고 그릇을 깨끗해질 때까지 싹싹 핥아 먹었는데, 그는 유목민들의 전통적인 이 방식이 음식을 아끼고 설거지를 간편하게 하는 기능 외에도 편도선을 자극하여 튼튼하게 하는 효과가 있다고, 그래서 유목민의 아이들은 편도선염에 걸리지 않는다고 주장하면서 우리에게도 이렇게 하기를 권유하곤 했다. 실제로 일행 중에는 그의 말에 따라 접시나 그릇을 혀로 핥는 사람도 많았다. 마리아도 그중의 한 명이었다. 실제로 우리는 식사 때마다 밀크티를 마신 그릇에다 다시 음식을 받는 것이 보통이었고, 그것을 다 먹으면 다시 그 그릇에 밀크티나 뜨거운 물을 부어 마셨으므로 갈잔의 방식은 합리적인 것일 터였다. 음식 그릇과 찻잔을 따로 사용한다는 것은 물이 귀한 유목 생활에서는 엄청난 사치였으니까. 하지만 나는 갈잔 이외의 다른 유목민이 그렇게 그릇을 핥는 광경을 본 적이 없으며, 우리와 함께 알타이에서 시간을 보낸 갈타이나 울란바토르에 살고 있는 갈잔의 다른 가족들도 마찬가

**유르테의 생활**

지로 그렇게 하지 않았다. 나중에 나는 그 이유를 물었고 갈잔은 대답하기를, 다른 이들은 유목민의 전통인 그릇 핥기를 부끄러워하기 때문에 외부인 앞에서 그런 모습을 보이지 않는 것뿐이라고 했다.

하지만 나는 종종 갈잔이 점잖은 식사 예절을 무척 중시하는 유럽인들이 혀를 쑥 내밀고 접시를 핥아 먹는 원시적인 모습을 보이도록 도발하고 그 광경을 즐기는 건 아닌가 의심이 들기도 했다.

하루 세 번의 식사 시간마다 유르테의 가장 상석에 자리잡고 대화를 주도하는 것은 언제나 추장 갈잔이었다. 알타이 유목민의 아들로 태어나 사회주의 시절 동독 라이프치히 대학에서 독문학을 전공한 그는 유머와 화제가 풍부했고, 유목민의 전통적인 삶과 유럽식의 라이프스타일을 두루 이해하고 있는 사람이었다. 그를 직접 만나기 전 나는 갈잔 치낙이란 인물을 상당히 유럽화된 아시아 지식인의 한 명으로 예상했으나, 알타이에서 알게 된 그는 독일어를 능숙하게 할 줄 아는 전통적 유목민 추장에 더욱 가깝게 보였다. 물론 그의 가장 큰 매력은 성인이 된 이후 배운 독일어로 소설을 쓰는 작가라는 점이다. 그런 점에서 독일 문단은 그를 종종 요코 타와다와 비교하곤 한다.

나는 아마 내 생애 동안 그곳 알타이에서, 심지어 몸이 아플 때조차도 가장 많은 미소를 지었던 것 같다. 진짜 미소 말이다. 나는 여러 가지 이유로 인하여 그곳 알타이에서 특별한 경험담이 될 만한 일들—매일 밤 난로에 불 피우기라든가 양 도살, 마모트 사냥이나 가죽 무두질 작업, 양젖 짜기, 야외에서 별을 보며 잠들기 등—에 한 번도 직접 참여하지 못했기 때문에 그런 종류의 여행을 경험한 다른 이들에 비하여 매우 빈약한 체험담을 갖고 있으므로 나를 가득 채우고 있었던 가벼운 흰 연기와도 같은 그 감정은 스스로 생각하기에도 신기한 일로 보였다.

## 검은 호수 아일

검은 호수 아일에 도착한 다음날, 매우 피곤했지만 일찍 잠에서 깨어났다. 햇살이 좋았으므로 우리는 야외에서 아침식사를 했다. 이후로도 항상 태양이 비치는 날이면 예외 없이 양지바른 장소에 아침 식탁이 차려졌다. 하지만 공기는 상상을 초월할 정도로 차가웠다. 푸른 하늘과 대지의 경계가 뚜렷했으며 사물들의 윤곽이 한없이 맑은 얼음 렌즈를 통해서 보는 것처럼 선명하고 깨끗했다.

　마리아와 나는 이른 아침부터 마테차를 마셨고 여러 잔의 따뜻한 밀크티로 몸을 데운 다음 야크젖 버터와 딸기잼을 바른 빵으로 아침을 먹었다. 두꺼운 옷을 가져오지 않은 나는 갖고 있는 티셔츠를 거의 다 껴입어야만 했다. 어디에도 거울은 없었으므로 우리는 3주일 내내 우리들의 외모가 어떻게 보일까 알 도리가 없었다. 세수를 하기 위해 냇물에 두 손을 담갔을 때, 온몸을 찌르는 듯한 통증이 느껴졌다. 그 통증은 물속에 잠긴 손에서 시작하여 머리끝까지 단숨에 점령하는, 강하고 날카로운 것이었다. 얼음산에서 흘러내려오는 차가운 물 때문이었다. 물속에는 물고기나 다른 생물은 보이지 않았다. 알타이의 물에는 아무것도 살지 않는 듯했다.

검은 호수 아일은 주변 가까운 곳에 높은 산이 없었고 나지막한 암석의 언덕들뿐이었다. 언덕에는 신비로운 색채의 납작한 녹색 돌들이 굴러다녔다. 한없이 펼쳐진 그 돌들은 알타이 대지의 비늘 같았다. 나지막하게 보이는 언덕이지만 그것을 넘어가는 것은 아주 힘들고 또한 어떤 점에서는 영원히 불가능해 보이기도 했다. 왜냐하면 그곳의 언덕은 지표가 될 만한 나무나 커다란 바위, 샛길이나 계곡 등의 뚜렷한 지형이 없기 때문이다. 거북의 등처럼 둥그스름하게 이어지는 드넓고 황폐한 스텝 벌판, 하나의 언덕은 또다른 언덕의 한 부분이며 그 언덕은 또다시 다른 언덕으로 말없이 연결되는 커다랗고 경사진 옆구리일 뿐이므로 그곳을 걷다보면 과연 하나의 언덕을 넘는다는 일이 가능할까 하는 의문이 들게 되고, 어느 순간 가까스로 높은 언덕에 올라서 사방이 트이게 되면, 자신이 이제 겨우 더욱 높은 언덕의 초입부로 간신히 들어섰을 뿐이라는 것을 깨닫게 되며, 같은 모양의 언덕들이 바람에 솟구치는 무수한 물방울처럼 여전히 눈앞에 끝 간 데 없이 이어지고, 그리하여 이곳에는 원칙적으로 길과 언덕과 산맥과 하늘이 구분이 없으며, 결국은 어느 방향으로 가더라도 융기한 산맥과 산맥의 영원한 주름 사이로 들어설 뿐이었다.

숨막히게 드넓고 황량하다는 인상을 제외하고는 특별하게 장엄하거나 경이롭지는 않다. 우리가 그 어느 곳의 그림엽서에서도 볼 수 없을 청회색빛 모노톤으로 가득할 뿐이다. 그곳의 풍경과 대지의 형태가 주는 전체적인 느낌은, 알타이의 다른 지역과 마찬가지로 푸르게 녹슨 칼을 든 늙

하나의 언덕은 또다른 언덕의 한 부분이며 그 언덕은 또다시 다른 언덕으로 말없이 연결되는 커다랗고 경사진 옆 구리일 뿐이므로……

은 정복자처럼 과묵하면서 소리 없이 압도적이었다. 화려함과는 거리가 먼, 푸르스름한 녹색 피부를 가진 노인과 그의 오래된 청동칼.

나는 한국에서 두 권의 책을 가지고 왔다. 한 권은 한국어 책인 토마스 베른하르트의 『소멸』이고 다른 한 권은 독일어로 된 네이폴의 『마법의 씨앗』이다. 나는 그 두 권을 기분에 따라 병행하여 읽고 있는 중이었는데, 특히 『마법의 씨앗』은 중반을 넘어서면서 매우 흥미진진하게 진행되었으므로 한창 몰입하여 빠져 있었다. 그런데 불행히도 검은 호수 아일에 도착한 다음날 아침, 나는 내가 그 두 권의 책을 모두 욀기에서부터 타고 온 버스 선반 위에 두고 내렸다는 사실을 깨달았다. 물론 버스는 욀기에로 돌아간 다음이었다. 한창 재미있게 읽던 『마법의 씨앗』을 생각하면 너무 속이 상했다. 그 책은 한국에서는 사지 못할 것이기 때문이다. 게다가 내가 몇 년 전 사서 당장 다 읽지는 않았지만 항상 가지고 다니며 시간이 날 때마다 한두 페이지씩 넘기던 손때 묻은 책이라 더욱 가슴이 아팠다. 산지 얼마 안 되어 프랑크푸르트 호텔에서 이미 한 번 잃어버렸다가 다시 되찾은 책이며, 그래서 그 책 속표지에 이름까지 써놓은 것이다. 다시 같은 책을 독일에서 살 수 있다고 해도 회복될 것 같지 않은 아픔이었다. 갈타이에게 사정을 말했더니 나중에 우리가 욀기에로 다시 돌아갈 때도 같은 버스를 탈 터인데, 그때 운전사에게 물어보겠노라고 했다. 알타이에서는 핸드폰도 소용이 없으므로 그의 말대로 기다리는 수밖에 다른 도리가 없었다. 나는 기대를 버렸다. 그래서 나는 알타이 생활 내내 읽을 책이 한 권도 없는 입장이 되어버렸다. 처음에는 몹시 당황스러웠으나, 곧 알타이에서는 녹서가 도시에서처럼 그렇게 필수적이지는 않음을 알게 되었다. 무엇보다도 해가 진 다음 유르테 안에는 조명이 없다. 희미하게 빛나는 난로의 불빛뿐이고, 그나마도 얼마 후면 꺼져버린다. 우리는 유르테 가운데 난로 앞에 조그만 샤머니즘 제단을 만들어 거기에 파울이 주워온 돌과 부적 등을 놓고 촛불을 하나 켜두긴 했으나 책을 읽을 수는 없는 밝기였다.

하지만 여행이 중반 이후로 넘어가면서 글자가 그리워 도저히 견딜 수 없게 되자 나는 마리아가 갖고 있는 책을 빌려 낮에 유르테에서 두어 페이지를 읽기는 했다. 헝가리의 역사를 다룬 책이었는데, 역시 유르테에서 뭔가를 집중해서 오래 읽는다는 것은 불가능해 보였다. 문득 고개를 들어 유르테 밖을 내다보면, 내가 단 한 번도 본 적이 없는 그런 태양빛이 천지를 차갑게 달구고 있기 때문이다. 시냇물이 흘러가는 소리, 바람 소리, 양들이 우는 소리가 들려온다. 한 마리의 야크가 유르테 앞을 지나간다. 알타이에서 머무는 마지막 날까지도 나는 그런 순간들이 과연 내 현실의 내부에서 일어나는 일이 맞는 것인지 헛되이 자문하곤 했는데, 확실한 대답을 발견한 적은 한 번도 없다.

나는 집안에서의 고독에 익숙하고 늘 그것을 사랑하며 야외 생활을 좋아하지 않는 편이지만 알타이에서는 좀 달랐다. 유르테 밖을 나오면 항상 어떤 눈길이 있어, 그것이 나를 지켜본다는 생각이 들었다. 어느덧 나는 그 눈길을 사랑하게 되었다. 파울은 그것을 알타이산의 정령이라고 불렀다.

스텝 사막이나 초원을 둘러보면 첫눈에는 대개 아무것도 보이지 않는다. 시선을 단번에 사로잡을 만한 키 큰 존재가 없으며, 각이 지고 날카로운 암석의 능선만이 반복해서 이어질 뿐 맑고 희박한 허공은 대부분 텅 비어 있다. 땅은 먼지와 돌로 덮여 있으며 이끼처럼 키 작은 식물들이 군데

===

…… 결국은 어느 방향으로 가더라도 융기한 산맥과 산맥의 영원한 주름 사이로 들어설 뿐이었다.

**검은 호수 아일**

군데 지표면에서 자라난다. 태양의 화로는 하늘에서 이글거리는데 바람은 얼음같이 차다. 여인의 얼굴은 검게 타고 입술은 바싹바싹 마른다. 피부가 거칠어지고 머리카락이 바랜다.

독수리나 솔개가 천천히 원을 그리며 하늘을 날고 있다면 그것을 올려다보게 된다. 덩치가 늑대의 두 배쯤 되는 커다란 개가 이쪽을 노려보면서 가까이 다가오면 두려워진다. 그러면 갈잔이 가르쳐준 대로 돌을 하나 집어들면 된다. 그것을 본 개는 더이상 다가오지 않고 사라진다. 끊임없이 불어대는 바람에 유르테의 문은 덜컹거리고 널어놓은 빨래가 펄럭이거나 유르테 천장 덮개가 소리를 내며 뒤집어진다. 나는 슬리핑백 위에 방수포를 씌우고 잠을 잤는데 그러면 아침에는 항상 슬리핑백과 방수포 사이에 온도 차이로 인한 물방울이 잔뜩 맺혀 있곤 했으므로 매일 아침 슬리핑백을 밖에 널어 말려야만 했다. 무거운 슬리핑백을 유르테 위로 얹어 끈 사이에 고정시키는 일은 힘이 들었다. 그때마다 현기증이 일었고, 양고기 식사에 적응하지 못해 항상 밥을 양보다 적게 먹게 되므로 늘 기운이 없다는 느낌이 들었다. 사실 처음 도착한 이후 며칠 동안은 유르테를 비롯하여 우리의 거주지 전체에서 독한 양고기 냄새가 진동하는 바람에 숨을 쉬기가 힘들 정도였으나 사흘 정도 지나자 다행히도 그 냄새가 더이상 맡아지지 않았다.

스텝 사막이나 초원을 둘러보면 첫눈에는 대개 아무것도 보이지 않는다. 그러나 문득 발아래를 내려다보면, 진한 초록빛이나 회색빛 암석들 사이에서 믿을 수 없을 만큼 작고 여린 존재들이 대지에 뿌리를 내리고 살고 있음을 발견하게 된다. 그들은 알타이의 야생화들이다. 그곳 야생화의 아름다움은 정말로 놀라웠다. 혹독한 바람과 기후 때문에 키가 최대 몇 센티에 불과하고 이끼처럼 납작하게 엎드려 바위 틈새에 숨어서 자라난다. 그래서 유심히 보지 않으면 없는 것과 마찬가지로 전혀 눈에 띄지 않지만 그들은 화려한 조경화에 뒤지지 않게 색색의 고운 자태를 갖고 있으며, 우리가 다른 세상에서는 한 번도 만난 적이 없어 신비롭고 이름 없는 존재들인데 특히 그중에서 알타이 에델바이스라고 명명된 흰빛의 고산지대 야생화가 유명하다고 들었다.

그러나 정작 내 마음을 비밀스럽게 사로잡은 것은 유난히 거친 산비탈 황무지에서 자라는 초록 양파였다. 바위에 달라붙어서 자라는 초록 양파는 방울토마토만한 크기였으며 요리에 넣으면 매콤하고 향기로운 맛이 났다. 우리는 가끔 초록 양파를 캐러 근처 황무지 언덕으로 올라갔다.

어느 날 나는 문득 우리들의 아일 근처를 돌아다녀보고 싶었다. 그래서 혼자서 호수로 가보기로 했다. 사람들에게 검은 호수가 있는 방향을 물어서 걷기 시작했다. 화장실이 있는 방향으로 곧장 가면 금방 호수가 나온다고 했다. 그곳은 해가 지는 방향이었다. 그런데 우리들이 사는 아일 인근에도 조그만 호수가 하나 있었는데, 그 주변은 늘 물기가 고여 있어서 늪지처럼 철벅거리고 발이 푹푹 빠지는 축축한 땅이었으므로 물을 마시는 가축이나 접근할 뿐 사람은 가까이 다가갈 수 없었다. 그래서 나는 검은 호수라는 이름에서도 특별히 목가적이거나 낭만적인 광경을 기대하지는 않았고, 단지 홀로 산책을 나서고 싶었던 것이다.

즉흥적으로 길을 나선 나는 모자도 선글라스도 없이 강렬한 햇살 속을 한 시간 정도 걸었다. 스텝 평원을 한 시간 걷는 것은 도시의 거리나 공원을 한 시간 동안 산책하는 것과는 비교할 수 없을 정도로 많이 다르다. 도시에는 앉아서 쉴 수 있는 그늘이나 카페가 있고, 물을 사 마실 수 있으며, 무엇보다도 주변에 늘 다른 존재들이 활동하고 있고, 그렇게 주변이 늘 움직이거나 변화하고 있기 때문이다. 그런 요소는 자신이 어떻게든 이동하고 있다는 사실을 인식하게 해준다. 하지만 스텝 평원에서는 그런 것이 없다. 스텝에서의 산책자는 거리와 시간, 원근과 사물의 실체에 대하여 아주 다른 감각을 경험하게 된다. 그리하여 어느 순간 문득 두려움을 유발하는 고립감, 고독감이 형체 없는 번개처럼 엄습하는 것이다. 즉흥적으로 길을 나선 지 얼마 안 되어 나는 곧 주변에 아무도 없고, 아주 많이 걸은 것 같은 느낌이지만 주변의 풍경과 원근은 이상스러울 정도로 전혀 변하지 않고 있으며, 북쪽과 남쪽이 다르지 않고 동쪽과 서쪽을 구별할 수 없다는 느낌에 사로잡혔다. 나는 바늘이 없는 나침반의 한가운데를 영원히 서성이는 것 같았다. 그리고 내가 이 자리에서 그대로 원소가 되어 사라져버려도 아무런 흔적도 남지 않을 것임을 깨달았다. 나를 지켜보는 것은 오직 먼지와 햇빛, 바람, 그리고 빙글빙글 원을 그리며 돌고 있는 맹금류. 그것은 '아무도 신경 쓰지 않음'으로 특징지어지는, 우리 모두에게 너무도 익숙하며 어느 정도는 사랑스럽기까지 한 도시적 익명의 고독감과는 좀 다른 성질이었다. 그것은 들판에 홀로 서 있는 사람 모양의 돌이나 선 채로 죽은 나무 등을 보게 되면 마음에서 저절로 피어오르는 회색빛 암시 같은 것, 절대적으로 혼자임이 유발하는 자연의 고독, 멜랑콜리라기보다는 물질적인 고독이었는데, 단 한 번도 실제 몸으로는 체험해보지 못한 종류의 절대적인 음울이자 '나'의 분해였다. 나는 내가 그 어떤 무엇에 의해서 가장 근원적인 요소로 전이되고, 마침내 부피도 밀도도 없는 존재로 화하는 기분이 들었다. 그때 이해할 수 없게도 예전에 책에서 읽었으며 당시는 이상하게만 생각되던 어떤 예언의 말이 떠올랐다. "……그리고 이 세상이 멸망한 뒤, 살아남은 인간은 기계가 될 것이다. 팔과 다리 그리고 몸통을 거쳐 뇌와 영혼까지도. 그 기계의 기본 모형을 이루는 것은 자연에서 오게 되는데, 그것은 벌이나 개미의 생체일 것이다. 그리고 인간의 눈은 수많은 화면을 가진 멀티텔레비전처럼 이 행성과 저 행성, 이 차원과 저 차원, 이 시간과 저 시간의 일들을 동시에 보게 될 것이다……" 그때 내가 걸어가고 있던, 어디에도 실제로는 있지 않은 그 길은 마치 보이지 않는 시간의 통로와도 같았다. 다른 행성. 그렇다, 나는 길의 반대편에 놓인 동시에 존재하는 다른 행성에 있는 또하나의 나가 되어 나와 평행한 채 그렇게 계속해서 걸어갔다.

내 몸은 추위에 떨었고 머리는 열로 지끈거렸다. 지금도 알타이 고원을 생각하면 항상 나를 따라다니던 그 아득한 고지대의 현기증과 온몸을 사로잡는 영원한 갈증이 떠오른다. 도무지 방향을 짐작할 수 없이 빙글빙글 돌아가며 비현실성을 부추기던 사방의 풍경도. 그곳의 사람들은 누구나 "금방" 혹은 "조금만 가면"이라고 말했다. 하지만 그것은 세 시간이 걸릴 수도 사흘이 걸릴 수도 있는 거리였다. 바로 앞쪽에 보이는 낮은 언덕까지 가는 데 얼마나 걸릴지 아무도 짐작할 수 없었다. 그곳은 오직 '스텝의 거리감'만이 적용되는 땅이었다.

도중에 군데군데 자그마한 호수가 보였다. 분화구처럼 깊숙이 파인 자갈땅 가운데 모래무덤 형태의 호수들이 자리잡고 있었다. 그들은 그처럼 낮은 곳에 숨어 있으므로 바로 곁을 지나치지 않는다면 결코 발견할 수 없을 터였다. 희고 커다란 바위들이 호수 주변에 흩어져서 반짝이고 있었다. 사방은 고요했다. 잘 닦인 청동 원반처럼 빛나는 깨끗한 호수 말고는 아무것도 없었다. 우거진 갈대밭도, 목가적인 풍경도, 호수에 드리워진 녹색 버드나무의 그림자도 없었다. 보이지 않는 짐승들이 굴속에서 몸을 움직일 때마다 작은 돌들이 호수 쪽으로 스르르 굴러떨어지는 소리만이 기묘한 규칙성을 가진 채 들려왔다. 혹은 그것은 보이지 않는 새들이 허공에 발자국을 남기는 소리였는지.

나는 느리게 흔들거리면서 계속해서 갔다. 나는 내가 잃어버린 책이나 갖고 오지 못한 책들을 생각하면서 걸었다. 그것들은 지금 어디에 있을까. 글자를 한 줄도 읽지 못한 지가 며칠이나 지났을까. 아니 도대체 오늘이 며칠이나 되었단 말인가. 나는 이곳에 얼마나 오래 있었을까. 나는 이곳에 얼마나 오래 있게 될까. 나는 왜 이곳에 있게 된 것일까. 유르테에 있을 때는 바로 눈앞에서 나지막하게 보였던 돌투성이 구릉을 넘는 데는 생각보다 시간도 많이 걸리고 힘이 들었다. 그리고 구릉을 넘어서자 내 눈앞에 검은 호수가 나타났다.

왜 그곳이 검은 호수인지는 모른다. 오직 하늘만이 그 속에 담겨 있었는데 내 눈에는 바다처럼 크게 보이는 호수 가득히 짙은 쇠붙이 빛깔의 놋쇠 하늘이 견고하게 잠겨 있었다. 물고기도, 물새도, 어부의 전설도 없는 그곳은 순수한 물과 돌의 세계였다. 호숫가로 끊임없이 파도가 밀려왔다 사라지기를 반복했다. 얼마나 오랫동안 이 물은 여기서 이렇게 살고 있었을까. 한없이 맑고, 투명하고, 검고, 견고하기까지 한 절대적인 물이었다. 나는 호수로 다가가 물속을 들여다보았다. 물고기가 살지 않는 차가운 호수에 관해서 나는 책에서 읽은 적이 있다. 그러나 실제로 그런 호수의 물속을 직접 들여다보기는 처음이었다. 호수 주변은 돌의 세계였다. 거대한 소금 덩이처럼 희고 커다란 바위들과 신비롭게도 오래된 인간의 형상을 한 암석들. 그 사이에 돌을 쌓아올린 샤머니즘 제단인 우부가 있었다. 나는 눈앞에 갑작스럽게 나타난 거대한 호수의 존재에 한동안 아무런 생각도 할 수 없이 햇빛 속에 화석이 되어 무너진 채로 주저앉아 있었는데, 그때서야 내 운동화 밑창이 거친 돌길을 걸어오느라 반쯤 떨어져 망가진 것을 알았다.

알타이의 매혹적인 점은 거칠고 투박한, 때로는 위험한 자연이 그 모습 그대로 그 자리에 놓여 있다는 점이다. 지각이 토해놓은 그 상태 그대로의 암석들. 그것은 편리한 시설로 잘 단장한, 도로와 지프와 여행자 캠프가 눈에 띄는 유명 관광지와 분명히 구별되는 점이다. 나는 이렇게 크고 웅장하며 아름다운 호수가 그 어떠한 상업적 목적으로 활용되지도 않은 채 이렇게—마치 우리의 세계와 평행하는 다른 행성에 있는 것처럼—고독하게 놓여 있을 수 있다는 사실에 놀랐으나 알타이를 더 많이 알게 되면서 그것을 더이상 이상하게 여기지 않게 되었다. 알타이—투바 땅의 지형이 험준하고 대규모 인원의 접근이 어려우며 무엇보다도 아름다운 호수를 포함한 국립공원은 다른 곳에도 많이 있으므로 아무도 이곳 알타이

**검은 호수 아일**

검은 호수.

야생을 건드리지 않고 놓아둘 수 있다는 점이 감사할 따름이었다.

나는 그 호수 속으로 걸어들어가고 싶었다. 나는 그 자리에서 옷을 벗었으나 곧 바람이 너무나 차가우며, 저 물속에 들어가 목욕을 하면 1초도 지나지 않아 이가 덜덜 떨리는 한기를 경험하게 될 것이며, 목욕을 위한 아무런 준비도 없이 빈손으로 떠나온 나는 금방 감기에 걸리리라는 것을 깨달았다. 여기서 창백한 태양을 향해 샤먼의 춤을 추며 경배를 바칠 수는 있겠지만, 목욕만은 하지 못하리라. 나는 다음날 반드시 다시 와서 호수로 들어가리라 생각했다.

평범하게 보이는 산등성을 넘었거나 언덕을 지났을 뿐인데도, 그럼에도 불구하고 전혀 짐작하지 못한 의외의 세계와 조우한 느낌이었다. 그것은 한낮의 전설이나, 잠 없이 마주친 꿈처럼 보였다. 이 글을 쓰고 있는 지금도 과연 내가 그것을 보았던 것이 맞을까 스스로 의아하게 생각되는 비현실적인 풍경. 누군가 그날 꿈속에서 그 차가운 물속으로 들어갈 수 있었다면, 그는 아마도 검은 호수에 사는 유일한 물고기로 변했으리라. 나는 그가 물속에서 헤엄치는 것을, 그의 그림자가 검게 너울거리며 물 가운데로 향하고 그의 붉은 아가미가 규칙적으로 움직이고 그의 반짝이는 초록빛 비늘, 짙은색 등지느러미와 꼬리의 움직임, 투명한 살갗 아래 하얗게 드러나 보이는 등뼈, 검고 동그란 눈동자가 점액과도 같은 눈자위 속을 무표정하게 떠다니는 것까지 모두 자세히 지켜보았을 것이다. 모래알갱이처럼 작고 단단한 태양의 입자가 내 눈과 피부를 쏘아댄다. 그래서 나는 내가 해초나, 혹은 물 위에 뜬 무언가의 그림자로 변할 수 있기를 바라겠지만, 그 머뭇거리는 바람의 감정이 채 가시기도 전에 물고기는 자취

**검은 호수 아일**

도 없이 사라져버리고 나는 길고 느린 터널, 꿈에서 깨어나는 어두운 통로에 있게 된다. 그 통로를 지나가는 시간, 나는 내가 어떤 경로를 통해서 이곳으로 왔으며 이곳에서 무엇을 보며 어떻게 해서 다시 돌아가게 되는지 터널의 벽에 기록한다.

유르테로 돌아온 나는 마리아에게 말했다. "마리아, 우리 내일 날씨가 좋으면 검은 호수로 가자. 몸을 씻기에 좋을 것 같은 장소란다. 게다가 얼마나 아름다운지, 너도 반드시 그 호수를 봐야만 해." 그러자 마리아는 망설이면서 느릿하게 대꾸했다. "아름다운 호수라니 나도 가보고 싶어. 하지만 나는 목욕을 하지는 않을 거야. 나는 다른 사람에게 내 몸을 보이기가 싫으니까. 하지만 네가 원하면 네가 씻는 걸 도와줄 수는 있어." 그래서 나는 마리아에게 그곳에는 우리 둘밖에 없을 것이고, 네가 원하지 않으면 결코 네 몸을 쳐다보지 않겠다고 약속을 해서 설득했다.

그러나 우리는 슬프게도 그렇게 하지 못했다. 그 이후 이어진 날들은 날씨가 너무 추워 물속에 몸을 담근다는 것은 상상도 못할 정도였을 뿐 아니라 다른 유르테로 점심식사 초대를 받거나 다 함께 말을 타고 원승을 나갔고, 그런 다음 우리는 첫번째 거주지인 검은 호수 아일을 영영 떠나 다른 곳으로 이사를 가게 되었기 때문이다.

## 한스, 그쪽은 퀼른으로 가는 길이야

몽고의 말은 양순한 편이고 무엇보다도 키가 낮아 올라탔을 때의 두려움이 덜하므로 초보자도 쉽게 배울 수 있다는 헬라의 말은 맞았다. 그러나 나는 22명인 우리 일행 중에서 유일하게 승마 경험이 전무한 사람이었고, 그래서 처음에는 많은 긴장을 했다. 말을 타는 행위는 언제나, 누구에게라도 치명적으로 위험할 수 있다, 하고 갈잔은 처음 원승을 나가는 날 우리에게 이렇게 말했다.

"얼마 전에도 인근 유목민 젊은이 하나가 말에서 떨어져 죽는 사고가 발생했다. 태어날 때부터 말을 탈 줄 안다는 유목민에게도 그런 일이 발생할 가능성이 늘 있는 것이다. 그러므로 말에 올라탄 다음에는 절대 규칙을 지켜야 한다. 그 규칙이란 첫째, 말 위에서 몸을 쓸데없이 움직이지 말아야 한다는 것이다. 말은 몹시 예민한 동물이므로 피부에 와닿는 낯선 감촉에 거세게 반응할 수가 있다. 예를 들어서 말 위에서 겉옷을 벗거나 입는 행위는 절대 금지이다. 지금까지 우리와 함께한 여행자들 중에서 말에서 떨어진 사람은 모두 안장 위에서 재킷을 입거나 벗고, 배낭에서 뭔가를 꺼내는 등의 아크로바틱을 시도한 사람들이다. 그러면 말은 놀라서 펄쩍 뛸 수가 있다. 그리고 당연한 일이지만 항상 주변을 살펴야 한다. 현대의 공해물인 플라스틱 병은 알타이에도 예외 없이 굴러다니고 있다. 빛을 번쩍거리며 반사하는 비닐 조각이 갑자기 앞에서 날아오는 등의 충격에도 말은 놀라게 된다. 그리고 말이 경사가 심한 비탈길에서 주저앉거나 스스로 비틀거리는 경우도 발생할 수 있다. 말도 생물이므로 언제든지 발을 헛디디거나 비틀거릴 수가 있다. 그러므로 길을 잘 살피면서 가야 하고 만일의 경우 말에서 떨어질 수도 있음을 유념하고 있어야 한다. 그러면 덜 위험하다. 두번째 주의점은 만약 이와 같은 비상사태가 발생해서 말이 날뛰게 될 경우, 재빨리 고삐를 잡아당겨 말을 멈추게 해야 한다는 것이다. 고삐를 잡아당겨라, 이것을 잊으면 안 된다."

어느 날 원승을 가는 도중에 일행 중 한 명인 레기나가 말에서 떨어졌다. 우리는 급한 비탈길을 한 줄로 조심조심 내려가는 중이었다. 도시에서라면 다들 머리에 헬멧을 쓰고 규정된 장비를 착용하겠지만 알타이에서는 그런 것이 없다. 나는 아직 산 위쪽에 있었는데, 갑자기 저 아래쪽에서 말 한 마리가 눈에 띄게 동요하는 것이 보였다. 고삐를 놓친 레기나는 위태롭게 말 등에 몇 초 동안 아슬아슬 매달려 있다가 결국 떨어지고 말았다. 나는 말이 쓰러진 레기나의 등을 밟고 지나가는 것을 보았다. 사방은 날카로운 바위투성이였고 벼랑이나 다름없이 급경사였다. 그것은 레기나뿐 아니라 우리 모두에게도 매우 위험할 수 있는 상황이었다. 다른 말들도 놀라 덩달아 날뛸 수 있었으니 말이다. 게다가 좁다란 산비탈 경사길을 차례로 내려가는 도중이었으므로 그런 광경을 보고도 자리에서 움직일 수조차 없었다. 레기나는 운이 좋았다. 등에 멍이 드는 것으로 그치고 말았던 것이다. 그녀는 배낭에서 겉옷을 꺼내려고 했다고 한다. 또 한번은 내 바로 앞에서 말을 타고 가던 파울이, 말이 땅을 잘못 디뎌 비틀거리는 바람에 그대로 말의 머리를 넘어 앞쪽으로 굴러떨어진 일도 있었다.

우리가 원숭을 나갈 때마다 서너 명의 유목민 남자들이나 소년들이 항상 우리와 동행했다. 유목민 소년들은 안장도 없는 말 위에서 갈기만 붙잡고도 능숙하게 달렸다. 그들은 혼자서 말을 몰기 어려워하는 사람이나 너무 속도가 처지는 사람의 말 줄을 앞에서 끌어주고 레기나와 같은 사고가 생길 경우 말들을 진정시켰으며 우리가 말에 올라탈 때나 내릴 때 도움을 주었다. 그리고 다른 유르테 근처를 지나갈 때면 개들이 우리 일행에게 다가오지 못하도록 미리 신경을 썼다. 개들이 말에게 덤벼들 수 있는데, 그러면 말들이 놀라기 때문이다. 종종 우리가 말을 타고 먼 길을 나설 때 낯선 유르테 앞에서 유목민 아이들이 그들의 개를 움직이지 못하도록 꼭 끌어안은 채 우리가 지나가는 광경을 표정도 미소도 없이 물끄러미 지켜보고 있는 모습을 만난 것이 기억난다. 유르테에 사는 유목민 아이들은 평소라면 아이들에게 큰 관심이 없는 사람에게도 눈길을 끄는 존재였다. 그들은 유난히 조용했으며, 우리와 같은 손님이 있을 때면 부모에게도 큰 소리로 말을 건네지 않을 정도로 수줍어서 우리는 유르테 안에 아이가 있는지 없는지 잊어버리곤 했다. 심지어 유목민 아기들은 울지 않는다는 말도 있는데, 실제로 나는 유르테 안에서 어린 아기들을 여럿 보았지만 그들이 울거나 칭얼대는 광경을 거의 목격하지 못한 듯하다. 그들은

**한스, 그쪽은 뭘른으로 가는 길이야**

항상 주목받는 일에만 익숙한 도시의 아이들과 너무 많이 달라 보였으므로 결코 어린아이의 예찬자가 아닌 나조차도 종종 그들에게서 눈을 뗄 수가 없었다.

유목민 아이들에게 가장 큰 행사는 태어나서 첫번째로 머리를 자르는 날이다. 유목민 아이는 서너 살에서 다섯 살 정도가 될 때까지 머리를 자르지 않고 기르다가 이 행사 날에 최초로 머리를 자르게 된다. 머리 자르기는 특별히 택한 기일에 행해지며 그날은 인근의 모든 사람이 초대되어 함께 참여하는 것이 보통이다. 우리도 한 번 그 행사에 초대를 받았는데, 머리 자르기의 주인공은 귀엽게 생긴 다섯 살 난 인근 유르테의 어린 남

유목민 사내아이. 아직 머리를 자르기 전이다.

자아이였다. 그날 나는 적지 않게 놀랐는데, 우리와 가까운 유르테에 사는 그 남자아이를 여러 번이나 보면서도 늘 그 아이가 여자아이일 것이라고 생각해왔기 때문이다. 그 아이는 생김도 귀여울 뿐만 아니라 행동도 아주 애교가 있는데다가 머리를 길게 기르고 있었으므로 전혀 의심하지 않았던 것이다. 갈타이의 설명에 의하면, 유목민 아이들은 유아 사망률이 높은데 그중에서도 특히 남자아이의 사망률이 두드러진다. 그러므로 유목민은 남자아이가 태어나면 그 아이의 머리를 길러서 악령이 여자아이로 착각하고 그냥 놓아두도록 속임수를 쓴다는 것이다. 그러다 다섯 살이 되면 이제 악령도 어쩌지 못할 것이므로 그때 머리를 잘라 성별을 표시한다. 머리 자르기에 사용되는 도구는 성스러운 푸른 천으로 장식한 가위로, 남성 최연장자에서 시작하여 그날 초대받은 손님들이 모두 돌아가면서 한 조각씩 아이의 머리를 잘라주는 식으로 행해진다. 머리를 자른 다음 선물로 지폐를 가위의 푸른 천 사이에 끼워준다. 잘린 머리칼은 푸른 천에 싸 보관했다가 나중에 아이가 어려운 일을 당하게 되면, 예를 들어서 병에 걸리거나 할 경우 침대 머리맡에 놓아두면 신비스러운 치유력을 발휘한다고 한다. 아이가 머리를 자른다는 것은, 이제 곧 유목 사회의 정식 일원으로서 말타기도 배우게 된다는 것을 의미하므로 아이들에게는 몹시 흥분되는 날이기도 하다.

　나 자신도 한 번 말에서 떨어질 뻔한 적이 있었다. 그날 어리석게도 나는 어깨에 메는 천 가방을 갖고 말에 올라탔다. 천 가방은 어느 순간 스르르 미끄러져내렸고, 그러자 평소에는 순하디순한 내 말이 그 자리에서 갑자기 빙글 한 바퀴를 돌며 펄쩍거렸다. 다행히 그 움직임이 그리 크지 않왔기 때문에 나는 재빨리 고삐를 잡아당길 수 있었다. 소년들이 나에게로 달려왔고, 유목민 남자 한 명이 내 가방을 받아서 자신의 델 가슴팍에 집어넣었다. 그리고 우리는 아무 일도 없었던 것처럼 계속해서 갔다.

비가 오는 날은 심하게 펄럭거리는 얇은 비닐 비옷도 말을 놀라게 하므로 금지 사항이었다. 원숭을 하다보면 강을 만나게 되는데, 이때 말이 물을 마시려고 머리를 숙이기 마련이다. 그러나 이것을 허용해서는 안 되므로 물을 마시지 못하도록 고삐를 단단히 쥐고 있어야 한다. 말이 몸을 많이 움직여 체온이 올라간 상태일 때 급하게 물을 마신다면 척추에 이상을 가져올 수 있다는 것이 갈타이의 설명이었다.

바람이 차다고는 해도 햇살이 밝게 비치는 날, 마치 1만 년 전의 어떤 세계에 있는 듯이 자동차나 도로나 건물과 전신주 등 산업사회의 그 어떤 흔적도 없으며, 집도 사람도 없고, 지나가는 여행자의 모습조차도 보이지 않는 광활한 알타이 스텝 평원을 말을 타고 거니는 것은 이루 표현할 수 없이 신비로운 기분이었다. 우리는 마치 우리가 이 세계의 유일한 인류인 것처럼 느껴졌다. 가도 가도 사방은 영원히 펼쳐진 알타이 고원뿐이었다. 간혹 멀리서 야생마떼들이 검은 물결을 이루며 달려가고 있었다. 야생마들이 높은 울음을 내지르면, 우리가 탄 조용한 말들도 반드시 거기에 울음으로 화답했다.

산에 올라서 둘러보면 중국과 러시아로 향하는 산맥이 화석이 되어버린 파도의 모양으로 허공에 고정되어 있었다. 푸른 먼지를 뒤집어쓴 암석의 산맥들. 탁자 모양으로 편평한, 멀고 높은 산봉우리 위에는 흰색 테이블보처럼 눈이 차갑고 반듯하게 쌓여 있었다.

스텝 평원에서 마주친 고요한 설산 봉우리.

한스, 그쪽은 퀼른으로 가는 길이야

우리는 모두 말타기를 즐겼다. 이제는 나도 익숙해져서, 말이 엉뚱한 방향으로 가거나 너무 속도가 느려지지 않도록 조절하기만 하면 되었다. 말에 올라타서도 간혹 무엇에 취한 듯 홀로 일행으로부터 멀어지는 한스를 향해 사람들은 "한스, 그쪽이 아니야! 그쪽으로 가면 쾰른이란 말이야, 그러니 이리 오도록 해!" 하고 외치곤 했다.

## 마리아

어쩌면 이 글은 마리아를 만나면서부터 시작되었다고 할 수 있다. 아니 더 정확히는 욀기에서 알타이로 들어오는 낡은 버스 안에서 마리아가 나에게 이렇게 속삭인 이후부터이다. "나는 지난 1년간 오직 이곳 알타이만 생각하면서 살았어. 다시 이곳에 오게 되기를 얼마나 기다렸는지 몰라. 아, 나는 정말이지 다시 유럽으로 돌아가고 싶지 않아. 나는 이곳에 남기를 원해. 여기서 오래오래 살기를 간절히 원해. 유목민 남자를 만나 여기서 살고 싶어. 그런데 현실은 나에게 그것을 허용하지 않아. 나는 슬프단다."

마리아는 커다란 악기 케이스를 알타이로 가지고 왔다. 그것은 그녀가 지난번 몽골 방문 때 구입한 말머리장식호궁이었다. 말머리장식호궁이란 몽골의 전통악기로, 첼로와 비슷하게 생겼으며 의자에 앉아서 다리 사이에 악기의 몸통을 놓고 활로 연주하는 것인데, 현이 단 두 줄이며 끄트머리에 우아하게 고개를 수그린 말머리가 새겨져 있다는 점이 특징이다.

마리아의 말머리장식호궁.

이 악기의 소리를 처음 들으면 음색이 사람의 음성과 비슷하다는 느낌에 놀라게 된다. 우리에게 익숙한 바이올린이나 첼로가 고도로 다듬어진 예술적인 표현에 어울리도록 정교하고도 폭넓은 음색을 가졌다고 한다면, 말머리장식호궁은 비올라 디 감바의 소리처럼 부드럽고 그윽하게 낮으면서, 동시에 그보다는 좀더 안개가 서린 느낌, 덜 가다듬어진 인상과 단순한 어휘를 가졌다는 느낌을 주며, 그래서 도리어 인간적인 호소력이 더 짙은 편이다. 나는 그 흐느끼는 듯한 슬픈 소리가 마음에 들었다.

나는 베를린의 한 서점에서 몽골의 문화를 다룬 책을 뒤지다가 말머리장식호궁에 관한 전설을 읽게 되었다. 말머리장식호궁의 기원 전설은 놀랄 만큼 다양한 버전이 있는데, 이것은 그중의 하나이다: 오래전 호쿠 남질이라는 한 젊은 남자가 있었는데, 어느 날 그는 아주 먼 곳에 사는 아리따운 여인과 사랑에 빠졌다. 이미 결혼한 몸이었던 그는 낮에는 가족들과 함께 살면서 집안일을 돌보고 밤에는 연인에게로 가서 잠들기를 원했다. 하지만 그들이 사는 거리가 너무나 멀었으므로 연인은 그에게 아름다운 연황색 마법의 말 한 필을 주었다. 그 말을 타면 아무리 먼 거리라도 금세 달려갈 수가 있지만, 여기에는 반드시 지켜야 하는 규칙이 있었다. 그가 집에 도착하기 1마일쯤 전에 반드시 고삐를 당겨서 말의 속도를 늦추어야만 사람들의 눈에 띄지 않을 수가 있는 것이다. 그들은 3년 동안 이런 식으로 밀회를 계속했다. 그러다 어느 날 호쿠 남질은 집에 도착하기 전에 미리 고삐를 당겨야 한다는 규칙을 잊어버리고 말았다. 그래서 그의 아내가 마법의 말을 알아차렸고, 그간의 일도 눈치채게 되어버렸다. 분노한 아내는 아름다운 연황색의 말을 죽여버리고 말았다. 그 이후로 호쿠 남질은 다시는 연인을 만날 수 없었다. 그의 슬픔은 너무나 깊었다. 몇 달 동안 제대로 먹지도 못하고 시름에 잠겨 있던 그는 마침내 하나의 악기를 만들었다. 악기의 몸체 끝부분에는 아름다운 연황색 말의 모습을 그대로 본떠 말머리를 새기고 죽은 말의 갈기를 이용해서 활을 만들었다. 그 악기를 연주하고 있으면 그는 다시금 아름다운 연황색 말 등에 올라 달이 드높이 뜬 신비로운 밤의 스텝 평원을 달려 머나먼 연인의 유르테로 향하는 자신을 느낄 수 있었다. 사람들은 그가 연주하는 음악의 구슬픔과 애수에 매혹당했다. 그래서 과거에 말머리장식호궁은 남자만이 연주할 수 있는 악기였다. 아름다운 연황색 말을 죽인 것이 질투에 불타는 한 여인이었으므로.

마리아는 원래 오케스트라에서 활동한 경력이 있는 첼리스트였다. 그래서 비교적 쉽게 이 악기를 연주할 수는 있었지만 오스트리아에서는 가르쳐줄 스승도 없을 뿐만 아니라, 원래 말머리장식호궁으로 연주하는 음악은 악보가 없으므로 직접 연주를 듣고 그것을 따라하며 배워야 하는데 고향에서는 그것이 불가능하므로 실력이 늘지 않는다며 안타까워했다. 이곳에서는 갈타이에게 연주를 배울 수 있었다. 갈타이의 말머리장식호궁 연주는 훌륭했다. 또한 마리아는 청소년 시절 획득한 승마 선수 자격증을 갖고 있기도 했다. 그래서 마리아는 갈타이가 우리들이 말을 탈 때 안전상의 이유로 속력을 내지 못하게 통제하는 것을 불만스럽게 여겼다.

**마리아**

말 위에서 항상 엉거주춤하게 안장 손잡이를 붙들고 있는 나와는 달리, 마리아는 여왕처럼 당당하게 등을 쭉 펴고 한 손으로 고삐를 잡고 말을 탔다.

　마리아는 모국어인 독일어 이외에도 이태리어와 영어, 그리고 헝가리어와 스페인어를 능숙하게 할 줄 알았으며 현재 헝가리어와 스페인어 전문통역 대학을 다니고 있었다. 십여 년 전 아르헨티나를 방문한 계기로 스페인어를 배우기 시작한 이후 스페인은 그녀의 꿈의 나라 중 하나가 되었으며, 그녀의 말에 의하면 격이 27가지나 되는 헝가리어는 세상에서 가장 난해한 언어로 알려져 있고, 그 이유 때문에 헝가리어를 배울 결심을 했다고 한다. 사실 그녀는 언어에 대한 관심이 매우 커서 항상 세상의 모든 언어를 배울 준비가 되어 있었다. 그녀가 알타이와 사랑에 빠진 이후는 당연히 빈에서 몽골어를 배우러 다녔으며 이곳에 와서는 우리의 통역인 바체체에게 문자가 없는 소수 부족 언어인 투바어를 직접 한 단어 한 단어 키릴문자로 표기해가며 배우고 있었다.

　알타이에서 마리아는 나와는 달리 아주 부지런했다. 항상 말머리장식 호궁을 연습하거나 야크똥을 모으거나 맥주를 사러 가거나 마테차를 만들거나 투바어를 익히는 데 열중하고 있었다. 그녀의 단어장에는 투바어와 몽골어, 헝가리어와 독일어로 나란히 적힌 단어들이 가득했다. 그것은 세상에 하나뿐인 마리아 사전이었다. 알타이—투바 부족은 기본적으로 몽골어를 썼지만 부족의 전통 언어인 투바어도 알고 있었다. 거기다가 성인들은 과거 학교에서 배운 러시아어를 할 줄 알았고, 이 지역의 주민 대다수를 차지하는 카자흐족의 언어인 카자흐어도 어느 정도는 할 줄 알았다. 우리의 식사를 준비해주던 한 젊은 여인은 몇 가지 어휘로 이루어진 간단한 영어도 가능했다.

그러나 나에게 처음부터 가장 인상적으로 다가온 것은 마리아의 낮고 느린 목소리였다. 그것은 태생적으로 우수에 잠긴 듯한 느낌의 알토 목소리였으며, 너무 굵지도 가늘지도 않았고, 말투 또한 엄격하거나 신경질적이지 않았고, 태도는 차갑지도 너무 뜨겁지도 않았으며, 몸짓은 가장 열정적인 순간에도 주저함으로 가득했고, 그 모든 분위기를 지배하는 그녀의 목소리는 차분하다기보다는 항상 불분명한 이유로 인해 망설이는 모습에 가까웠다. 나는 슬프단다, 하고 말하면서 버스 유리창에 기대는 마리아의 이마에는 가로로 진하게 주름이 졌다. 그녀의 모든 것은 조용하면서 느렸다. 마리아와 함께 있으면 우리는 버스에 자리를 잡을 때나 유르테의 침대를 차지할 때나 항상 꼴찌였다. 그리고 그것이 그다지 마음 쓰이지도 않았다. 마리아의 곱슬곱슬한 머리칼은 검은색에 가까운 짙은 갈색이었으며 어깨 너머로 살짝 내려오는 길이였다. 눈동자는 크고 둥근 코끝은 동그랗게 하늘을 향하고 있으며 하얀 얼굴은 비교적 편평한 편이었으므로 유럽인치고는 매우 동양적인 인상이었고, 몸매는 둥그스름하게 통통한 편이었다. 그리고 놀라울 정도로 외모를 꾸미는 것을 소홀히 했다. 결코 돈을 들이지 않은 옷가지 몇 개가 그녀의 가진 것 전부였다. 심지어 세수를 하고 얼굴에 뭔가를 바르는 일도 소홀히 했다. 마리아는 차를 사거나 좋은 집에서 살기 위해, 화장을 하거나 비싼 옷을 사는 데 돈을 쓰는 행위를 극도로 경멸했다. 나중에 내가 빈에서 그녀의 집을 방문했을 때, 매트리스 한 개 이외에는 가구조차도 없는 그녀의 방을 보고 놀랐다.

하지만 마리아를 가장 강하게 특징짓는 것은 바로 그녀가 오페라의 광팬이라는 사실이다. 일주일에 나흘을 오페라를 보러 갔고, 항상 입석표를 샀다. 빈 오페라 입석표의 가격은 4유로인데, 제일 앞줄에 서지 않으면 무대가 보이지 않으므로 가장 먼저 매표소에 줄을 서야 하고, 그러려면 서너 시간을 기다리는 것이 보통이라는 것이다. 마리아는 필요하다면 직장에서 조퇴를 해서라도 일주일에 나흘 이상을 그렇게 했다. 나중에 우리가 집으로 돌아간 이후, 마리아는 오페라 표를 사려고 기다리는 중에 노트북을 이용해 나에게 이메일을 쓰곤 했다. 마리아는 가난했다. 아직 대학을 다니고 있었고, 그렇기 때문에 전일제 일거리를 갖지 못하기 때문이다. 마지막 1펜스까지 계산해서 지출해야 하는 입장이었지만 1년 동안 절약을 하여 마리아는 올해도 비싼 비용이 드는 알타이로 왔다. 갈잔의 알타이 여행이 비싼 이유는 그 액수 안에 알타이―투바를 위한 지원금과 갈잔 치낙 재단의 몽골 조림 사업 기부금이 포함되기 때문이라고 들었다. 마리아는 인생의 어떤 면에 있어서는 매우 근본주의적이었다. 사랑의 대상이 가진 모든 면을 무조건적으로 사랑했고, 좋아하는 일을 향해 나갈 때는 다른 방향을 전혀 돌아보지 않는 고요한 과격함이 있었다. 그 점이 처음에는 나를 깜짝 놀라게도 했다. 그렇다. 마리아에게는 유럽 여인치고는 아주 드물게도 매우 아시아적인 어떤 요소, 아시아적인 느림과 고집과 자연스러움, 그리고 특히 동아시아적인 내성적 요소가 강했으며, 그 경향이 외모에서도 강하게 느껴졌다. 그 점이 나와 같은 아시아인의 호감을 사기 쉬우리라고 나는 예상했다. 나중에 마리아로부터 가장 최근에 사랑에 빠졌던 남자친구가 일본인이었다는 말을 들었다.

야크똥을 모으는 마리아.

**마리아**

그러나 시간이 지나면서 나는 마리아가 여러 사람들과 골고루 잘 사귀는 미덕을 갖추었다는 것도 알게 되었다. 그녀는 인간관계에서 다정함 자체를 몹시 그리워했고, 사람을 선별하여 사귀거나 개인적인 거리 두기를 좋아하지 않았다. 그런 점이 그녀의 정신을 알타이로 이끌었으리라고 짐작이 된다. 나는 나와 아주 다른 마리아를 좋아했다. 우리는 모두 마리아를 좋아했다. 그리고 마리아는 친구가 매우 많았다. 세계 각지의 친구들을 초대하여 자신의 방에 묵게 하는 일을 즐겼다. 그 친구들과 함께 저녁때 오페라를 보러 가고— 반드시 입석이어야 한다. 마리아는 오페라를 입석이 아닌 자리에서 보는 행위를 좋아하지 않았다. 그리고 빈 오페라 극장의 입석은 무대를 똑바로 마주보고 있으므로, 가장 첫 줄을 차지할 수만 있으면 매우 좋은 위치이기도 했다—밤에는 함께 맥주를 마시는 일을 사랑했다. 마리아는 마테차 이외에도 맥주의 열성 팬이기도 했다. 알타이에서 내가 밤마다 맥주를 마신 것은 순전히 마리아 때문이었다. 그녀는 늘 말했다. 유목민과 결혼하여 알타이에서 정착하는 것이 꿈이라고. 유럽으로 돌아가지 않는 것이 꿈이라고. 그러나 그것이 얼마만큼이나 현실에 바탕을 둔 소망인지, 그것은 아직 확인하지 못했다. 그것은 마리아에게 오페라를 포기하는 것이며 학업을 중단하는 것이며 유럽에 있는 많은 친구들과의 관계를 거의 포기하는 것이나 다름없기 때문이다. 마리아에 비하면 나는 너무나 자유로웠다. 나는 오페라의 팬도 아니며 친구도 거의 없고 어디에 소속된 입장도 아니기 때문이다. 나는 절대적인 애정이나 미움을 알지 못했고, 이러이러한 이유 때문에 반드시 어느 나라에서 살아야 한다는, 혹은 어느 나라에서는 살 수 없다는 그런 조건으로부터 해방되어 있었다. 불이 꺼진 유르테 안에서 우리는 속삭이면서 얘기를 나누었다. 알타이에서 살 수 있다면, 하고 우리는 대화를 시작하곤 했다. 이곳에서 오래오래 살 수 있다면. 상상 속에서 우리는 우리 둘이 알타이에서 겨울을 날 유르테를 지었고, 내가 참치 통조림을 가져오겠다고 하자 마리아는 그것이 순수한 알타이의 삶에 위반된다고 엄격하게 반대했다. 단지 알타이에 전기가 없다는 것이, 항상 노트북으로 일을 하는 나로서는 큰 문제로 다가왔다. 그러자 마리아는 왜 그런 한심한 고민을 하느냐는 듯이 간단하게 말했다. "손으로 쓰면 되잖아."

나담 축제 행사장으로 가는 트럭 위에서.

일행 중 누군가 "아 정말 기막힌 여름휴가로군……" 하고 중얼거렸다.

## 투바 축제와 사과주스

몽고의 축제인 나담 행사가 알타이―투바에서도 열렸다. 축제는 이틀 동안 계속되는데 첫날에는 정령에게 바치는 제사와 활쏘기 대회가 있고 둘째날에는 승마대회와 씨름대회가 열린다. 첫날 우리는 아침 일찍 낡은 트럭의 짐칸에 올라타고 축제의 개막식을 보러 갔다. 트럭은 덜컹거리면서 한참을 달렸고, 날은 흐려 비가 간간이 내렸다 그쳤다를 반복했다. 그날 바람은 아주 추운 북쪽 방향에서 불어왔고 날씨는 마치 한겨울처럼 추웠다. 비닐을 뒤집어썼지만 비를 맞아 처량한 신세가 된 우리는 으슬으슬 떨었고 트럭 짐칸의 공간도 우리가 모두 올라타자 너무 좁아서 말 그대로 발가락을 움직일 틈도 없었는데 그 와중에도 나와 마리아는 마테차를 만들어 마셨다.

일행 중 누군가 투덜거리면서 "아 정말 기막힌 여름휴가로군⋯⋯" 하고 중얼거렸다. 아무도 웃지 않았다. 실제로 이가 덜덜 떨릴 정도로 추웠기 때문이다.

제사 장소는 고원의 한가운데 가장 높은 장소였으므로 사방에서 몰아치는 바람을 온몸으로 고스란히 맞아야 하는 지형이었다. 우리는 너무 추웠기 때문에 트럭에서 내리자마자 서둘러 야크똥으로 모닥불을 피우고 그 주위에 몰려 서 있었다. 알타이 고원 위에서 시베리아의 광풍을 견디며 서 있는 것은 참으로 고통스러운 체험이었다. 하늘에는 구름이 짙었고, 나는 며칠 전에 유목민에게서 산 델을 입고 머리에는 양털 모자를 썼다. 알타이에서는 델이 가장 실용적인 복장이라는 것을 그때 깨달았다. 긴 두루마기 형태이며 속에 안감이 들어 있는 델은 바람을 온통 막아주기 때문이다. 그리고 양털 모자와 장갑은, 비록 처음에는 양냄새가 심하게 나긴 하지만 빗방울이 스며들지 않고 밖으로 튕겨나가는 자연적인 방수 기능을 가졌다. 이때부터 나는 계속해서 마음속으로 중얼거렸다. 만일 내가 내년에 다시 알타이에 온다면, 그때는 무엇을 준비해서 와야 하는지 이제는 확실하게 알 것 같아.

축제의 시작은 바람이 휘몰아치는 고원에 세워진 거대한 우부에서 알타이의 정령에게 제사를 올리는 것이었다. 몽골 전통의상을 차려입은 투바인들이 지프를 타고 모여들었다. 그곳의 우부는 유난히 규모가 컸고, 거의 지붕만한 크기의 넓적한 초록빛 돌들을 층층이 쌓아 두 개의 무더기로 만들어놓았다. 그 사이에 묶어놓은 푸르고 흰 천이 바람에 펄럭였으며 초록빛 이파리가 달린 나뭇가지가 한 다발 돌판 사이에 놓여 있었다. 추장이자 샤먼인 갈잔의 주도로 알타이 정령에게 바치는 제사가 열렸다. 제사는 몽골어로 진행이 되었기 때문에 자세한 사항을 알아들을 수는 없었지만 남자들이 노래를 부르면서 우부 주변을 세 바퀴 빙글빙글 돌며 화주

알타이의 정령에게 올리는 제사.

를 허공에 뿌리는 형태였다. 특히 마지막에 갈잔이 부르는 즉흥곡인 투바 전통 노래는 가슴을 파고들었다. 우리들은 그 노래가 마음에 들었고, 그는 나중에 우리의 요청으로 다시 그 노래를 불러주기도 했다. 기분에 겨워 흥얼거리는 듯한 단순한 멜로디의 그 노래는 서정적이면서도 매우 아름다웠는데, 정해진 악보나 가사가 없다고 했다.

축제의 첫날은 날씨도 좋지 않고 추웠지만 두번째 날은 화창하게 햇빛이 밝았으므로 정말 축제 기분을 느낄 수 있었다. 우리는 말을 타고 축제가 열리는 초원으로 갔다. 첫날보다 훨씬 더 많은 수의 사람들이 트럭이나 지프를 타고, 혹은 말을 타고 도착해 있었으며, 재빠른 카자흐족 상인

**투바 축제와 사과주스**

은 지프에 물건을 싣고 와서 노점을 차리는 중이었다. 그것은 내가 알타이에서 본 유일한 상점이었다. 카자흐족은 투바인들과는 달리 상업적인 면에서 재능이 두드러져 보였다. 우리가 처음 머물렀던 검은 호수 아일에서 한 시간 정도 걸어가면—갈타이는 우리가 개별적으로 말을 타는 행위를 금지했다—물건을 살 수 있는 상점 유르테가 있다고는 했지만 나는 직접 가보지 못했다. 마리아는 거기서 등산화와 승마 장화 등 두 켤레의 신발을 샀다. 아디다스 상표가 붙어 있는데도 가격은 믿을 수 없을 만큼 싸다고 했고, 기대와는 달리 발도 편하고 좋다고 했다. 우리 일행들은 그곳에서 주로 맥주를 구입하는 것 같았다. 알타이에서 구할 수 있는 맥주의 종류는 단 한 가지, 1.5리터 플라스틱 병에 든 하이트 맥주로 가격은 3000투그릭이었다. 맥주병 표면에는 커다란 활자로 하이트는 몽골을 사랑해, 라고 적혀 있었다. 이건 마리아와 바체체가 가르쳐준 것이다. 바체체는 스무 살 난 건강한 사과빛 뺨의 투바 여인으로, 스위스에서 1년간 살았던 경험이 있어 독일어에 능숙했으므로 갈잔이 우리들과 유목민간의 소소한 통역을 위해서 고용한 아르바이트 직원인 셈이었다. 어느 순간부터 우리 일행 중 몇몇은 밤마다 맥주를 사서 마시게 되었다. 마리아도 그중의 한 명이었다. 여행의 막바지에 이르러서는 나조차도 맥주를 즐겨 마시게 되었다. 기묘한 일이다, 하고 나는 그때마다 생각하곤 했다. 맥주를 좋아하지 않는 나는 여러 번 베를린을 방문했음에도 그 유명한 베를린 맥주를 맛본 적이 한 번도 없고 심지어 한국에서도 하이트 맥주를 마셔본 적이 거의 없는데 이곳 알타이에서 매일 밤 하이트를 마시다니 말이다.

카자흐족 노점상이 아직 물건을 차에서 다 내리기도 전에 나는 그에게서 하이트 맥주 한 병과 사과주스 한 병을 샀다. 그날은 하루종일 축제가 열릴 예정이었고 갈잔과 갈타이가 출발하기 전 우리에게 아주 긴 하루가 될 것이며 종일 햇빛 아래 있게 될 것이니 준비를 단단히 하라고 일렀기 때문이다. 그곳에서 하이트 맥주의 가격은 3500투그릭으로 올랐다. 그리고 그 사과주스의 맛은 정말이지 기묘했다. 나와 마리아는 그것을 한 모금씩 마셨는데 사과 맛은 하나도 나지 않고 시금털털하면서도 닝닝한, 달지도 쓰지도 않은, 향기도 맛도 아닌, 매우 불쾌하고 어중간하며 인공적인 느낌만이 입에 남았다. 병 표면을 살펴본 마리아가 말했다. 오, 이 주스에는 진짜 사과는 들어 있지 않고 사과향만 들어 있어서 그런 거야. 다양한 외국어를 할 줄 아는 마리아는 키릴문자도 읽을 수 있었다.

나는 그때 한스가 비틀거리면서 우리 쪽으로 다가오는 것을 보았다. 그는 알아듣지 못할 말을 몇 마디 중얼거리며 우리의 뒤쪽 땅바닥에 그대로 털썩 주저앉았다. 나는 기운 없어 보이는 그에게 과자 봉지를 건넸는데, 그는 과자가 아니라 뭔가를 마셨으면 좋겠다고 똑똑하게 말했다. 그래서 나는 그에게 우리의 사과주스 병을 내밀었고 그는 그것을 한 모금 마셨다. 그리고 몇 초 뒤, 자리에서 다시 일어나 몇 걸음을 내딛던 그는 잠시 비틀거리는 듯하더니 팔을 아래로 뻗어 뭔가를 잡으려는 것처럼 느리게 허우적거리다가 그대로 땅바닥으로 쓰러지고 말았다.

스텝 초원에서는 늘 그렇듯이 햇살이 너무 강했다. 그날 하루종일 그늘은 어디에도 없었다. 그늘이 되어줄 나무나 건물 등이 애초에 존재하지 않는 평원 한가운데였다. 한스 주변으로 몰려든 우리는 그의 머리 위로 겉옷을 펼쳐들어 그늘을 만들고 그의 셔츠 단추를 풀었다. 놀랍게도 그는

나담 축제의 씨름대회 출전 선수들.

윗옷을 네 개나 껴입고 있었는데, 재킷을 제외하고도 두꺼운 가죽 셔츠와 면 셔츠, 그리고 얇은 속셔츠였고, 게다가 그것들 전부를 턱 아래까지 단추를 꼭꼭 채우고 있었던 것이다. 다행히도 한스는 곧 눈을 떴다. 그러고는 몸짓으로 옆으로 눕겠다는 의사표시를 했다. 아마도 구토 증세를 느끼는 것 같았다. 그의 입에서 묽은 액체가 희미하게 흘러나왔다.

축제 마당 한가운데는 심사위원석이 있고, 거기에 갈잔과 이 지역의 대표자인 듯한 유일하게 양복을 입고 선글라스를 쓴 전형적인 정치가—이 사람은 축제가 본격적으로 시작하기 전에 가장 첫번째로 소개가 되었고, 마이크 앞에서 한참 동안이나 길고 지루한 연설을 했다. 그래서 우리는 그가 외부에서 초대된, 아마도 이 지역 의원일 거라고 쉽게 짐작하게 되었다—그리고 지역 유지처럼 보이는 유목민 몇 명이 앉아 있었고 전통 의상을 차려입은 사람들이 한 명씩 나와서 민속음악을 연주하거나 목구멍을 울리는 몽골 특유의 노래를 선보이고 있었다. 한 민족 전체의 축제라고 하기엔 놀라울 정도로 규모가 소박했다.

몽골 알타이에 살고 있는 투바 민족의 수는 약 2천 명이라고 들었다. 책에 적혀 있는 전설적인 이야기에 의하면, 갈잔은 사회주의 몰락 이후인 1995년, 그들 2천 명의 민족을 이끌고 시베리아에서 그들의 고향 땅인 투바-알타이로 귀향하는 대장정의 카라반을 성사시켰다고 한다. 그들은 갈잔의 표현대로, 대지 아래로 저물어가는 민족이었다.

젊은 여인 한 명이 중국 의상을 연상시키는 하늘거리는 긴 옷을 입고 말머리장식호궁을 연주하는 것이 멀리서 보였다. 한스는 바닥에 누운 채 가슴이 답답한 듯이 심장을 움켜쥐었다.

**투바 축제와 사과주스**

"한스, 돌아갈 때는 갈잔의 지프를 타고 가도록 해요." 케르스틴이 한스의 머리에 부채질을 하면서 말했다. 그러자 한스는 힘겹게 입을 열어 목소리가 들리지 않는 입모양을 천천히 만들어 보였다. 그 입모양은 아니, 나는 말을 타고 갈 거야, 하는 것으로 보였다. 그래서 우리 모두는 거의 동시에 아니 그건 안 돼! 하고 소리를 질렀다. 몸을 가누지 못하는 그런 상태로 말을 타고 가다가 떨어지기라도 하면 정말로 큰일이었다. 마리아는 소심한 표정으로 내 소매를 끌어당기더니 작은 목소리로 소곤거렸다. "저 사과주스가 정말로 문제 있는 거 같아. 얼마나 위험한 물질로 만들었으면 그걸 마시자마자 한스가 저렇게 되니……" 물론 나는 그 말을 단순한 유머거나 과장으로 받아들였지만 마리아는 정말로 걱정스러운 얼굴이었다. 우리는 갈증이 날 때마다 사과주스 대신 1.5리터 맥주병을 들고 선 채로 돌아가며 마시는 편을 택했다. 일행들 중에는 우리처럼 사과주스를 산 사람이 많았는데, 한 모금씩 마신 다음에는 다들 아주 기묘한 표정을 지었다. 물론 비록 매일 마시다시피 했지만 하이트 맥주에 특별히 만족해하는 사람도 없긴 했다.

## 미인대회 소동

축제의 첫날 저녁, 유르테에 모여 저녁을 먹는 자리에서 갈잔은 의외의 말을 했다. "나는 추장이지만 여러분에게 뭔가를 명령하고 싶지는 않다. 하지만 이번만은 예외로 하겠다. 오늘은 활쏘기대회가 있었고, 내일은 몽골 전통 씨름대회와 승마대회가 열리고 다른 행사도 펼쳐질 예정이다. 루드비히와 게르하르트, 그리고 파울은 씨름대회에 참여하도록 하라. 그리고 마리아와 수아, 릴로는 미인대회에 참여하도록 하라. 마리아는 자연스러움이라는 장점이 있고 수아는 동양적인 수줍음이라는 장점이 있으니 충분히 나갈 만하다. 게다가 릴로는 전형적인 금발 미인이니까."

그때 마리아는 예외적으로 나와 한 자리 건너서 앉아 있었으므로 나는 그녀의 반응을 즉각 관찰하지는 못했다. 하지만 내 곁에 앉은 스위스인 릴로는 냉소적인 얼굴로 나를 쳐다보면서 말했다. "남자들은 참 이상하군. 여자들도 항상 자기들처럼 경쟁에 목을 매는 줄 안다니까. 우리는 남자들처럼 무슨무슨 대회에 나가서 서로 겨루기를 원하지는 않는데 말이지. 그러나 신경 쓸 필요 없어, 우리 모두 다 거부하고 안 나가면 그만인 거야."

나는 그때 약간 어리둥절했다. 설마 갈잔이 저 말을 진심으로 했을 리가 없다고 생각했다. 알타이 산악 지대에서 미인대회라니 이 무슨 황당한 소리인가. 그런데 그때 마리아의 완전히 상기된 표정이 눈에 들어왔다. 마리아는 흥분하고 있었다. 오, 마리아는 기뻐하고 있어.

그건 사실이었다. 저녁식사가 끝난 후 나는 마리아를 구석으로 잡아끌었다. 그리고 어떻게 할 거냐고 물었다. "릴로는 모두 거부하자고 하던데. 나는 아무런 대꾸도 못했어. 내가 갈잔의 말을 잘 알아들었는지 자신이 없기도 하고." 나는 조심스럽게 말했으나 마리아는 그게 무슨 소리야 당연히 나가야지, 하는 듯한 표정이었다. "이게 얼마나 큰 추억거리가 되겠니. 나 지금 너무 기쁘단다. 우리는 모두 델을 입고 나가면 될 거야. 그런데 이상한 건 왜 갈잔이 릴로까지 언급했는가 하는 점이야. 릴로는 델이 없잖아." 사실이었다. 나와 마리아는 일찌감치 유목민 행상에게서 델을 사서 늘 입고 다녔지만 릴로는 사지 않았다. 유럽 여인치고도 키가 큰 편이며 몸매가 마른 릴로에게 맞는 델이 없었을지도 모른다. 그래서 나는 갈잔이 기분에 겨워 즉흥적으로 뱉은 말이 아닌가 계속 의심했지만 마리아는 절대 아니라고 단호하게 말했다. "그럴 리가 없어. 갈잔이 저녁을 먹고 나가면서 내 등뒤를 지나갈 때 뭐라고 말한 줄 아니? 마리아, 네가 평소처럼 그런 자연스러움만 잘 유지한다면 아마도 넌 내일 기회를 가질 거다, 하고 말했다니까." 그 말을 듣는 순간 갑자기 나는 마음이 상하고 말았다. 갈잔은 분명 심사위원 중의 한 명일 텐데 왜 마리아에게만 특별 언질을 준단 말인가. 이건 부당하다. 나는 진심으로 화가 났다. 그러나 마리아는 내가 마음 상해하는 까닭을 모르겠다고 했다. "왜 기분 나빠하는 거지? 우리 중에 누가 1등을 하더라도 상관없는 문제잖아. 나는 만약 네가 1등을 한다 해도 내가 상을 받은 것처럼 똑같이 기쁠 텐데."

그러나 나는 아직도 뭔가 이상하다는 기분을 벗어날 수 없었다. "아무리 생각해도 이건 말이 안 돼. 투바인의 미인대회에 투바인도 아닌 우리가 나가는 것도 그렇고, 게다가 외국인인 우리가 상을 받는다는 건 정말이지 있을 수 없는 일이잖아. 씨름대회야 객관적인 승패가 분명한 거니까 예외라고 해도 말이야." 그러나 마리아는 이 사태를 논리적으로 따져볼 마음이 애초부터 없는 듯이 보였다. "난 내일 아침 일찍 일어나 머리를 감아야겠어." 마리아는 황홀한 표정으로 계속해서 말했다. "그리고 어쩌면 우린 화장을 해야 할지도 몰라. 수아, 네 화장품 날 빌려줄 수 있지?" 나는 그만 놀라서 말문이 막혔다. 마리아에게 이런 면이 있었단 말인가. 내가 선크림을 하루에 두 번 바르거나 머리를 사흘에 한 번만 감아도 외모에 집착한다는 등 겉모습 치장에 지나치게 신경을 쓴다는 등 그럴 거면 뭐하러 이 알타이까지 왔느냐고 하며 엄격하고 비판적인 눈길을 보내던 마리아가 아닌가. 그러나 솔직하게 고백하자면 나 자신에게도 어느새 알 수 없는 야릇한 경쟁심이 솟아나고 있었다. 나도 내일 일찍 일어나 머리를 감고 화장도 해야겠다는 생각이 들었다. 나도 모르는 사이 나는 다른 곳이 아닌 바로 여기, 알타이 미인대회에 나가보고 싶다는 기대로 마음이 뭉게구름처럼 마구 부풀고 있었다. 대화를 계속할수록 마리아의 기분은 나에게까지 전염되어 우리는 마침내 투바 미인대회에 나가는 후보가 우리뿐이며, 우리 둘 중의 한 명이 상을 받는 것이 당연지사인 듯이 느끼게 되었

**미인대회 소동**

다. 서로의 얼굴을 들여다보면서 얘가 더 예쁠까 내가 더 예쁠까 궁리하기도 하면서 말이다. 게다가 마리아가 말하기를, 작년에도 미인대회가 있었는데 1등 상품이 자신의 기억에 의하면 텔레비전이라고 했다. 유목민 중에는 태양전지를 이용해 전기를 만들어 사용하는 이들이 있었지만, 설사 그런 시설을 갖춘 유르테라고 해도 전자제품을 켜놓은 광경은커녕, 전깃불을 사용하는 것도 본 적이 없다. 우리가 방문한 유르테에는 마치 증조할아버지 시대의 유품인 양 까마득하게 낡아빠진 소형 텔레비전이나 비디오 등의 전자제품이 있기도 했으나, 그것들은 한구석에 처박힌 채 먼지를 하얗게 뒤집어쓰고 방치되어 있는 것이 보통이었다.

축제 이틀째 날이 밝았지만 우리 일행들은 이상하게 아무도 미인대회에 대해서 말을 꺼내지 않았다. 모두들 갈잔이 농담으로 한 말이라고 생각하는 듯했다. 그리고 갈잔이 경솔하게도 대다수가 유럽 여성들인 우리 일행을 대상으로 그런 안티페미니즘적인 농담을 했다는 것에 대해 그다지 유쾌하게 받아들이지 않는 분위기가 말없는 가운데 팽배해 있었다. 다들 약속이나 한 듯이 마리아와 나를 보고는 입을 다물었으며, 릴로는 노골적으로 기분 나빠 하고 있었다. 그래서 우리도 조용히 있을 수밖에 없었다. 그런 분위기 속에서 마리아와 내가 유르테 한구석에서 머리를 맞대고 미인대회에 나갈 꿈에 부풀어 키득거리는 것처럼 보인다면, 그 얼마나 한심한 인상을 줄 것인가. 마리아와 나는 화장은커녕 머리도 감지 못하고 축제 장소로 갔다. 나는 정말로 미인대회에 나갈지 어떨지의 여부와 상관없이, 그리고 다른 일행들의 비판적인 시선을 알고는 있었지만, 이 상황 자체가 점점 즐거워지고 있었다. 알타이 산맥에서 미인대회가 열린다는 것과, 거기에 어쩌면 마리아와 함께 참여할지도 모르는데, 그것도 추장의 특별 명령으로, 아무리 생각해도 할 일이라고는 야크똥 모으기밖에 없는 알타이의 일상에서 그것은 매우 드라마틱하게 다가왔기 때문이다.

우리가 말을 타고 벌판 한가운데에 마련된 축제 장소에 도착했을 때 미리 도착한 사람들은 큰 원을 그리고 둥그렇게 둘러앉아 있었으며, 한쪽에는 벌써부터 남달리 곱게 차려입은 한 무리의 여인들이 서 있는 것이 눈에 띄었다. 하지만 나는 그들이 공연을 위해서 차려입은 무희나 음악가들인지, 아니면 미인대회에 나가려고 준비해온 여인들인지 알 도리가 없었고, 그건 마리아도 마찬가지 입장이었다. "미인대회에 참여하려면 등록을 해야 할 텐데." 마리아가 소심하게 중얼거렸다. "어떻게 해야 하는지 아무도 가르쳐주지 않으니 어쩌면 좋지." 그래서 우리는 겸연쩍음을 무릅쓰고 바체체를 불러서 물어보기로 했다. 그런데 스무 살의 생기발랄한 투바 처녀 바체체가 눈을 동그랗게 뜨고는 "그건 갈잔이 농담으로 한 말이야, 너희는 그걸 정말로 믿었단 말이니?" 하고 깔깔 웃는 게 아닌가.

나는 이쯤에서 제발 그만두고 싶었지만 마리아는 결코 미련을 버리지 못하고 바체체에게, 갈잔에게 가서 한 번만 물어봐달라고 부탁했다. 내가 생각하기에도 갈잔이 전날 저녁에 그 말을 할 때의 태도는 정말로 진지하기는 했다. 갈잔은 이미 축제 마당 정면에 놓인 탁자 앞 심사위원석에 이 지역의 유지이자 정치가인 듯한 사람들과 나란히 앉아 있는 중이었다. 그런 자리에 가서 우리의 미인대회 참가 여부에 대해서 묻는다는 건 갈잔을 어려워하는 바체체에게 결코 쉬운 게 아니었겠지만, 그럼에도 불구하고 바체체는 용기를 내서 갈잔에게 다가갔다. 그리고 잠시 후 돌아와서 조용하게 갈잔이 어젯밤에는 그냥 재미 삼아 말을 한 것이므로 미안하다고 하더라, 라는 뜻의 말을 전했다. 바체체는 유창하고 능숙한 독일어를 구사했지만 아직 나이가 어리므로 사려 깊은 표현을 즐겨 사용하거나 예의를 차리고 돌려서 말하는 편은 아니었다. 그래서 나에게는 그녀가 전해준 갈잔의 대답이란 것이 좀 당황스러울 정도로 생뚱맞게 들렸지만—아니 그러면 우리에게 '명령'이란 어휘까지 써가며 장난을 쳤단 말인가. 그러면 지금 열리는 씨름대회에 실제로 참여하고 있는 파울과 루드비히, 게르하르트의 경우는 뭐란 말인가—아마도 그건 바체체가 갈잔의 말을 요점을 추려 요약해서 전했기 때문이라고 생각되었다.

　나는 순간 이루 말할 수 없이 허탈해졌고, 비록 겉으로 표현하지는 않았으나 마리아의 실망도 만만치 않았으리라. 우리는 지난밤에 아무도 없는 장소를 찾아다니며 미인대회에 관해서 남몰래 얼마나 많은 계획을 세우고 이야기를 나누었던가. 마치 우리는, 우리가 알타이—투바 미인대회의 1등과 2등 유력 후보자인 것처럼, 그렇게 느끼지 않았던가. 저마다 상을 타는 꿈에 부풀었다가 겸손을 떨며 상대편에게 상을 양보하기도 하면서 말이다. 마리아와 나는 별말 없이 서로 마주보았다. 알타이에서 지내는 내내 마리아의 짙은 갈색 곱슬머리에는 비듬이 보였고 피부는 대개 아무렇게나 문질러 바른 선크림으로 허옇게 얼룩덜룩했다. 그리고 거울로 확인할 길은 없었지만 분명 내 모양새도 마찬가지로 그리 아리땁거나 단정하지는 않았음이 당연한데, 머리카락은 이마에 찰싹 달라붙은 채 힘없이 축 늘어져 있고 얼굴은 햇볕에 까맣게 타서 초라하게 반들거릴 것이 분명했다. 뿐만 아니라 우리들의 손톱은 이미 오래전부터 야크똥 때가 끼어서 까매져 있었고 손등은 거칠거칠해진 지 오래였다. 미인대회에 참가하는 여성들은 특별히 예쁘게 만든 전통의상을 입고 축제 마당에 둥그렇게 둘러앉은 사람들 가운데를 사뿐사뿐 걸어 한 바퀴를 돌았는데, 그것이 미인대회의 유일한 행사 내용이자 주요 퍼레이드였다. 그중에는 우리에게 델이나 허리띠 등을 만들어주는, 가까운 유르테에 사는 재단사인 토야도 있었다. 그들이 입고 있는 여성스럽고 우아한 축제 의상과 비교하니 마리아와 내가 걸친 두꺼운 평상복 델은 마치 여자 빨치산 복장처럼 보였다.

그날은, 다른 여러 가지 사건이 있었지만, 특히 마리아와 내게는 우리들이 남몰래 기대했던 미인대회 참여가 헛소동으로 허무하게 끝나버린 날이기도 했다. 나는 마리아를 생각하면 먼저 그날의 미인대회 소동을 떠올리게 된다. 그것은 다른 일행들이 생각하는 그냥 평범한 미인대회가 아니었던 것이다. 그건 우리를 개인적으로 알타이와 맺어주는 마음의 의식 같은 것이었다. 나중에 마리아가 털어놓은 대로 표현하자면, 예를 들어서 알타이와의 결혼 같은 것. 몽골 투바 유목민과 결혼하여 알타이에서 오래오래 살고 싶다는 마리아의 꿈처럼 우리는 다른 어느 대회도 아닌, 정말로 지도에도 나와 있지 않고, 그 어떤 여행 안내서에도 이름이 등장하지 않는, 사라져가는 소수 부족 몽골 투바인의 미인대회에 나가고 싶었고, 그래서 진짜 알타이 유목 여인이 되고 싶었고, 물론 비현실적인 욕심이긴 했지만 가능하다면 정말로 상도 타고 싶었다. 이후로 한동안 나는 갈잔과 마주쳐도 인사를 하지 않았다.

## 관광객들

━━━━━━━━━━━━━━━━━━━━━━━━━━━━━━

그날, 축제의 두번째 날 오후 우리는 알타이에서 유일하게 다른 관광객을
만날 수 있었다. 몇 명의 유럽인들이 두세 대의 지프에 나누어 타고 축제
가 열리는 장소로 찾아왔다. 그들은 키가 크고 아름다운 젊은 여인과 턱
수염을 기른 그녀의 동반자를 비롯하여 지식인처럼 보이는 깔끔하고 점
잖은 대여섯 명의 일행들이었다. 그들은 카메라를 들고 축제 마당을 돌아
다니며 사진을 찍었다. 마리아는 그들이 오스트리아 사람들이라고 했다.

  그런데 그날 저녁 우리가 말을 타고 검은 호수 아일로 돌아오자 오스트
리아 관광객들의 지프가 이미 와서 유르테 곁에 서 있었고, 알록달록한 텐
트와 플라스틱 야외 테이블이 차려져 있으며 밥 짓는 연기가 피어오르는
중이었다. 갈잔이 그들을 우리의 유르테에 묵도록 허락했다고 사람들이
말했다. 내 말은 걸음이나 움직임이 가장 느러터진 말이었다. 그래서 나
는 원승을 갈 때마다 매번 꼴찌가 되어버리곤 했는데, 그날도 마찬가지였
다. 내가 말에서 내리자 이미 오스트리아인의 산뜻한 텐트 주변에 몰려서

서 신기한 듯 이것저것 구경하고 있던 우리 일행들이 모두 일제히 고개를 돌려 나를 소리쳐 불렀다. "수아, 이리 와봐, 여기 이 사람들이 한국 수프를 끓여 저녁을 먹는단다! 게다가 이 사람들 요리사는 한국에서 8년이나 살았다고 하는구나!"

그때 나는 명확한 이유를 알 수 없게 화가 났다. 우리 일행들이 너무 지나치게 호들갑을 떤다고 생각되었고―물론 그들은 친절한 마음으로 한 행동일 테지만―유목민과 최대한 어울려 그들의 삶을 공유하고자 하는 우리들의 유르테 곁에 관광객의 번쩍거리는 지프가 서 있는 것도, 잘 차려입은 도회적인 외모의 남녀가 턱을 치켜들고 우리의 몽골을 신기한 듯 구경하는 것도 마음에 들지 않았다. 지프와 플라스틱 야외 테이블은 몽골 초원에서 외국인 관광객의 상징이다. 게다가 저들이, 나로서는 정체를 짐작할 수 없는 '한국 수프'를 끓여먹는다고 내가 달려가서 반가워해야 할 이유가 도대체 무엇이란 말인가. 이런 감정은 나중에 한국으로 돌아가는 공항에서 몸을 가누지 못할 정도로 술에 취해 악취를 풍기면서 비틀거리는 한국 관광객들과 마주쳤을 때도 마찬가지였다.

마리아와 나는 일행과 떨어져 마테차를 끓일 뜨거운 물을 얻으러 식당으로 갔다. 해가 지고 있었다. 하루종일 야외에서 햇빛을 받으며 보낸 우리는 먼지투성이가 되었고 피곤했다. 오스트리아 관광객들은 플라스틱 야외 테이블에 앉아 한국에서 8년을 살았다는 몽골 요리사가 끓여준 한국 수프로 저녁을 먹고 있었다. 그들의 몽골 가이드는 지도를 펼쳐들고 다음날 이동 경로를 점검중이었고 몽골인 운전사는 지프 곁에 서서 담배를 피웠다. 혹은 담배를 피운 것이 가이드였고 지도를 보던 사람이 운전

**관광객들**

사였을지도 모른다. 그때 마리아와 나는 서로를 마주보았고, 동시에 같은 생각을 했다. 아, 얼마나 다행인가, 우리가 저런 일행에 속한 채 알타이에 오지 않은 것이. 나는 이 생각을 입 밖으로 꺼내어 말했고, 마리아가 자신도 같은 생각을 했다고 고개를 끄덕였다. 우리는 짧은 순간 공동의 행복감을 느꼈다.

그러나 오스트리아 관광객의 방문은 마리아와 나뿐만 아니라 우리 일행모두에게 비슷한 감정의 파도를 전파했고, 어느새 우리는 '관광객'이라는단어와 우리 일행을 은연중에 구별하여 사용하는 자신들을 발견하게 된다. 그로부터 며칠 후, 나는 카롤라에게 어쩌다가 이 갈잔의 여행에 동행하게 되었느냐고 물었는데 그때 카롤라가 대답했다.

"나는 말이야, 몇 년 전에 몽골을 여행할 기회가 있었어. 그때는 달리 방법이 없으니 지프를 빌려서 타고 다니면서 여기저기 구경을 했단다. 그래, 우리가 예전에 마주쳤던 그 오스트리아 '관광객'들처럼 말이야…… 그리고 결심했지. 나는 언젠가 다시 몽골에 오리라, 그리고 그때는 결코 이런식으로 오지는 않으리라, 하고……"

오스트리아 관광객은 다음날 이른 아침에 지프를 타고 뽀얀 먼지와 함께 사라졌는데, 그들은 울란바토르에 폭우가 내려 많은 사람이 죽었다는소식을 남기고 갔다. 그제야 나는 내가 이미 일주일 이상이나 신문이나방송을 접하지 않고 살았음을 실감하게 되었다. 여기서는 세상에서 무슨일이 일어나는지 전혀 알 수가 없을 뿐만 아니라 오늘이 도대체 며칠인지, 무슨 요일인지 알 도리가 없었고, 사실상 알 필요도 없었다.

그리고 또다른 사실도 깨달았다. 이곳에서 나는 내가 누구인지조차 거의 절반쯤은 정말로 잊어버리고 있었음을. 그건 예상치 못하게 아주 행복한 기분이었다.

**향나무 계곡**

━━━━━━━━━━━━━━━━━━

2009년 7월 22일—이 날짜가 정확한지 나는 자신이 없다. 알타이에서는 달력이 없으므로 내가 가끔씩 기록한 메모의 날짜를 신뢰하는 수밖에 다른 도리가 없다. 게다가 한국과 울란바토르 간의 한 시간이란 시차와 울란바토르에서 욀기에까지의 또다시 한 시간의 시차를 생각하면 나는 매우 혼란스러워져서 시간이나 날짜 계산하기를 쉽게 포기해버리곤 했다—우리는 아침 일찍 일어나 짐을 꾸리고 유르테를 해체한 다음 짐의 일부는 트럭에 싣고 일부는 낙타에 실어 보낸 후 각자 말을 타고 향나무 계곡으로 거주지를 옮겼는데, 공교롭게도 그날은 투바의 나담 축제 첫날과 더불어 우리가 알타이에서 지내는 동안 가장 날씨가 나쁜 편이었다. 거센 바람이 위협적으로 휘몰아쳤고 하늘은 먹물처럼 짙은 구름으로 가득했다.

향나무 계곡으로 가기 위해서는 높은 산등성이와 고원을 넘어서 거의 네 시간을 말을 타야 했다. 오, 세상에, 태어나서 그렇게 사나운 바람을 온

몸으로 고스란히 맞아본 적은 처음이었다. 나는 방한복이나 방풍 재킷도 없었다. 내가 준비해간 단 한 벌의 얇은 재킷은 검은 호수 아일에 머물 당시 스텝 초원 어딘가에서 잃어버리고 말았으며, 단 하나 갖고 있던 아디다스 스포츠용 방한 바지는 알타이에 도착한 지 며칠 만에 즉흥적인 기분으로 바체체에게 선물해버리고 말았다. 그것이 얼마나 치명적인 실수였는지 나중에야 깨달았으나 이미 선물한 것을 돌려달라는 말을 차마 할 수가 없었다. 그래서 나는 이후 이어지는 알타이의 혹독한 날씨를 여름 스커트 위에 델을 걸친 채 버텨내야만 했다. 산등성이 높이 올라가자 자욱한 회색 안개로 이루어진 비구름이 우리를 휘감았는데, 보이지 않는 가늘고 축축한 빗방울이 모든 방향에서 휘몰아쳤고, 엄청나게 강력한 바람 때문에 나는 내 말과 함께 통째로 러시아로 날아가버리는 건 아닐까 정말로 두려웠다. 거기다가 장갑까지 난롯불에 태워먹은 지 오래였으므로 그 상황에서 맨손으로 안장과 고삐를 잡고 벌벌 떨어야만 했다.

우리는 도중에 한 번 휴식을 가졌는데, 바람이 너무 강해 도저히 서 있을 수도 앉을 수도 없는 상황이었고, 갈타이는 우리를 바람이 불어오는 반대쪽 산비탈로 인도했다. 지옥의 틈새처럼 활짝 열린 커다란 계곡이 우리의 눈 아래서 석회빛으로 번들거리고 있었다. 바람은 거대한 스카프나 채찍처럼 대지를 후려쳤고 그 분노에 찬바람의 신음소리가 천지에 가득했으므로 바로 옆 사람의 말소리조차 제대로 알아들을 수가 없었다. 우리는 갈타이가 가르쳐준 대로 바람을 피할 수 있는 반대편 비탈에 몸을 길게 눕혔다. 나는 몸이 부들부들 떨리는 것을 느꼈는데, 추위 때문이 아니라 이상하게 격심한 외로움 때문이었다. 무서울 정도였다. 나는 얼굴을 알타이 그곳에 서면 삶은 곧 전설이었다. —향나무 계곡.

의 흙바닥에 바싹 붙인 채 주변의 사람들이 바람 속에서 이리저리 몸과 시선을 움직이는 것을 지켜보면서 공포심을 가라앉히기 위해서 애썼다. 유목민들은 태연한 무표정으로 허공을 쳐다보았다. 우리는 누구의 등뼈에 이토록 간절하게 매달려 있는 것일까, 하는 생각이 이마를 뜨겁게 만들었다.

사방은 나무 한 그루 없이 굵은 주름처럼 일렁이며 한없이 펼쳐진 사막—산악 지대였다. 황폐한 산맥은 녹아내린 석회 먼지와 날카롭게 깎인 암석의 회색빛 바다였으며, 끝이 없는 형태로 반복되고 있었다. 마치 너희는 태어나리라, 너희는 죽으리라, 너희는 태어나리라, 너희는 죽으리라, 하는 소리가 그대로 형상화된 메마르고 거대한 목구멍처럼.

그곳에 서면 삶은 곧 전설이었다. 나침반도 망원경도 없는 이 사람들은 어떻게 아는 것일까. 어느 방향이 러시아이며 어느 방향이 중국인지, 어느 방향이 울란바토르이며 어느 방향이 카라코룸인지. 이 사람들은 어떻게 아는 것일까, 영혼들이 떠나간 길을. 내 말은 발걸음이 느렸다. 일행이 타고 있는 말들 중에서 가장 느렸다. 승마에 겁을 먹은 내가 갈타이에게 가장 느린 말을 달라고 부탁했기 때문이다. 그래서 어느 순간 사방을 돌아보니 어느 누구의 모습도 보이지 않고, 얼음처럼 차가운 비안개의 물방울 속에서 나는 홀로 터벅터벅 가고 있었다. 그 순간 나는 내 말과 함께 지상에서 홀로 살아 있는 존재, 홀로 꿈틀거리며 하늘을 향해 움직이는 존재였다. 향나무 계곡으로 올라가는 길은 하늘 속으로 들어가는 길이었으며 그곳의 산맥은 하늘이 내려앉은 길고 높은 등뼈였다. 길이 오르막으로 변할 때마다 늙고 지친 말은 비틀거렸고, 허덕거렸고, 강풍에 맞서기 위

**향나무 계곡**

해서 안간힘을 썼으며, 문득문득 몸을 떨면서 비명 같은 외마디 울음을 내질렀다. 왜 말들은 이해할 수 없는 순간에 그런 소리를 지르는 것일까. 마치 그들이 우리의 눈에 보이지 않는 어떤 영혼들을 마주치기라도 한 것처럼. 그래서 그 유령들에게 비명의 인사를 건네기라도 하는 것처럼. 나는 휘몰아치는 회색빛 바람 속에서 홀로 무서워하며 생각했다.

향나무 계곡은 아주 널찍한 평지처럼 보이는 길쭉하고 편평한 땅으로, 사방이 산으로 둘러싸여 있었다. 그중에서도 동쪽에 자리잡은, 흰 눈으로 뒤덮인 높은 절벽이 인상적이었다. 나는 언젠가 저곳까지 가보리라 생각했다. 그러나 내가 며칠 뒤 그 절벽을 향해서 실제로 걸어갔을 때, 나는 그것이 눈에 보이는 것보다 훨씬 더 멀리 있다는 사실을 다시 한번 더 알게 되었다. 절벽 아래는 분화구처럼 널찍하고 움푹한 땅으로 눈부시게 고요한 호수와 이끼를 닮은 축축한 풀들이 펼쳐진 아름다운 늪지의 평원이었고, 위쪽에는 눈이 쌓여 있었다. 절벽 위까지 기어올라간 나는 온몸의 세포가 물을 갈망하는 미친 듯한 갈증에 떨면서, 그 눈을 뭉쳐 허겁지겁 베어먹었다. 나중에 나는 그 장소가 투바인들에게 '성스러운 물의 근원'으로 불린다는 것을 알게 되었다. 반대편 방향으로는 역시 만년설에 뒤덮인 봉우리를 한 투바의 성산 하라칸이 보였다. 화산처럼 높고 좌우대칭이 반듯한 균형 잡힌 모양이었다.

향나무 계곡으로 내려가는 마지막 코스는 말에서 내려 말을 직접 끌고 조심조심 가파른 비탈길을 내려가야만 했다. 경사가 너무 급해 말을 타고 내려갈 수가 없기 때문이다. 그곳에는 검은 호수 아일의 시냇물과는 비교가 되지 않는, 물이 풍부한 커다란 강이 흐르고 있었다. 아마도 물 때문에 우리는 3주간의 거주 기간 동안 한 번의 이동을 해야 했던 것이리라. 향나무가 자라는 계곡이라고 했지만 나무는 어느 곳에도 보이지 않았다. 나중에 알게 된 사실이지만 그곳의 향나무는 대지에 몸을 바싹 붙이고, 바위 땅의 갈라진 틈새 속으로 완전히 파고든 채로 누워서 자라나기 때문이다. 너무나 추웠으므로 우리는 유르테를 세울 엄두도 내지 못한 채 미리 도착한 유목민들이 세워둔 한 채의 유르테 안에 불을 피우고 모여 있었다. 비가 우박이 되고, 마침내는 눈송이가 되어 내리고 있었다. 7월의 눈이라니 믿어지지 않았다. 그러나 유목민들은 이곳의 그런 기후에는 익숙한 듯 날씨에 아랑곳하지 않고 유르테를 세우고 침대를 조립했다. 우리의 식당이 될 주방 유르테에는 세 명의 젊은 투바 여인들이 일하고 있었다. 그들은 우리에게 따뜻한 밀크티를 가져다주었다.

　아무리 이동식이라고는 하나 유르테를 분해하고 다시 조립하는 일은 그리 간단해 보이지는 않았다. 주로 유목민들이 그 일을 맡아서 했고 우리는 보조 역할을 했는데, 한 채의 유르테를 세우는 데는 여러 명의 남자들이 힘을 합쳐도 한 시간은 걸렸다. 유르테는 우선 뼈대가 되는 아코디언식 나무 골격 여러 개가 둥글게 모여 벽을 이루고 그 사이에 문을 세운 다음 지붕 역할을 하는 우산살 모양의 둥근 목재 골조를 얹고는 벽과 지붕에 양털로 짠 천을 빈틈없이 두르는 식인데, 나무 벽을 일일이 양털 끈으로 묶어 고정하고 지붕의 목재 골조 홈에 따라 기다란 나무막대를 하나하나 끼워 맞춘 다음 그 위로 바람이 통하지 않도록 양털과 천을 반듯하게 씌우는 작업은 남자의 힘뿐만 아니라 꼼꼼한 성의를 요구하는 일이었다. 대충 쌓아올렸다가는 지붕이나 벽이 무너질지도 모르며 이곳의 혹독한 바람과 추위를 생각하면 천 하나를 두르더라도 정성을 들여야 했다. 둥글게 뚫린 지붕 꼭대기를 덮는 마지막 천은 아침저녁마다 열고 닫을 수 있도록 설계되어 있다. 마지막으로 굴뚝이 지붕 위로 나오도록 난로를 설치한다.

아침이 되면 유르테 지붕을 덮은 천을 젖혀서 햇빛이 들어오도록 했고 밤이면 그것을 다시 덮었다. 여러 겹으로 천을 둘렀어도 밤이면 양털 천의 얇은 부분 틈새로 찬바람이 들어오는 것이 느껴졌기 때문에 마리아는 유르테 벽에 스웨터와 옷가지를 끼워넣어 바람을 막곤 했다. 그리고 침대 위 유르테 천장의 나무 살 사이에 옷가지나 수건을 끼워넣으면 훌륭한 옷걸이가 되었다. 바람이 들어오는 틈새로 아침이면 햇살이 수평으로 비쳐들었다. 외벽 천을 다 씌운 다음에는 유르테의 아랫부분에 빙 둘러가며 바람이 스며들지 않도록 띠를 둘렀고, 그 띠가 바람에 날리지 않도록 무거운 돌을 가져와서 일일이 눌러야 했는데, 그것은 우리 여자들의 일이었다. 유르테의 크기는 벽 역할을 하는 나무 골조가 몇 개 모여서 이루어졌느냐에 따라서 달라진다. 가장 크기가 작은 유르테는 2인용이라고 하지만 나는 그런 유르테를 알타이에서 실제로 보지는 못했다. 우리가 방문한 유르테는 모두 대가족이거나 아이를 둔 부부의 집이었기 때문이다. 하지만 유르테가 너무 크면 난방에 문제가 있기 때문에 최대 침대가 5, 6개 정도 들어가는 크기가 일반적이었다. 우리 개념으로는 1인용처럼 보이는 좁은 침대에 부부가 함께 잠을 자는 것이 보통이었고 경우에 따라서는 거기 어린아이가 함께 자기도 했다.

유르테를 해체하고 조립하는 작업은 우리에게, 과연 알타이의 유목 생활에서 독신이란 가능한가 하는 의문을 불러일으켰다. 혼자서 그런 일을 다 해치우기란 도저히 불가능해 보였기 때문이다.

어느 날 저녁 나는 갈타이에게 유목민이 독신으로 살아가기도 하는지, 그리고 주소도 없고 정해진 집도 없으며 항상 여기저기 이동하며 살아가는 유목민 남녀가 어떻게 서로 알게 되고, 사귀고, 결혼하게 되는지 물어보았다. 갈타이의 대답은 이랬다.

"유르테에서 홀로 지내는 생활이 불가능한 것만은 아니다. 유목민들 중에는 드물긴 하지만 사별 등의 이유로 홀로 사는 이들이 있기는 하다. 일반적인 결혼 과정에 관해서 얘기하자면, 유목민들이 최고의 남편감으로 치는 남자는 재산이 많은 사람보다는 건강한 신체와 정신을 가진 젊은이이다. 그래야만 험난한 유목 생활을 버텨나갈 수 있기 때문이다. 마찬가지로 유목민 여자에게는 미모보다도 부지런함과 생활의 능력이 최고 신붓감의 조건이다. 외모의 아름다움만 있고 실제 생활에서 무능하다면, 그런 여자와 사는 것은 유목민들에게는 곧 재앙이나 마찬가지이기 때문이다. 그 능력 중에서 가장 기본으로 꼽히는 것이 불 피우기이다. 그래서 미혼 여자들을 대상으로 불 피우기 대회가 열리기도 한다. 성냥 한 개비만으로 불을 성공적으로 피워야 하는 것이다(여기서 항상 우리 유르테의 난롯불을 도맡아 피우는 케르스틴이 농담을 했다. "아, 그렇다면 나는 여기 알타이에서 결혼할 수 있겠구나!" 불 피우기는 결코 쉬운 기술이 아니다. 예를 들어서 나와 마리아는 전혀 불을 피울 줄 몰랐다). 남녀가 만나게 되는 장소는 주로 축제 마당 등인데 결혼식이 좋은 예가 된다. 유목민은 주소가 없어도 상대

**향나무 계곡**

편이 어디에 사는지 알고 있고, 말을 타면 쉽게 찾아갈 수 있다(어떻게 해서 그럴 수 있는지에 대해서는 구체적으로 말해주지 않았다). 일단 남녀가 서로 좋아하게 되면, 남자의 부모는 선물을 들고 여자의 집을 방문한다. 그것이 정식 청혼이다. 청혼을 받은 여자와 가족들은 며칠 동안 생각을 하고 답을 주게 된다. 이때 부모는 딸의 의사를 존중하는 편이다."

그때 우리 일행 중 누군가가 물었다. "그러면 갈타이 너도 그렇게 해서 네 아내와 결혼한 거야?" 그러자 갈타이가 웃으면서 대답했다. "아니, 나는 내 아내를 하이델베르크에서 만나 사귀었어. 우리는 둘 다 거기서 유학중이었거든. 하지만 양쪽 집안이 이미 서로 알고 지내는 사이라서 청혼은 순조롭게 이루어졌지."

향나무 계곡은 아름다운 장소였다. 나는 매일 아침 멀리서 희게 빛나는 투바의 성산 봉우리와 그 반대편의 흰 절벽을 바라볼 수 있었다. 유르테의 담벼락에 느슨하게 기대앉아서 마테차를 한 모금씩 마시면서 비현실적으로 맑고 푸른 하늘과 빙글빙글 날아다니는 맹금류를 바라보는 것만으로 행복해졌다. 식사 시간이 되면 바체체는 유르테마다 돌아다니며 "에—센essen" 하고 커다랗게 외치곤 했다. 유속이 빠른 강에는 물이 아주 풍부했으므로 원한다면 몸을 씻을 수도 있었고 그 사실이 나를 기쁘게 했다. 물론 물은 여전히 얼음처럼 차다. 나는 향나무 계곡에서 햇살이 좋은 날을 골라 두 번이나 목욕을 했다. 하지만 너무 차가운 물 때문에 비누는 잘 풀어지지 않고 물을 떠서 몸에 끼얹을 그릇이 없었기 때문에—대개는 그것을 수통으로 대신한다—아주 서툴고 이상한 목욕이 되고 말았다. 어떤 사람들은 주방에서 커다란 양푼을 빌려 유르테 안 난로에 물을 데우고 몸을 씻었지만 나는 다섯 명이 함께 사용하는 유르테에서 그렇게까지 하고 싶지는 않았다.

그곳에서 나는 분명 매우 게으른 편에 속했다. 옷에서 냄새가 나는데도 불구하고 단 한 번도 빨래를 하지 않았고, 몽골어와 투바어를 배우려고 노트를 들고 바체체를 따라다니지도 않았으며, 투박한 바늘로 가죽을 꿰매거나 양털을 넣고 이불을 만드는 여인들 곁에 앉아 전통적인 작업을 지켜본 적도 없다. 도살한 양고기를 손질하고 요리하는 광경을 구경한 적도 없으며 사냥에 따라나서지도, 난로에 불을 피워보지도 못했고 마리아에게서 말머리장식호궁의 연주법을 배우지도 않았다. 심지어 책도 한 줄 읽지 않은 채 3주일을 보냈다. 그곳에서 나는 그냥 느릿느릿 움직이며 최소한의 할 일—야크똥을 모았을 뿐이다. 그것도 날씨가 좋을 때뿐이었고, 마지막에 몸이 아픈 동안은 다른 이들이 궂은 날씨 속에서 야크똥을 모으러 나가는 것을 모른 척하면서 하루종일 침대에 누워 지냈던 날도 있다. 비가 부슬거리는 날이면 마른 야크똥을 찾기가 훨씬 힘이 드는 것은 당연한 일이었다. 단 한 번, 우리 일행 모두를 위해서 내가 저녁식사를 만든 적이 있는데, 그건 정말이지 무모하기 짝이 없는 결단이었다.

밤에 난로에 불을 피운 다음 향나무 가지를 난로 뚜껑 위에 올려놓으면 흰 연기가 피어오르면서 이루 말할 수 없이 좋은 냄새가 심장을 파고들었다. 나는 다른 이들이 최대한 많은 시간을 유르테 밖에서 지내려 하며 항상 밖으로 나가 담배를 피우거나 하늘을 쳐다보거나 할 동안에도 홀로 유르테 안에 남아 난롯불을 바라보는 것을 좋아했다. 아마도 제대로 된 방한복이 없어 늘 추위에 떨었기 때문일 것이다. 난롯불의 타오름이 가장 절정에 오르는 짧은 순간 달구어진 난로의 몸체는 타닥거리는 소리와 함께 더할 수 없이 따사로운 온기를 발산하는데, 어두운 유르테 안에서 여러 갈래로 갈라지며 붉게 날름거리는 따뜻한 불꽃의 혀를 바라보고 있는 행위 자체도 온기 못지않게 참으로 황홀하면서도 가슴이 두근거리는 일이었다. 불꽃은 가볍게 허공으로 치솟는 듯하다가 다시 내려앉는 것이 아니라 나비가 되어 그대로 공기중으로 꺼지듯 치솟아 날아가며 그런 다음 형체도 냄새도 없이 한 줌의 투명한 공기로 변해 사라져버리는 것이다. 타오르는 불꽃을 한참 들여다보고 있으면 그 형태가 원시적인 춤과 비슷하다는 생각이 든다. 몸체를 이리저리 들어올리고 팔을 하늘로 향해 치켜들며, 얼굴을 붉게 하고 혀를 내밀며 몸을 빙글빙글 반복해서 회전시키고, 두 눈을 흥분에 겨워 번득이며 입가에는 뜨거운 미소를 흘리는 젊은 여인

foto Werner Fritsch, aus seinem Film 〈Faustsonnengesang〉.

과 같이 보였다. 불의 여신, 유목민들이 그런 믿음을 갖고 있는 것도 이상할 이유가 없었다. 나도 그 믿음이 갖고 싶었다.

내가 책에서 읽은 바에 의하면 몽골에서 불의 여신이 차지하는 위치는 매우 특별했다. 지상의 모든 방향마다 각각 다른 불의 여신, 혹은 불의 처녀가 존재하고 있으며 원칙적으로는 각각의 난로마다 고유한 불의 여신이 살고 있다고 했다. 또한 불의 여신은 혼자가 아니라 많은 가족들과 친척들, 하인들을 거느리고 있다. 불의 여신은 문헌마다 이루 셀 수도 없이 많은 이름으로 등장한다. 수많은 이름을 가지고 모든 장소에 동시에 존재하는 한 여인이 불이다. 몽골의 고대 문헌에는 불의 기원에 관한 여러 전설이 나와 있는데, 그 내용 중의 하나에 의하면 칭기즈칸의 아들인 창가타이가 최초로 느릅나무 가지에 불을 붙임으로써 불이 탄생했다는 노래가 나오며, 또다른 전설에 의하면 불의 처녀는 돌을 어머니로, 쇠를 아버지로 하여 태어났다고도 한다.

## 야크의 정령

향나무 계곡은 내게 무엇보다도 야크의 정령으로 기억된다. 우리는 매일 이른 아침, 잠결에 이상한 소리를 듣곤 했다. 아마도 소처럼 커다란 동물 이 코를 힘차고 나직하게 킁킁거리는 소리였는데, 우리가 잠든 바로 머리 맡에서 우리의 이마를 향해서 내는 것처럼 아주 가깝게 들렸다. 이른 시 각, 잠에서 완전히 깨어나기 전 닳아서 얇아진 양털 천 사이 여기저기로 유리구슬처럼 동그랗고 밝은 햇살의 입자가 비쳐드는데, 식어버린 쇠난 로 주변으로 푸르스름하면서 흰 새벽 공기가 차갑게 고여 있다. 어디서 들려오는 것일까, 잠든 머리에 콧김을 불어넣는 이 이른 아침 짐승의 소 리는. 하지만 일어나서 유르테 밖으로 나오면 그럴 만한 동물의 모습은 전혀 보이지 않았다. 주방 유르테에서 밀크티 끓이는 연기가 피어오르고 우리들의 거주지 주변에서 풀어놓고 기르는 새끼 염소 한 마리만이 사방 을 뛰어다닐 뿐이었다.

  우리는 그 소리를 야크의 정령이 내는 소리라고 불렀다. 우리는 어느

덧 모든 것에 정령이라는 말을 붙이기 좋아하는 파울의 어법에 익숙해진 것이다. 오늘 아침에도 난 야크의 정령이 지나가는 걸 들었어, 하는 식이었다.

어느 날, 나는 평소보다 훨씬 더 일찍 일어났다. 그리고 신선한 아침 공기를 들이마시기 위해 밖으로 나왔다. 잠에서 깨어난 다음 옷을 특별히 차려입을 필요가 없다는 것이 그곳 생활의 특징이자 장점이었다. 어차피 옷을 거의 다 껴입고 잠자리에 들기 때문이며, 매무새를 가다듬을 거울 같은 물건도 없기 때문이다. 그러므로 일어나자마자 그대로 바깥세상—유르테의 외부로 달려나올 수가 있는데, 그 경험은 마치 아주 어린아이였던 어떤 짧고도 강렬했던 한 시절로 되돌아간 듯한 느낌을 불러일으켰다. 그래서 주방 유르테에서 연기가 한 줄기 피어오르고 불그스름한 태양이 산 위로 떠오르는 가운데 아침 식탁을 차리는 유목민 소녀들이 햇살 밝은 스텝 초원 한가운데에 양탄자를 펼치는 모습이나, 부지런한 일행 몇몇이 역시 마찬가지로 내복 차림인 채 싸늘한 아침 공기에 몸을 오들오들 떨면서 화장실을 다녀오거나 강 건너편에서 세수를 하는 일상적인 광경을 보고도 마치 어린 시절에 그랬던 것처럼 큰 이유 없이 마음이 들뜨면서 즐거워졌다. 심지어 어느 날은, 강물 위로 비치는 눈부신 아침 햇살에 물방울이 연한 보랏빛으로 허공을 향해 분수처럼 튀어오른다고 느꼈고, 그래서 신비로운 마음에 강으로 가까이 다가갔는데, 뱀처럼 길고 커다란 검은 그림자가 물속으로 미끄러지듯 지나갔다고 생각되었고, 이상하게도 나는 전혀 놀라거나 무서워하는 마음 없이 차분하게 그 물속에 두 손을 넣고 마치 그 뱀, 혹은 뱀의 정령과 대화를 나누듯이 천천히 세수를 했는데 그 뱀의 그림자는 내가 세수를 다 마칠 때까지 여전히 물속을 여러 개의 줄기로 나뉘어서 때로는 커다란 하나의 죽은 나무둥치처럼, 때로는 가라앉은 배처럼, 때로는 커다란 검은 비단 천처럼 흐늘거리며 그렇게 흘러가고 있었으며, 심지어 나는 그 뱀의 또렷하게 반짝이는 초록빛 눈동자를 마주본 듯한 환상 속에 빠지기까지 했다. 나중에 그것이 어쩌면 지나치게 맑고 눈부신 대기와 강렬한 햇빛 때문에 내 눈의 각막이 일시적으로 교란을 일으켜서 맞은편 산이나 하늘의 구름이 강물에 반사되어 형체가 불규칙하게 부서지며 희미하게 흔들리는 것을 착각했을지도 모른다고 짐작이 된 다음에도, 여전히 마음속에서 정체 모를 행복감 비슷한 기억으로 사라지지 않은 채 남아 있었다.

우리가 일어나고 나면 대개 주방 유르테 밖 양지바른 장소에 이미 아침식사를 위한 탁자가 마련되어 있었다. 나무 테이블을 여러 개 붙이고 등받이 없는 작은 의자를 늘어놓았고 의자가 부족할 경우를 대비해 양털 양탄자를 깔아두었다. 마리아와 나는 항상 바닥에 앉는 편을 택했다. 의자를 남들에게 양보하려고 한 것이 아니라 정말로 바닥에 앉는 게 훨씬 더 편하고 좋았기 때문이다. 그렇게 해서 마시는 그날의 첫 밀크티의 맛이란! 손바닥으로 따뜻한 찻그릇을 감싸기만 해도 떨리던 몸이 녹아내린다. 우리들 머리 위의 하늘은 투명한 푸른빛의 폭포이다. 깨끗하고 맑은 대기는 우리의 영혼을 스치며 너울거린다. 찌르는 듯한 햇빛이 환하게 쏟아지는 스텝 초원에 앉아 빵에 부드러운 야크 버터와 달콤한 딸기잼을 발라 밀크티와 함께 먹는다. 밀크티는 항상 한 번에 기본으로 두세 잔을 마셨다. 시간이 지나면서 나는 그 모든 것을 단순히 좋아하게 된 것만이 아니라, 이제 돌아간 이후에는 이것이 너무나 그리워지리라, 너무 그리워서 가슴이 소리 없이 아프게 되리라는 예감마저 들었다.

그날 나는 평소보다 일찍 일어났다. 항상 그렇지만 유르테의 문을 열자마자 알타이의 아침 풍경이 그대로 눈으로 들어왔다. 언덕 위로 막 해가 떠오른 직후였다. 햇살이 가닿는 모든 곳에서 무지갯빛 이슬이 소리 없이 부서졌다. 그리고 우리의 유르테 바로 곁에서 야크떼가 지나가고 있었다. 무심코 나는 유르테 뒤편으로 갔는데 거기 내가 선 위치보다 약간 높은 곳에서—향나무 계곡은 땅이 경사가 져 있고 우리들의 유르테는 가장 낮은 곳인 강물 근처에 자리잡고 있었으므로—한 마리 커다란 검은 야크가 불현듯 내 앞을 가로막고 서 있는 것을 보았다. 검은 야크의 뒤편으로 아침의 태양이 떠올랐고, 야크의 몸체에 맺힌, 아마도 이슬인 듯한 무수한 물방울이 일제히 빛 속에서 반짝거렸다. 신비스럽게도 그 검은 야크는 등과 배 부분에만 일자로 길게 이어지며 흰 털이 나 있었으므로, 태양을 가리고 옆으로 선 그 몸체는 마치 개기일식이 일어난 검은 태양처럼 흰 코로 나를 둥그렇게 두른 듯이 보였고, 그래서인지 순간 나에게 그 형상은 야크가 아니라 검고 느리게 움직이는 어떤 배 모양으로 다가왔다. 약간 허공으로 들린 채 진주알처럼 반짝이는 촉촉한 빛의 테두리에 둘러싸여, 이슬에 젖은 스텝 평원을 서서히 미끄러지며 지나가는 검은 배. 내가 알타이에서 야크를 그토록 가까이서 본 적은 처음이었다. 그때 야크가 머리를 들고 커다랗게 콧소리를 내었고, 그의 코에서 하얀 수증기 다발이 쏟아져 나왔으며, 나는 그 검은 야크뿐만이 아니라 수많은 다른 야크들이 일정한 간격을 유지한 채 함께 무리를 지어 우리의 유르테 주변을 느린 걸음으로 지나가고 있음을 보았다. 그들은 몹시 수줍어서, 길고 푹신해 보이는 그 진한 털을 쓰다듬어보려고 내가 가까이 다가가면 다가간 거리만큼 내게서 물러나버리곤 했다. 그들의 입을 열 때마다 연기처럼 하얀 입김이 아침 햇빛 속으로 쏟아져나왔다. 목동의 모습은 보이지 않았지만 야크들은 방향을 알고 있는 것처럼 발이 푹푹 빠지는 부드러운 강변 늪지, 이끼로 뒤덮인 축축한 흙, 진흙과 물웅덩이로 이루어진 땅을 걸어 눈과 얼음의 절벽이 있는 방향으로 가고 있었다. 그들이 야크의 정령의 정체였다. 혹은 야크의 정령이 바로 그들이었다.

　나중에 우리의 여행이 끝나갈 즈음 나는 몸이 아팠는데, 그런 어느 날 밤 잠들 수가 없었다. 그 전날 밤에도 나는 잠을 이루지 못한 채로, 무서울 정도로 수많은 장면으로 이루어진 꿈과 꿈속을 헤매고 돌아다녔다. 나는 분명 잠이 든 것이 아니었고, 의식도 또렷하고 다른 일행들이 잠결에 부스럭거리는 소리나 유르테의 바깥에서 바람이 휘몰아치는 소리, 거미 한 마리가 천장에서 내 얼굴로 갑자기 내려앉는 느낌마저 바늘 끝처럼 날카롭게 전부 인식이 되었는데, 그럼에도 불구하고 나는 꿈속에 들어가 있는 것이었다. 깨어 있는 상태에서 나는 눈앞을 스쳐 지나가는 비현실적이고 화려한 장면들을 선명하게 보았고, 그것이 조금도 이상하거나 놀랍지 않았으며 태연하고도 자연스럽게 받아들일 수 있었던 것이 기억이 남는다. 그러나 장면들이 점차 중첩이 되면서 나는 마치 실제로 내가 그런 모든 일들을 겪었고, 장면과 그 속에 담긴 이야기들이 나를 망치처럼 사정없이 내리치는 바람에 극심한 현기증을 느꼈다. 비전을 연상시키는 장면들 속에서 나는 어떤 화려한 집들과 기둥, 높은 담벼락이 끝없이 늘어선, 전승가 도와도 같이 드넓은 길을 걷고 있었는데, 걸음을 옮길수록 집들과 창, 담장과 거기 널린 주인 없는 빨래들이 내뿜는 색채가 너무도 강렬해서, 색채들이 소리 없이 폭발하고 있다고 생각될 정도였고, 그 색채의 파편 하나하나가 내 뇌리 속으로 창처럼 찌르면서 파고들었던 것이다. 폭발한 색채는 소멸하는 게 아니라 그 자리에서 백배나 더 강한 색채로 다시 살아났으며, 활짝 벌린 입처럼 나를 향해 달려들 태세를 갖추었다. 그 사이에 나는 집들의 안쪽에서 일어나는 일들을 이상하게도 눈앞에서 보고 있었으며, 꽃병이 바닥에 떨어져 산산조각이 나는 모양이나 절벽이 흔들리는 모습, 물이 솟구치는 재앙의 광경, 그리고 내가 바람처럼 허공으로 떠서 훨훨 가벼운 걸음으로 앞으로 걸어가는 속도를 보고 있었다. 모든 것은 견딜 수 없을 정도로 격렬했으나 소리가 없었고, 그 강도는 소리가 아닌 현기증으로 내 안에 쌓이고 있었다.

어느덧 나는 침대에서 내려와 유르테의 흙바닥에 앉아 있었다. 그렇게 몸을 세우고 앉아 있으면 현기증이 좀 사그라들었다. 사방은 깜깜했고 아무것도 보이지 않았다. 두 손을 눈앞에 쳐들었지만 손가락 모양으로 이루어진 두 개의 조그만 검은 유령이 검은 어둠 속에서 팔다리를 움직이는 것만이 보일 뿐이었다. 그때 유르테 바깥에서 무거운 발소리가 들려왔다. 그것은 파울이었다. 파울은 늦은 시각까지 주방 유르테에서 갈타이를 비롯한 유목민 남자들과 맥주를 마시고 약간 취한 채 돌아오는 길이었다. 한 손에 손전등을 든 파울이 유르테의 문을 열자 엄청난 양의 차가운 밤공기가 내 얼굴을 향해 밀려들어왔고, 파울이 느릿느릿한 속도로 유르테 안쪽을 향해 커다란 몸집을 힘겹게 기울여, 먼저 오른쪽 다리를 문 안쪽으로 들이민 다음에 허리를 어렵게 굽히고 오른쪽 어깨와 머리에 이어 왼쪽 어깨 그리고 마침내 끙 하는 신음 소리와 함께 왼쪽 다리까지 단계별로 밀어넣는 광경을 가만히 지켜보고 있었다. 파울은 조그만 손전등 불빛에 의지해서 자신의 침대가 있는 방향으로 조심조심—유르테 안에는 중앙의 난로와 그 주변의 야크똥 무더기를 비롯하여 우리 일행 다섯 명의 가방과 물품, 그리고 난로 앞의 샤머니즘 제단까지 여러 개의 물건들이 널려 있으므로—걸음을 옮겼다. 그러다 어느 순간 그의 손전등이 예상한 진로를 벗어나 내 얼굴을 비추었다.

다음날 아침 파울은 늑대 이빨 몇 개를 꿰어 만든 부적을 건네면서 말했다. "나는 말이야, 어젯밤에 내가 정말로 혹한의 정령과 마주친 거라고 생각했어. 어젯밤은 바람이 불고 추위가 대단했거든. 주방에서 여기로 오는데 몸이 다 얼어버렸지. 그리고 갑자기 손전등 불빛 속에서 네가 거기 앉아 있는 걸 발견했는데, 얼마나 놀랐는지 심장까지 얼어붙었다니까. 내가 본 것, 그건 정말로 혹한의 정령이었어…… 이 부적을 침대 머리맡에 걸치고 잠을 자도록 해봐. 그러면 편안하게 잠을 잘 수 있을 테니까."

## 채식주의 볶음밥

알타이에 처음 도착한 날 이곳 생활에 대한 안내를 전하면서 갈잔이 말했다. "원하는 사람은 저녁식사를 자원해서 직접 만들어볼 수가 있다. 물론 이건 의무 사항은 아니다. 하지만 나는 수아 네가 우리를 위해서 한 번은 음식을 만들어주었으면 하고 바란다."

그동안 실제로 케르스틴이 저녁식사를 한 번 만들었다. 메뉴는 독일식 감자 수프였는데, 맛이 매우 좋았다. 믹서가 없으므로 직접 일일이 감자를 강판에 갈았다고 했다. 우리의 주방 유르테에 있는 음식 재료라고는 세 가지 야채인 감자, 양파, 홍당무와 주식인 쌀과 밀가루가 전부였다. 식재료를 따로 살 수 있는 것도 아니므로 누구라도 이것들만을 이용해서 식사를 만들어야 한다. 여기서 고기가 필요하면 그건 유목민들에게 부탁하면 되는 것이다. 나는 요리에 참으로 재능이 없는 사람에 속한다. 식당에서 밥을 사 먹는 것을 싫어하여 대개는 집에서 직접 요리를 해 먹는데도 불구하고 말이다. 아마도 스스로가 미식가가 아닌 탓이리라. 내가 할 수 있는 요리는 매우 한정적이며, 특히 국이나 찌개 스튜 등 국물이 있는 요리에 서툴기 때문에 집에서도 그런 요리는 아예 시도하지도 않는다. 하지만 첫날 갈잔이 한 말로 인해 매우 큰 부담을 느끼고 있던 나는, 정말로 자신이 없으면 안 해도 된다는 마리아의 충고에도 불구하고 어느 날 스스로 우리 모두의 저녁식사를 만들기로 결심했다. 물론 마리아에게서 도와주겠다는 약속을 단단히 받아낸 다음이었다.

　내가 생각한 야심 찬 메뉴는 볶음밥이었다. 그것도 고기 한 점 들어가지 않은 채식주의로! 알타이 유목민들에게 채식주의 볶음밥을 선보인다는 기대로 가슴이 잠시 부풀기까지 했다. 처음 그것을 생각할 때만 해도 나는 뭔가 어려움을 마주치리라고는 결코 예상하지 못했다. 볶음밥은 밥과 야채를 기름에 볶기만 하면 되는 것이고, 게다가 유럽인들에게도 익숙한 메뉴이니까 크게 신경 쓸 일이 없다고 생각한 것이다. 더구나 나는 주방 유르테의 찬장 한구석에서 우연히 마늘 한 뭉치를 발견했는데, 마늘을 다져 볶는다면 특별한 맛을 낼 수 있으리라는 기대까지 했다. 일단 감자와 홍당무 양파 등 야채를 다듬고 잘게 써는 일에 손이 많이 갔는데 그것은 마리아가 도와주었고 나는 그동안 커다란 양푼에 쌀을 담아 강가에서 씻기로 했다.

　가장 첫번째로 마주친 의외의 문제점은 과연 쌀을 얼마나 많이 씻어야 할지 예측이 난감하다는 점이었다. 우리는 모두 22명이고 거기에 갈잔과 갈타이, 바체체가 함께 식사를 했다. 게다가 주방 유르테에서 일하는 세 명의 소녀들도 나중에 먹게 될 것이다. 그렇게 계산하면 28명인데, 밥공기로 28번을 뜬 쌀은 정말로 산더미처럼 너무 많아 보였다. 게다가 밥을 야채와 함께 볶으면 부피가 더욱 늘어날 것이고 유럽인들은 쌀 요리를 많이 먹지 않는다는 계산하에 나는 쌀의 분량을 과감하게 거의 절반으로 덜어버렸다. 그러자 소심하고 걱정이 많은 비관주의자 마리아가 옆에서 잔소리를 했다. 그거로는 너무 부족할 거라는 둥 저녁밥이 모자라면 어떻게 하느냐는 둥 하면서. 하지만 아무리 생각해도 더이상의 쌀은 과할 듯했다. 많은 사람을 위해서, 그것도 정확히 한 끼 분량의 밥을 짓는다는 것은 전혀 예상하지 못했던 엄청나게 어려운 문제였다. 그리고 그 많은 쌀을 씻기 위해 얼음 같은 강물에 손을 얼마나 여러 번 넣어야만 했는지. 나는 중국산일 것이 분명한 그 쌀을 거의 열 번이나 씻었는데, 그러다보니 문득 지금까지 여기서 여러 번 밥이나 쌀죽 등을 먹었지만 단 한 번도 주방 유르테의 소녀들이 쌀을 밖에서 씻는 모습을 보지 못했다는 생각이 떠올랐다.

커다란 솥에 쌀과 물을 넣고 불이 활활 타고 있는 난로 위에 얹으니 일이 절반은 진행이 된 것 같았다. 하지만 그건 엄청난 오산이었다. 유목민의 부엌살림은 무게가 가벼운 종류가 대부분이므로 솥이나 프라이팬도 바닥이 얇은 것뿐이었다. 요즘에 도시의 주방에서는 거의 보기 힘든, 오래되어 찌그러지고 종이처럼 얄팍한 용기들 말이다. 난롯불이 뜨겁게 타오른 지 얼마 지나지 않아서 솥 바닥에서는 슬슬 타는 냄새가 나는데 가장 위쪽의 쌀알은 완전히 날것이나 마찬가지였다. 나는 갑자기 당황하고 말았다. 가스 화덕이라면 이 시점에서 불을 줄여야 한다는 것은 이론적으로 알고 있는데, 활활 타오르는 야크똥 난롯불을 어떻게 줄인단 말인가. 주방 유르테의 소녀들은 그동안 무슨 수로 그토록 능숙하게 밥을 만들었단 말인가. 이럴 줄 알았으면 그들에게 미리 배워두었더라면 좋았을 텐데. 주방 유르테 소녀들은 한구석에 모인 채 내가 쩔쩔매는 모양을 걱정스러운 눈길로 지켜보고 있었다. 그들에게 불을 줄이는 방법을 물어야 했지만 바체체가 없다! 커다란 솥을 급히 들어내고 난로 위에 뚜껑을 덮은 다음 그 무거운 솥을 다시 얹었으나 여전히 아래는 타는 중인데 위쪽의 쌀은 익을 생각이 없어 보였다. 나는 서서히 패닉 상태로 빠져들어갔다. 그날도 역시 매섭게 추운 날씨였다. 그래서 나는 늘 입는 티셔츠와 여름 스웨터 위에 마리아로부터 빌린 두꺼운 겨울 스웨터를 껴입고 역시 마리아의 것인 겨울 바지까지 입고 있었다. 바지는 허리가 커서 오렌지색 여름 스카프를 벨트 대용으로 둘렀으며 목에는 흉한 붉은 숄까지 둘둘 말고 있었다. (그런 내 모습이 어땠을지 지금 결코 되새기고 싶지는 않지만, 나는 나중에 독일 린다우에 있는 게르하르트의 집에서 알타이의 일행들을 다시 만나게 되었는데, 그때 누군가가 그날 열심히 분투하는 내 모습을 사진으로 찍은 것을 알게 되었다.) 하지만 난로 곁에서 불을 들여다보며 한참 동안이나 씨름하다보니 얼굴은 새빨개지고 옷을 잔뜩 껴입은 몸에서는 땀까지 났다. 열기 때문만은 아니라 아마도 당황과 긴장 때문이었으리라. 서른 명에 가까운 사람들의 저녁을 몽땅 태워버릴지도 모른다고 생각하자 앞이 까마득해졌다. 나는 밥을 휘저어서 아래에서 타고 있는 밥알을 위로 끌어올려보려고 했지만 주방 유르테에는 커다란 주걱이란 물건이 아예 없었다. 그래서 밥에 물을 붓고 또 부어서 최대한 밑부분이 타는 것을 막아보는 수밖에 없었다. 덕분에 밥은 아주 걸쭉한 죽밥으로 변해가고 있었다.

그런데 또다른 문제가 생겼다. 내가 마늘을 이용한 볶음밥을 만든다는 소문이 이미 일행들 사이에 퍼졌고, 그러자 누군가 내게로 와서 일행 중 한 명인 옌스가 마늘 알레르기가 있다는 말을 했다. 옌스는 지금 유르테에서 세상모르고 잠이 들어 있는데, 그의 유르테에 있는 사람들은 그의 마늘 알레르기에 대해서 다 알고 있고, 옌스가 평소에 말하던 바에 따르면 그의 마늘 알레르기는 단순히 피부에 붉은 반점 정도만 나고 그치는 게 아니라 아주 치명적인 수준이라고 했다는 것이다. 그 정보를 그나마 적절한 순간에 알게 되어서 우리는 밥과 야채를 먼저 볶은 다음에 옌스 몫을 덜어놓고, 그러고 나서 마늘을 따로 볶아 밥에 섞기로 했다.

윗부분의 밥이 아직 익지 않았지만 도저히 더는 물을 부을 수가 없었다. 나는 밥을 프라이팬에 볶다보면 익게 되리라고 기대하면서 커다란 프라이팬을 불에 얹고는 기름을 두르고 야채를 볶기 시작했다. 그런데 그 엄청난 분량의 야채를 볶는 것은 결코 간단하지 않았다. 그만큼 튼튼하고 커다란 주걱이 없었기 때문이다. 그나마 스테인리스 뒤집개가 한 개 있었지만 너무 약해서 야채 더미를 한번 휘저으니 그 자리에서 목이 완전히 뒤로 꺾어지고 말았다. 그래서 할 수 없이 불편하지만 짧은 숟가락을 이용해야 했다. 그제야 나는 밥을 더 많이 하지 않은 것이 다행이라는 생각이 들었다. 프라이팬에 야채와 밥을 섞으니 양이 어마어마하게 부풀었던 것이다. 주방 유르테의 소녀 중 한 명이 나에게 조미료 봉지를 하나 건네주었다. 한국산 '다시다'였다. 밥이 조금이라도 더 익기를 바라며 다시다와 소금을 뿌리고 옌스의 몫으로 한 접시 덜어놓은 다음 작은 팬에 마늘을 볶아 나머지 밥에 섞었다. 이것으로 모두 끝났다. 그리고 이미 저녁식사 시간이 가까웠

**채식주의 볶음밥**

다. 우리는 그 볶음밥을 만드느라 오후의 전부를 소비한 것이다.

그사이 주방 유르테에서 유목민 남자들과 얘기를 나누고 있던 갈타이가 그들에게 볶음밥을 대접해도 되겠느냐고 물어서 기꺼이 그러라고 했다. 나는 그들이 주방 유르테 안에 있다는 사실도 인식하지 못했다. 아마도 그들은 내가 도대체 무슨 요리를 만드느라 땀을 뻘뻘 흘리면서 애쓰는지 궁금했으리라. 남자들은 접시에 가득 담긴 볶음밥을 한술씩 떠먹어보고는 아무도 인사치례라도 맛있다는 말을 하지 않았으며 더이상 숟가락을 들지도 않았다. 그럴 만한 이유가 있었다. 내가 직접 맛본 내 채식주의 볶음밥은 다시다에 마늘까지 볶아 넣었는데도 불구하고 아무런 맛이라고는 느껴지지 않는 오직 밍밍함 그 자체였으며, 소금을 충분히 넣었다고 생각했지만 간조차도 전혀 맞지 않고 싱겁기 짝이 없었던 것이다. 하지만 이제 다른 도리가 없었다. 바체체의 에—센 하는 외침 소리가 알타이 언덕에 아득하게 울려퍼지는 가운데 이미 첫번째 일행이 주방 유르테 안으로 들어서고 있었다. 저녁식사 시간이 도래한 것이다.

그날 저녁식사 내내 나는 가슴이 아팠다. 그토록 힘들여 애를 썼는데 결과가 너무나 비참하게 보였기 때문이다. 최소한 달걀이나 김가루라도 있었다면 훨씬 나았을 텐데 하는 쓸데없는 생각이 머리를 계속해서 맴돌았다. 식사를 시작하기 전 갈타이는 이례적으로 모두에게, "오늘은 수아가 우리를 위해 저녁을 만들었는데, 불 조절이 안 되는 난로에 많은 인원을 위해서 요리를 한다는 건 익숙하지 않은 사람에게 아주 힘든 일이므로 매우 고생을 했다"라는 특별한 안내의 말까지 했다. 일행들은 이미 내가 저녁밥을 만드느라 주방 유르테에서 오후 내내 수선을 피웠다는 사실을 모두 알고 있었으므로 친절하고 이해심 넘치는 미소를 지으면서 "수아, 네가 요리를 했다니 너무 고맙다. 아마도 한국식 볶음밥이겠지, 맛있게 먹을게" 하고 말해주었다. 그러나 솔직히 저녁밥은 실패였다. 맛이라고는 하나도 없어서 나 자신도 한 공기를 다 먹기가 힘들 정도였다. 단순히 맛이 없는 게 아니라 덜 익은 재료와 너무 익어 물러졌거나 탄냄새가 나는 재료가 뒤섞여 있었고, 전체적으로 물과 기름이 흥건해서 고슬고슬해야 하는 볶음밥의 느낌은 어디에도 없었다. 그날의 저녁식사는 매우 조용했다. 이상하게 사람들은 별말이 없었고, 평소에는 늘 도발과 유머가 넘치는 멘트로 우리를 자극하고 또 즐겁게 하던 갈잔조차도 별말 없이 묵묵히 밥을 먹었다. 나는 그날 저녁 아주 소심한 상태가 되었고, 저녁식사 자리의 침묵이 목을 조이는 것처럼 견디기 힘들었다. 산더미처럼 쌓인, 볶음밥 비슷한 형태의, 기름에 범벅이 된 질척한 쌀알과 아직 딱딱하게 느껴지는 야채의 무더기는 좀처럼 줄어들 줄을 몰랐고, 일행은 누군가 갖고 온 마기Maggi 소스—양념된 간장과 비슷한 맛이 나는 진한 검은색 소스로 매우 일반적으로 사용하는 소금 겸용 조미료—병을 서로 여기저기 돌리느라고 바빴다. 다들 말없는 가운데 이곳저곳에서 "마기 좀 줄래?" "마기 소스 어디 있어?" "나도 마기가 필요해!" "마기!" "나도 마기!" 하는 소곤거림만이 조용한 파도처럼 번져나가고 있었다. 음식에 대해서 긍정적이든 부정적이든 평가의 말을 꺼내는 사람은 아무도 없었다. 그 가운데 릴로만이 커다란 소리로 "오, 나는 정말이지 매일 고기만을 먹고 싶지는 않아. 그래서 입맛에 맞는군. 한 그릇 더 먹을래" 하고 말했는데 자신감 있고 씩씩한 릴로의 목소리가 그날따라 얼마나 반가웠는지 모른다. 원래는 쌀요리

**채식주의 볶음밥**

를 좋아하지 않는 마리아도 과감하게 한 그릇을 더 먹었다. 그러나 볶음밥은 우리의 식사가 다 끝나고 다들 돌아갈 채비를 할 때까지도 적어도 내 눈에는, 절반도 채 줄어들지 않고 여전히 솥 안에 가득 쌓여 있었는데 그 양이 나에게는 얼마나 엄청난 부피로 느껴졌는지 모른다.

식사를 마친 갈잔이 유르테 문 곁에 서 있는 나를 보면서 모두들 유르테를 나설 때 오늘 저녁식사를 만든 사람의 뺨에 감사의 입맞춤을 하고 가라고 말했다. 그는 엄숙한 표정으로 다시 농담을 하고 있는 것이었다. 짓궂은 루드비히는 가장 먼저 유르테를 나서면서 그 말을 정말로 지켰다. 나는 재빨리 주방을 나와 우리 유르테로 달아났다.

## 유목민 행상

마리아는 갈잔 치낙을 주인공으로 한 독일 ZDF 방송의 2001년 다큐멘터리 필름 〈작은 추장님〉 비디오테이프를 갖고 있었다. 그녀는 알타이에 있을 때부터 그 필름을 보기 위해서라도 내가 빈에 와야 한다고 주장했었다. 그래서 우리는 마리아의 집에서 마리아가 이미 50번은 더 보았을 것이 분명한 그 필름을 틀어보았다. 그 필름의 마지막 즈음에서 갈잔은 이렇게 말한다.

"이곳 몽골 서북부 알타이 지역에 거주하는 주민의 90퍼센트는 카자흐족이다. 카자흐족과 투바족 사이에 무슨 갈등이 있는 건 아니다. 나는 이 땅에서 살았던 내 아버지와 할아버지를 나쁘게 말하는 카자흐족 이웃을 한 번도 만난 일이 없다. 그러나 기본적으로 이슬람을 믿는 카자흐족은 전통적인 샤머니즘을 종교로 하는 투바족과 매우 상이한 문화를 가졌고 그에 따라 세계관과 인생관이 아주 다르다. 예를 들자면 카자흐족은 삶은 단 한 번뿐이라고 믿는다. 그러므로 그들은 태어남과 죽음 사이의 시간 동안 이 세상의 가능한 모든 것을 즐기고, 향유하고, 그것을 얻기 위해서 적극적으로 애쓰고 싶어한다. 그것이 카자흐와 투바와의 가장 뚜렷한 차이점이다."

나는 투바인과 카자흐인의 차이를 그들의 상거래 방식에서 가장 예리하게 느꼈다. 겉모습도 크게 다르지 않고—물론 카자흐족은 간혹 독특하게도 아시아적 얼굴에 녹색 눈동자를 하고 있으며 간혹은 중동식 골격이 보이기도 하지만 그 특징이 모든 경우에 해당되지는 않는 것 같았다. 그에 비하면 투바인은 비록 투르크계에 속한다고는 하지만 외형으로는 전형적인 몽골인과 크게 다를 바 없어 보였다—같은 공용어를 사용하면서 공식적으로 같은 몽골의 국민인 이들이지만 기질과 성향의 어떤 면에 있어서는, 적어도 내가 경험한 바에 의하면 밤과 낮처럼 다르게 보였다.

간혹 우리의 유르테 앞으로 유목민 행상이 찾아왔다. 갈잔의 말에 따르면 우리는 이들 유목민 지역에 들어오는 유일한 외부인인 셈이므로 그들로서는 집에서 만든 물건을 멀리 도시로 가져가지 않고 팔 수 있는 좋은 기회인 셈이다. 투바의 유목민 행상은 말이 없었다. 그들은 대개가 여자들이거나 어린아이들로, 수줍음 때문인지 아니면 내성적인 성향 때문인지 알 수 없는 무표정을 유지하는 것이 보통이었는데, 동아시아인인 나에게 그런 무뚝뚝한 침묵의 인상은 낯선 것도, 특별히 거부감을 불러일으키는 것도 아니었다. 그것은 우리가 아주 오래된 가족 사진첩 등에서 종종 마주쳤던, 외부인을 잘 모르던 시절의 한국인의 표정과도 흡사했기 때문이다.

우리들은 행상이 찾아올 때마다 양털 방석이나 카펫, 양털 실내화, 손으로 짠 두꺼운 털양말, 비단 델, 허리끈, 양털 장갑과 모자, 가방, 장식물, 그리고 동물의 털가죽 등을 샀다. 모양이나 수공 상태는 도시의 선물용품점에서 파는 것에 미치지 못했지만 그것들이 천연 재료로 만든 진짜 수공예품이라는 점을 염두에 둔다면 정말로 싼 가격이었다. 나는 속에 안감이 덧대어진 긴 델을 3만 5천 투그렉을 주고 사서 알타이에서 내내 입고 다녔는데, 이건 한국의 환율로 대충 3만 원 정도의 가격이다. 그 델은 따로 방한복을 챙겨가지 못한 나에게 훌륭한 방한복이 되어주었다. 일행 중 많은 이들은 선물이나 장식용으로 양의 털가죽을 구입했는데, 그것은 1만 투그렉이었다. 게르하르트 등의 남자들은 손으로 만든 진짜 가죽 말채찍을 구입하기도 했다. 행상들은 우리가 물건을 고르는 것을 말없이 지켜보고 있었으며, 구입을 부추기는 어떠한 말이나 몸짓도 하지 않았다. 심지어 미소조차 짓지 않았다. 우리가 가격을 물어보면 종이에 숫자로 써서 표시해주거나 아니면 갈타이나 바체체가 통역을 해주었다. 단 한 점도 팔리지 않은 경우라도 별다른 내색 없이 조용히 물건을 챙겨 돌아가는 식이었다.

그러나 카자흐 상인은 달랐다. 카자흐 가족은 우리를 초대해서 식사를 대접한 후 그다음 당연한 순서로 화려하게 장식된 커다란 삼각형 깃털 모자를 쓰고 팔에 가죽 각반을 하고, 사냥용으로 길들인 독수리를 보여주었다. 매섭고 단단하며 예리해 보이는 부리와 발톱을 가진 어린 독수리를 훈련시켜 사냥감을 잡아오게 하는 것은 카자흐의 풍습이었다. 투바 부족은 그런 식으로 사냥하지는 않았다. 사람들은 신기해했고, 원하는 사람은 자신의 팔에 독수리를 앉히고 사진을 찍을 수 있었다. 그런 다음 이제 본

격적인 바자르가 펼쳐진다. 유르테 앞에 손수 만든 알록달록한 공예품을 펼쳐놓은 카자흐는 온 가족이 바자르의 외국인 상대 전문 상인으로 돌변했다. 우리에게 물건을 팔려고 매우 적극적으로 말을 걸고, 흥정을 붙이고, 가격을 점차 깎아주며 나중에는 덤을 제안하는 기술을 발휘하기도 했으며, 이 과정에서 상인 한 명뿐만이 아니라 온 가족이 곁에서 그를 거들고 도왔다. 무슨 언어로 말을 하느냐는 이때 전혀 중요하지 않았다. 웃는 얼굴로 한두 번 거절의 의사를 표시하는 것은 그들을 결코 단념시키지 못했으므로 나중에는 정말로 달아나다시피 해야 했다. 그들이 가져온 물건은 대개 무채색과 소박한 모양으로 일관하는 투바인의 물건과는 달리 아랍적인 색채가 화려하고 디자인이 눈에 띄는 특징이 있었으며 가격도 조금씩 더 비쌌다. 그리고 소심한 여자나 아이가 아니라 젊고 활기찬 남자들이 적극적으로 판매에 나선다는 점도 달랐다. 이 두 민족이 함께 바자르에 나간다면 투바인 상인은 손님에게 말을 걸 기회조차 없을 것이 분명했다. 그런데 카자흐 가족의 이러한 성향은 반드시 물건을 팔아 이득을 챙기려는 속셈보다도 그들의 적극적이고 외향적인 본성 탓이 커 보였다. 한바탕 흥겨운 흥정과 팔을 붙잡는 실랑이가 끝나고 나면 팔다 남은 작은 장신구 등을 나에게 선물로 기분 좋게 건네주기도 했기 때문이다.

우리들이 돌아갈 시간이 가까워오자, 그동안 우리에게 잘 다가오지 않던 유목민 아이들이 양뼈를 깎아 만든 파이프나 장신구, 양의 복사뼈로 만든 장난감 등을 들고 우리 유르테를 방문하기 시작했다. 두세 명의 아이들이 밖에서 유르테의 문을 똑똑 두드렸고, 대답이 들리면 안으로 들어와서 말없이 우리의 코앞에 그런 물건들을 불쑥 내밀곤 했다. 그것은 지금까지 우리를 대하던 투바인의 태도로 볼 때 매우 적극적인 상행위였으므로 처음에 나는 좀 놀랐다. 나는 한 번도 그런 물건들을 사지 않았다. 진짜 뼈로 만든 장신구를 만질 자신이 없었기 때문이다. 내가 가만히 고개를 흔들면 그들은 말없이 금방 사라지곤 했다. 하지만 우리 일행들 대부분은 갖고 있는 투그렉을 다 털어 그것들을 샀는데, 물론 신기한 물건에 대한 호기심도 있었겠지만 유목민을 도와주고 싶은 마음도 작용했을 것이다. 예를 들어서 케르스틴은 아이들이 1만 투그렉을 요구하는 양뼈 파이프를 친절한 마음에 1만 5천을 주고 샀는데, 그날 이후로 모든 양뼈 파이프의 공식 가격이 1만 5천이 되어버리고 말았다. 양뼈 파이프는 속이 빈 양뼈의 관절 부분에 구멍을 내고 그 구멍에 담배를 꽂아 피우는 도구로 그렇게 담배를 피우면 담배 냄새보다도 더욱 강렬한 동물 냄새가 진동했다. 하지만 정말로 귀하고 값어치 있는 것은 당연히 사냥으로 잡은 늑대뼈 파이프로, 돈을 준다고 언제나 구할 수 있는 물건도 아니었다. 나로서는 그것이 양뼈인지 늑대뼈인지 도저히 구분할 길은 없지만, 늑대뼈 파이프를 갖고 있는 갈타이나 파울 등은 그 물건을 몹시 자랑스러워하곤 했다. 단 한 가지 분명한 점은, 늑대뼈 파이프로 담배를 피우면 빨려들어오는 짐승 냄새가 양뼈일 때보다 훨씬 더 고약했다는 것이다.

　스위스인인 베르나데테는 여행의 마지막 날 유르테의 벽에 나른하게 기대앉아 있는 나에게 와서 이렇게 말했다.

　"내 말을 한번 좀 들어보렴. 방금 내가 저 유목민 남자—그러면서 그녀는 가느다란 눈에 검은 수염이 났으며, 인상이 친절하면서도 유머러스해서 호감이 가는 누르하치를 가리켰다—와 어떤 거래를 한 줄 아니. 저 사람이 자기 아들을 나에게 데리고 오는 거야. 그러더니 자기가 갖고 있는 주머니칼을 보여주더라. 그러고는 몸짓으로 자기 아들도 이런 주머니칼이 필요하다는 거야. 그는 얼마 전부터 내 주머니칼에 아주 큰 관심을 보였거든. 그래서 내가 어떻게 한 줄 알아?"

아니 모르겠는데, 하고 내가 대답하자 베르나데테는 커다랗게 웃으면서 말했다. "난 그에게 내 주머니칼을 그냥 주어버리고 말았단다. 그러자 그가 아주 흡족해하며 야크젖 치즈가 가득 든 비닐봉지를 내게 건네는 거야."

우리는 둘 다 마구 웃음을 터뜨렸다. 그러나 베르나데테와 누르하치의 거래는 그것이 전부가 아니었다고 한다. 그녀는 계속해서 말했다. "그게 전부가 아니야. 사실 그는 어제 저녁에도 내 유르테를 찾아왔었어. 그러더니 내 보온병을 가리키는 거야. 그게 마음에 든다는 의사표시를 하면서 말이야. 내 보온병이 다른 이들의 것보다 유난히 좋아 보였나봐. 그래서 어떻게 한 줄 알아? 나는 기분 좋게 생각했지. 크게 값이 나가는 물건도 아니니 이 보온병을 이 사람에게 선물하지 뭐. 그래서 그에게 보온병을 안겨주었더니 입이 활짝 벌어지면서 그때도 커다란 봉지 가득 치즈를 내게 주더라구. 그래서 지금 나는 스위스에 있는 친구들에게 선물할 치즈가 가방 거의 한 가득이나 된단다. 좀 어이없긴 하지만 지금 나는 그냥 웃음이 나서 견딜 수가 없는 기분이야. 생각하면 할수록 얼마나 귀여운 남자인지! 내 친구들이 과연 이 딱딱한 유제품을 좋아할지 어떨지 그건 잘 모르겠지만 말이야."

나는 이번엔 더욱 오랫동안 웃음을 참질 못했다. 누르하치는 우리가 처음으로 말을 타는 날 왜인지 매우 들뜬 표정으로 나를 끌고 자신이 관리하는 듯한 말에게로 데리고 갔다. 은색이 도는 아주 멋진 흰 말이었다. 그러더니 무서워하는 나를 그 말에 태웠다. 나중에 알게 된 사실이지만 그는 아마 자신이 생각하기에 가장 좋은 말에 나를 태우고 싶었던 것이리라. 혹은 자신이 내 말을 끌고 앞장서서 가고 싶었던 것이리라. 그러나 너무 겁을 먹은 나는 실망스럽게도 다음날 갈타이에게, 이중에서 가장 느리고, 가장 겁 많고, 가장 늙었으며 가장 순한 말을 달라고 따로 부탁했고 그래서 나의 블론드(내 말은 유일하게 황금색 갈기털을 가졌다)를 얻게 되었다. 그 당시는 말에 대한 공포심이 너무 커서 누르하치의 실망하는 얼굴을 신경쓸 겨를이 없었다. 내가 말타기에 익숙해진 다음에 누르하치의 멋진 흰 말을 훔쳐보면서 얼마나 후회를 했던가. 그러나 이미 다른 사람에게 넘어가버린 말을 다시 달라고 할 수는 없는 일이었다. 누르하치와 나는 3주일 동안 당연하게도 서로 한마디 말도 나누지 못했지만, 원숭을 갈 때마다 그가 항상 내 주변에 머물면서 신경을 써주었던 것을 기억한다. 누르하치는 어느 날 갑자기 나에게 여성용 부츠를 한 켤레 가지고 와서 신으라고 한 적이 있다. 사이즈도 나에게 맞는 것이었다. 승마용 부츠가 없는 나는 대개 운동화를 신고 말을 탔는데, 그것 때문인 듯했다. 나는 고맙다는 말과 함께 이 부츠는 누구 것인지 언제 돌려주어야 하는 것인지 물어보고 싶었지만 말이 안 통하니 불가능한 일이었다. 그러다 며칠 후 역시 마찬가지로 우리 유르테 안으로 불쑥 들어온 누르하치는 내 침대 밑에 있던 그 부츠를 이렇다 저렇다 말도 없이 휙 집어들더니 그냥 밖으로 나가버리고 말았다. 그래서 우리는 모두 생각했다. 아마도 그의 아내가 집으로 돌아온 모양이군.

**유목민 행상**

내가 알타이에서 타고 다녔던 가장 느리고, 가장 겁 많고, 가장 늙었으며, 가장 순한 말.

우리가 버스를 타고 월기에로 떠나던 마지막 날, 누르하치는 어쩐지 서두르는 듯한 걸음으로 낙타 등에 실을 가방을 유르테 밖으로 옮기는 나에게 찾아와서는 역시 전후 설명도 없이 검은 비닐봉지를 불쑥 내 손에 쥐어주었는데, 그 안에는 말린 치즈가 한 가득 들어 있었다. 그것은 누르하치가 나에게 주는 선물이었다. 나는 스위스제 주머니칼도 보온병도 없었고, 전혀 엉뚱하게도 천 커버가 씌워진 가벼운 플라스틱 등산용 물통만을 가져왔는데, 그건 정말이지 잘못된 선택이었다. 어리석게도 보온병을 가져오지 않은 사람은 나 혼자뿐이었다. 나는 유목민들이 탐낼 만한 실용적인 물건이 하나도 없었고, 어느 누구도 내가 가진 물건을 부러워하기는커녕 튼튼하지 못한 내 운동화나 엷은 옷을 다들 이상스럽고 안타깝게 여겼다. 단 한 번 내 MP3에 강한 호기심을 나타낸 유목민 남자가 있었다. 나는 그의 귀에 이어폰을 꽂아주었고, 거기서 흘러나오는 쇼팽의 〈녹턴〉을 들은 남자는 "피아노"라고 말하며 두 손으로 피아노 건반을 두드리는 시늉을 했다. 그러나 컴퓨터로 충전하고 음악을 옮겨 담아야 하는 MP3 기기는 유목민에게 큰 도움이 되지 않을 터였다. 그래서 나는 마지막 날 일행들이 그동안 사용하던 소소한 물건을 유목민들에게 선물로 나누어주는 것을 보고 있으면서도 정작 나 자신은 알타이에 남겨놓고 갈 마땅한 물건이 하나도 없어서 속상했다. 그런데도 불구하고 그런 것과 아무 상관없이 누르하치는 나에게 선물을 준 것이다. 그가 자신의 입장에서는 물물교환을 위한 현찰과 마찬가지로 사용하던 집에서 만든 치즈를.

유목민들이 도시인의 입장에서 보면 얼마나 가난한지 오직 물질이란 측면에서 보자면 그들이 얼마나 빈약하게 살고 있는지를 그동안의 관찰로 충분히 잘 알고 있는 나는 그 치즈 한 봉지가 엄청나게 귀하고 커다란 선물로 여겨졌다. 나는 이 사실을 사람들에게 자랑하고 싶어서 봉지를 들고 마리아에게 달려갔다.

## 카자흐의 초대

━━━━━━━━━━━━━━━━━━━━━━━━━━━━━━━

향나무 계곡에 머무는 동안 근처의 카자흐 가족이 우리를 초대했다. 그동안 우리는 인근의 유르테로부터 자주 초대를 받았지만 카자흐의 초대는 그때가 처음이었다. 사람이 귀한 스텝 평원에서 유목민은 낯선 사람을 만나면 반가워했고 손님을 초대하고 초대받기를 좋아했다. 초대를 받으면 대개는 선물을 갖고 가는 것이 예의였다. 우리는 처음 알타이에 도착한 후에 개인적으로 준비해온 선물을 모두 갈잔의 유르테로 가져다주어서, 갈잔과 갈타이가 그때그때 우리를 초대하는 가족에게 가장 적절한 물품을 챙겨서 선물로 건네도록 했다. 사실 여행 준비를 하면서 이 선물을 준비하는 것이 나에게는 가장 어려운 과제에 속했다. 헬라 파울스가 보내온 안내문에 적힌 선물들은 그동안 내가 익숙하게 생각하고 있던 선물들의 품목과 동떨어진 듯이 보이기도 했고, 도대체 얼마나 많이 준비해가야 하는지, 얼마나 자주 초대를 받게 될지 전혀 짐작할 수 없었기 때문이다. 그나마 가장 무난하게 보이는 것이 아이들의 옷인 듯했으나 옷을 많이 사려면 당연히 돈이 들고, 그렇다고 중고 옷을 구할 수도 없는 것이, 나는 가까운 사람 중에 어린아이를 가진 이가 하나도 없기 때문이다. 거기다가 짐이 늘어나는 것이 두렵기도 했다. 그래서 아동용 내복을 두어 벌 사갔고 울란바토르에서 과자 종류를 좀 사는데 그쳤다. 하지만 알타이에 도착하고 보니 어린아이들의 따뜻한 겨울옷이란 유목민에게 그냥 무난한 선물 정도가 아니라 일 년 내내 매우 절박하게 필요한 물품임을 알게 되었으므로 왜 내가 좀더 적극적으로 옷을 구해보지 못했는지 후회가 되었다.

선물과는 별개로 우리는 초대를 받을 때마다 3천에서 5천 투그렉 정도의 돈을 감사의 표시로 모자에 모아 주인에게 전했다. 그 액수는 결코 큰 것이 아니었지만 거의 매일 점심마다 초대를 받아 갔고, 또한 종종 유목민 행상이 우리들의 유르테 앞에 손수 만든 물건들을 펼쳐놓고 말없이 앉아 있는 일이 있었으므로, 예상했던 것보다 훨씬 많은 투그렉이 필요했다. 우리 일행 중에서 투그렉을 넉넉히 가져온 이들은 이미 예전에 갈잔 치낙의 알타이—투바를 방문했던 사람들이었다. 게다가 유목민 마을에서는 환전이 거의 불가능했으므로 여행 막바지에는 투그렉을 정말로 아껴야만 했다.

카자흐의 유르테 안으로 들어서자 가장 먼저 화려하고 반짝거리는 색채의 천들이 눈길을 사로잡았다. 그것은 베를린 거리에서 흔하게 본 아랍 상점에서 파는 이국적이고 아름다운 천들을 떠올리게 했다. 커다랗고 널찍한 유르테 안에 벽을 빙 둘러가며 침대가 여러 개 놓여 있고 가운데 난로가 자리잡은 점은 투바 유목민의 경우와 같았으나, 각 침대 앞에는 그런 예쁜 천으로 커튼이 쳐져 있었고, 침대 자체도 붉은색 나무 조각 등으

로 장식이 곁들여져서 투바인의 침대와는 비교할 수 없게 예쁘고 고급스
러워 보였다. 공들여서 화려하게 단장한 카자흐의 유르테 벽과 실내가 투
바족과 커다란 차이점으로 다가왔다. 투바인은 취향이 검소하고 소박해
서, 어딘지 모르게 매우 세속적인 향락의 냄새를 풍기는 침대 머리맡의 구
슬이나 예쁜 커튼, 장식품을 좋아하지 않는 것일까, 아니면 단지—유제
품이나 동물의 털, 그리고 가죽만을 생산할 수 있는 유목민의 입장에서는
이런 하늘거리는 향기로운 물건들은 분명 돈을 주고 시장에서 구입해야
만 할 것이 분명했으므로—그들이 카자흐보다 가난한 것인가. 뿐만 아니
라 바닥에 빈틈없이 깔린 두꺼운 양털 카펫도 시선을 끌었다. 이유가 어
디에 있건 우리가 방문했던 그 카자흐 가족은 우리가 알고 있는 그 어떤
투바 유목민보다 부유해 보인 것은 사실이다.

그러나 카자흐의 유르테 안에서 눈길을 끈 것은 실내 장식이나 가구뿐
만이 아니었다. 그건 여자들이었다. 카자흐의 여자들은 차림새가 달랐다.
이십대로 보이는 젊은 여인 세 명이 우리들의 식사를 준비하고 있었다. 그
들이 모두 한 가족으로 이 유르테에 살고 있는 것인지, 아니면 가까이 사
는 친척이 손님 접대를 도와주러 온 것인지는 알 수 없지만, 그들 중 두 명
은 무릎 위로 살짝 올라오는 스커트를 입고 맨 다리를 드러내고 있었고 다
른 한 명은 폭이 좁고 우아한 모양의 긴 스커트 차림이었는데, 아무리 손
님 접대를 의식한 의상이라고 해도 젊은 여인들이 그런 복장으로 일을 하
는 모습은 투바인의 유르테에서는 한 번도 보지 못했다. 우리가 초대를
받아 방문한 투바인의 유르테에서 여주인들은 항상 예외 없이 전통 델 차
림이었다. 심지어 투바 미인대회에 나온 여자들조차 짧은 스커트를 입고

있지는 않았던 것이다. 특히 한 명의 카자흐 여인은 허리까지 닿는 길고 새까만 머리를 매혹적으로 풀어서 늘어뜨리고 있었는데, 늘 머리를 뒤로 완전히 모아 하나로 질끈 동여매고 맨얼굴로 일하는 투바 여인들과 아주 다른 분위기였다. 복장이나 차림새뿐만 아니라 여인들의 표정이나 눈빛에서도 분명히 다른 점이 있었다. 그것은 곧 의식하고 표현하는 여성스러움이었고, 그래서 그 여자들의 움직임과 태도는 우리에게 익숙한, 어느 정도 도회적인 인상을 풍기고 있었다. 무엇보다도 카자흐 여인들은 손님을 향해 자연스럽게 웃고, 미소 짓고, 상냥스러움을 마음껏 발산하는 듯했는데, 우리가 방문한 투바 가족의 여자들의 경우 대개는 수줍은 탓인지 이방인인 우리의 얼굴을 잘 마주치지 못했으며, 그나마도 나이 든 여주인이 손님의 접대를 맡았지 한번도 저렇게 치장한 젊은 여인이 손님을 맞는 것을 보지 못했다는 것이 문득 떠올랐다. 남자들의 행동도 투바 유목민들과는 아주 달라서 카자흐 가족의 젊은 남자들은 나와 마리아에게 스스럼없이 다가와서 보드카를 따라주었는데, 한 모금 살짝 입을 댄 다음 더이상 안 마시겠다고 했으나 자꾸만 권하는 카자흐 남자들의 태도는 물건을 팔 때와 마찬가지로 집요하면서 매우 짓궂기도 했다. 결국 나는 내 술잔을 델 자락으로 숨겨버려야만 했다. 카자흐족의 풍습에는 믿어지지 않을 만큼 이색적인 면이 있었다. 갈잔은 한국에서 온 나를 카자흐 이웃에게 특별히 소개하고 싶어하여, 유르테 가운데로 불러내서 주인 부부에게 인사를 시켰다. 그러자 안주인이 말했다고 한다. "오, 이 여자라면 암말 서른 마리를 지불할 수도 있겠네요."

물론 내가 생각하기에 이것은 정말로 인신매매가 성행한다는 의미가 아니라 일종의 인사치레에 해당하는 응대법인 것 같기는 하다. 하지만 우리 일행들 모두가 둥글게 모여 앉은 한가운데서 이런 말을 통역을 통해 전해 듣는 것은 매우 당황스러운 경험인 것은 사실이다. 마리아의 말에 따르면 이 카자흐 가족은 작년에도 일행 중 한 명인 스위스 여성에게 같은 말을 했다고 한다.

식사가 끝난 후, 카자흐 젊은 여자들이 눈을 반짝반짝 빛내면서 나에게 한국 노래를 불러달라고 했다. 그들이 원하는 '노래'란 아마도 케이팝을 의미하는 것이겠으나 나는 유행하는 가요를 아는 것이 하나도 없으므로 〈오빠 생각〉을 불렀고 가사도 독일어로 풀어서 설명해주었으며 갈잔이 이것을 다시 몽골어로 통역을 했다. 나는 카자흐 젊은이들의 등쌀에 원하지 않는 보드카를 몇 모금 본의 아니게 마셨다. 그리고 식사로 나온 주사위 모양으로 썬 고깃덩이—그것이 무슨 고기인지는 굳이 물어보지 않는 쪽을 선택했으나 누군가로부터 그것이 말고기라는 말을 듣고 말았다—에 진한 맛의 흰 치즈 덩어리가 곁들여진 음식도 매우 힘들게 먹었다. 사실 카자흐의 음식은 그동안 그나마 익숙해 있던 투바 유목민의 음식과 또 달라서 입맛에 맞지 않았고, 또 카자흐족은 투바인처럼 큰 그릇에 음식을 놓고 각자에게 알맞은 양만큼 덜어주는 게 아니라 아예 처음부터 고기와 치즈가 수북이 담긴 접시를 한 사람당 하나씩 나눠주었으므로, 나는 음식을 남기지 않으려고 안간힘을 쓰며 노력했지만 결국은 다 먹지 못하고 나머지 고기를 루드비히와 마리아에게 주고 말았다. 사실은 고기의 맛을 느끼지 않기 위해서 씹지 않고 그냥 삼킨 쪽에 가깝다. 나중에 보니 일행 중에는 음식을 남긴 사람이 여럿 있었다. 그 탓인지 나는 시간이 흐르면서 속이 불편하고 식은땀이 나며 기운이 없어진다는 느낌을 갖게 되었다. 아마도 체한 것 같았다. 그런데 여자들의 요청으로 노래를 부르고 있으니 가슴이 답답하면서 숨이 차오기 시작했다. 그래서 한 소절을 다 부르지 못하고 매번 가쁘게 숨을 몰아쉬어야만 했다. 평상시와는 매우 다른, 기이한 현상이었다. 그것이 병의 시초였다.

## 알타이 병에 걸리다

나는 어느 날 아침식사 자리에서 본 한스의 모습을 기억하고 있다. 그것은 나에게 알타이 인상의 하나로 깊이 새겨져 남아 있다.

마지막 주가 되자 우리는 이제 아무도 봉지 홍차를 갖고 있는 사람이 없었다. 봉지 홍차는 아침에 밀크티를 마시지 못하는 사람들에게—예를 들자면 한스—커피 대용품이 되어주었다. 알타이에서 우리 일행들은 보통 한 봉지의 차를 두세 번은 우려 마셨지만, 그것도 이제는 끝이다. 이제는 아무도 인스턴트커피를 갖고 있지 않았고, 그래서 아침마다 주방 유르테에서 뜨거운 물을 가져다가 컵에 가루 커피를 타서 마시며 하루의 첫 담배를 피우는 모습들도 사라졌다. 이제 아무도 음식에 뿌려 먹는 마기 조미료 소스를 갖고 있지도 않았다. 모든 것이 떨어졌다. 아침식사 때 빵에 발라 먹는 커다란 통에 든 딸기잼도 바닥이 드러나고 말았다. 그런데 딸기잼이 떨어지기 얼마 전부터 나는 잼에서 기묘한 냄새가 난다는 것을 느꼈다. 정확히 말하면 곰팡이 냄새였고, 그것도 아주 지독했다. 그래서 나는 잼을 더이상 먹을 수가 없었다. 커다란 플라스틱 용기에 든 딸기잼은 원래는 맛이 좋았으나 식사 때마다 따로 접시에 덜어내서 주는 게 아니라 그 용기 그대로 항상 식탁에 올라 있었으므로 여러 명의 사람이 너도나도 나이프를 이용해 떠먹은 지가 열흘도 훨씬 넘었을 것이고, 물론 알타이에는 냉장고 따위는 없다. 그리고 이제 심지어, 노랗고 고소한, 그 훌륭한 알타이 야크 버터마저도 떨어졌다.

그런데 결정적으로 버터가 떨어지자 유럽인들 사이에서 심각한 동요가 일었다. 항상 직설적인 릴로와 고디 부부는 노골적으로 불만을 토했다. 그들은 갈잔이 너무 인색해서 우리가 일반적인 몽골 여행자보다 더 많은 경비를 지불했는데도 불구하고 식량을 빠듯하게 준비했다고 믿는 것 같았다. 아침 식탁에 오른 빵은 백년쯤 된 듯 딱딱하고 그것을 집어드는 우리의 손길도 기운이 없어졌다. 나는 빵을 베어 물고 따뜻한 밀크티를 한 모금 마신 다음 부드러워진 빵을 간신히 목으로 넘겼다. 갈잔도 날이 갈수록 말이 없어졌고 식사를 끝내면 더이상 식당 유르테에 머물지 않고 별 말 없이 일어나 나가버리곤 했다. 나는 그 이유가 무엇인지 몰랐으나 일행들 사이에 떠도는 소문으로는 인근 도시인 셍겔에 사는 그의 유일한 형이 중병을 앓고 있어서 그렇다고 했다. 저녁을 먹은 다음에도 사람들은 여전히 희미한 촛불을 밝힌 주방 유르테에 늦게까지 남아 맥주를 마시거나 노래를 부르고 이야기를 나누었으나, 갈잔이 없는 식탁은 묘하게 활기가 빠진 듯했고, 아무도 입 밖에 꺼내어 말하지는 않았지만 우리 모두를 이어주던 어떤 중심이 사라진 듯이 공허했다.

여행이 끝날 무렵, 갈잔의 형이 결국 죽었다는 소식을 듣게 됐다. 갈잔은 지프를 타고 생켈로 가서 하루 낮과 하루 밤을 머물렀다.

나는 언젠가 그에게 진지한 농담으로 질문을 던진 적이 있다.

"당신은 나를 위해서 뭐든지 해줄 수 있다고 말했죠? 그렇다면 죽은 사람도 살릴 수 있나요?"

그러자 갈잔도 지지 않고 역시 진지한 농담으로 대답했다.

"그럼 물론이지."

여행의 마지막이 가까워올수록 우리는 점점 더 음식에 대한 화제를 자주 입에 올리게 되었다. 아니, 기회만 생겼다 하면 자동적으로 음식이야기가 나왔다. 3주일 내내 우리가 먹은 메뉴는 기본적으로 빵과 국수, 쌀과 양고기에서 조금도 변화가 없었고, 버터와 잼이 떨어지면서 식단은 날이 갈수록 점점 더 부실해져가기만 했으니까. 아무것도 바르지 않은 오래되고 딱딱한 빵과 밀크티만으로 아침을 먹고 유르테의 양지바른 벽에 나른하게 기대앉아 자연스럽게 지금 가장 먹고 싶은 음식을, 뜨겁고 진한 한 잔의 커피를, 독일과 벨기에산 초콜릿을, 누텔라를 바른 빵을, 갓 기름에 튀겨내어 설탕을 듬뿍 뿌린 도넛을, 흔하디흔해서 전혀 가치를 몰랐던 피자와 콜라를 이야기했다. 또한 평소에 나와 대화를 한 적이 거의 없던 게르하르트도 일부러 내게 와서는 베를린의 값싸고 맛 좋은 스시 식당을 아느냐고 묻기도 했고, 자신이 사업상 알게 된 한국인 부부로부터 밥과 김치를 대접받은 이야기까지 털어놓았다. 옌스는 벌써부터 베를린 테겔 공항에 도착하자마자 곧장 카페테리아로 달려가 진짜 커피 한 잔과 독일식 케이크를 시켜 먹겠다는 결심을 이야기하고 있었다. 여기저기서 "아, 케이크 한 조각만 먹었으면! 과일과 샐러드가 먹고 싶어!" 하는 탄식이 심심

치 않게 들렸다.

이 모든 현상들을 마리아는 끔찍하게 여겼다. 주변 사람들이 아무렇지도 않은 듯이 그런 화제를 입에 올릴 때마다 마리아는 사랑하는 알타이가 비참하게 모욕당하는 기분을 느낀다고 했다.

그런 어느 날 아침, 우리가 아침식사를 거의 다 마쳤을 무렵, 저 아래쪽 유르테에서 한스가 천천히 아침 식탁을 향해 걸어오고 있는 것이 보였다.

"저기 한스가 오고 있군" 하고 갈잔이 입을 열었다. 그러고는 시니컬한 어조로 덧붙였다. "그런데 이곳에 도착하기까지는 시간이 좀 걸릴 것 같군."

스스로에게 엄격하며 자신을 한순간도 느슨하게 다루지 않는 일생을 산 것이 분명한 갈잔은, 자신보다 나이가 겨우 몇 살밖에 많지 않은 한스가 동작이 너무 느리고 시간을 지키지 않으며 간혹 정신을 놓은 듯 단독으로 행동하는 것을 좋지 않게 생각하고 있었다. 나는 한스가 그렇게 걸어 식탁에 와서 앉는 것을 지켜보았다. 그는 아침마다 반드시 홍차를 마셨으나 그날은 식탁 어디에도 홍차 봉지가 없었다. "한스, 이제는 차가 하나도 없어" 하고 누군가가 말해주자 한스는 아무런 대꾸도 없이 자리에서 일어나 식탁에서 몇 미터 떨어지지 않은 평원으로 걸어가서 허리를 굽히고는 그가 조각을 위해서 돌을 고를 때와 마찬가지로 아주 신중한 태도로 몇 송이의 노란 들꽃을 꺾었다. 그리고 그 꽃송이를 식탁으로 가져와 뜨거운 물이 담긴 그릇에 띄우는 것이었다. 그것이 그의 차였다.

세상과 반쯤 격리된 듯한 한스의 몸짓과 태도에는 내 마음을 건드리는 무엇인가가 있었다. 그것은 하나의 시처럼 느껴졌다. 나는 아직도 그날 아침 그의 말없는, 변함없이 주변과 무관하던 표정과 몸짓을 잊을 수가 없다. 그는 점점 무엇인가로부터 멀어지고 있는 사람 같았다. 그는 예순아홉 살이라고 했다. 나는 그에게 말을 걸고 싶었다. 그래서 그렇게 했다.

　한스: 나는 1960년대에 라이프치히에서 대학을 다녔다. 그러므로 갈잔 치낙과 비슷한 시기에 같은 대학을 다닌 것이다. 나는 지금도 분명히 기억한다. 내가 갈잔 치낙과 같은 강의실, 그것도 바로 옆자리에 앉아 몇 시간 동안 함께 독문학자이며 평론가인 한스 마이어Hans Mayer의 강연을 들었던 것을. 물론 그때 나는 몽골인 갈잔 치낙을 개인적으로 알지 못했고, 그도 내가, 젊은 의대생 한스 유르겐 슈무츨러가 그날 옆에 앉아 있었다는 것을 전혀 인식하지 못했을 것이다. 우리는 서로 아무런 말도 나누지 않은 채로 1960년대의 어느 날 라이프치히의 강의실에서 그냥 그렇게 헤어졌다. 나는 1980년대에 사회주의 국가이던 몽골에 의료자원봉사를 왔고 그것을 계기로 이 나라를 알게 되었다. 지금도 생각나는 일화 하나가 있다. 어느 날 나는 한 유르테에서 죽어가는 남자를 마주하고 있었다. 나는 그의 가족들에게 그가 곧 죽을 것이며, 그를 살리기 위한 어떤 방법도 지금으로서는 없다는 슬픈 소식을 전할 수밖에 없었다. 그런데 그로부터 24시간이 채 지나기 전에, 멀리 초원에 흩어져 사는 것이 분명한 그의 친척들과 친구들이 하나둘 그 유르테로 모여들기 시작하는 것이었다. 그들은 그가 죽어간다는 소식을 들었으며, 그래서 작별의 인사를 하기 위해 들렀다고 했다. 그것은 놀라운 일이었다. 전화도 편지도, 우체국도 주소도 없고, 소식을 전하기 위해 특별히 심부름꾼을 보낸 것도 아닌데 말이다. 스텝 평원에서 바람이 불듯이 그렇게 그의 죽음의 소식은 자연스럽게 퍼

져나갔다. 유르테를 방문했던 이들이 허공으로 펼쳐진 각 방향으로 여행하며 그 소식을 알렸을 것이다. 누구의 아들이며 누구의 아버지인 어떤 이가 이제 삶의 시간이 다하여 조상들의 땅으로 떠날 순간을 기다리는 중이라고. 삶이 충분하다고 느낀 그는 이제 사람의 땅이 아닌 다른 곳으로 가려 한다고. 그러면 그 말을 들은 이는 다른 유르테에 그것을 전했고, 그런 식으로 하여 보이지 않는 초원의 불처럼 모든 방향으로 그것이 알려졌다. 그것이 스텝에서 소식이 퍼져나가는 방법이다. 그러니 너 또한 비자도 체류허가도 없이 이곳 알타이의 어느 언덕 뒤에 머물러 영원히 살아도 아무도 모를 것이며 경찰이나 공무원이 찾아오지도 않으리라는 기대는 버리는 게 좋다. 이곳에서는 새로운 소식이 그런 식으로 번져나가며 네가 여기 계속해서 있게 되면 얼마 지나지 않아 누구나 다 그것을 알게 될 테니까. 그런 후 나는 1989년 장벽이 무너지기 몇 달 전에, 동독에 아내와 아들딸을 남겨두고 서독으로 이주할 수 있었다. 서독에서 심리분석가인 현재의 아내를 만났다. 동독에 남았던 내 아들과 딸은 지금 소아과 의사와 치과 의사가 되어 있다. 몸이 좋지 않다고 느낄 때면 태양을 바라보고 편하게 누워서 이렇게 천천히 소리 내어 말하라. 내 호흡은 편안하다, 내 호흡은 편안하다, 내 오른팔은 편안하다, 내 왼팔은 편안하다, 태양이 내 몸으로 들어온다, 나는 편안하다, 나는 편안하다, 내 호흡은 편안하다……

나는 병에 걸리고 싶지 않았다. 알타이까지 와서 앓아눕는다는 것은 억울했고, 또 남들에게 폐가 될 것이 분명했기 때문이다. 그래서 감기에 걸리지 않으려고 조심했고, 말을 탄 뒤 땀이 나고 몸이 더워져도 금방 옷을 벗어던지거나 하지 않으려고 신경을 썼으며 감기약도 아주 많이 챙겨왔다. 그리고 감기에 걸리지 않으려는 시도는 어느 정도 성공한 것 같았다.

하지만 과일도 야채도 없는 식사가 너무도 힘들었고, 끼니때마다 양고기와 양젖 치즈를 제외하면 거의 먹을 것이 없는 상황인데다 간식이나 다른 영양을 섭취할 방도가 없으므로 나날이 기운이 빠져갔고, 그렇게 몸이 쇠약해질수록 음식을 먹기가 더욱 힘들어지는 악순환을 겪고 있었다. 알타이를 떠나는 그날까지도 나는 양고기 냄새에 적응하지 못했다. 갈잔이 내 밥그릇에는 쌀죽이나 국수를 뜰 때 고기 조각을 넣지 말라고 지시한 것 같았지만 쌀이나 국수에도 양고기 냄새가 진하게 배어 있었기 때문에 소용이 없었다. 내가 유일하게 먹을 수 있는 것은 딱딱한 빵인데 그것으로는 영양 섭취가 부족했고 너무 거칠어서 배를 채울 만큼 많이 먹을 수도 없었다. 나는 항상 기운이 없었고, 시간이 갈수록 내 몸의 내부가 어딘지 모르게 점점 공허해지는 느낌을 가졌다.

그런데 이번에 카자흐의 고기를 최대한 맛을 느끼지 않으려고 거의 씹지도 않고 삼켰으며, 나에게 맞지 않는 것을 알면서도 보드카를 몇 모금 홀짝인 것이 매우 심각한 증상을 불러일으켰다. 향나무 계곡의 화장실은 강에서 백여 미터 떨어진 약간 높은 산비탈에 있었으므로 나지막하게 경사진 오르막길을 걸어가야만 했다. 카자흐의 초대에서 돌아온 다음, 나는 화장실까지 가는 오르막을 걸을 수가 없다는 사실을 발견했다. 너무나 숨이 가빴기 때문에 최소한 세 번은 도중에 주저앉아서 한참을 쉬었다 다시 무거운 걸음을 옮겨야 했다. 내려오는 길에는 현기증이 났으므로 축축한 풀에 발이 미끄러졌고, 고개를 돌려 사방을 쳐다보는 것도 힘에 겨웠다.

그날이 가기도 전에 나는 내가 분명 병에 걸렸는데, 한국에서 가져온 여러 종류의 비상약 중 어느 것을 먹어야 할지 전혀 알 수 없는, 생전 처음으로 겪는 이상한 증상을 동반하는 병에 걸렸음을 깨달았다. 열이 났고 갈증이 심해졌으므로 나는 차가운 강물을 물통에 담아 벌컥벌컥 마셨다. 체한 증상으로 속이 메슥거렸으며 바체체가 에─센 하고 외치는 소리만 들어도 비위가 상하고 위장이 뒤집힐 듯이 울렁거렸다. 마리아가 "저녁밥 먹으러 갈 시간이야" 하고 말했는데 또다시 그 말에 들어간 '에센'이라는 단어 때문에 정말이지 토할 것 같았다. 소화제를 먹었으나 증세는 전혀 나아지지 않았다. 나는 이날 처음으로 저녁식사에 갈 수 없었다.

침대에 누운 나는 1초 간격으로 숨을 헐떡거려야만 했다. 뿐만 아니라 그 숨가쁨은 점점 더 확연하게 심해지는 중이었다. 미칠 듯이 숨을 몰아쉬며 공기를 폐 속으로 빨아들여도, 도리어 그 호흡 행위로 인해 그나마 있던 산소가 몸 밖으로 빠져나가기만 하는 느낌이었다. 그러니 더더욱 가쁘게 숨을 몰아쉬게 되었고, 그럴수록 숨은 더 심하게 차올랐다. 밤이 되자 몸은 더욱 떨리고 추워져서, 옷을 모두 껴입고 솔까지 둘렀지만 아무런 효과가 없었다. 나는 거의 마비 상태가 되어서 더이상 두렵지도 고통스럽지도 않았다. 견딜 수 없는 극심한 갈증이 밀려왔다. 나는 현기증을 느끼는 채로 다시 강으로 가서 찬 강물을 물통에 떠서 마셨다. 밤은 푸르스름했고, 얇지만 견고한 얼음의 겹이 내 발걸음과 심장의 움직임을 온통 감싸쥐고 있는 듯이 느껴졌다. 나는 얼어붙었고 어쩌면 내가 보통의 예상보다 조금 더 이른 시기에 죽을지도 모른다는 생각이 들었다. 유르테로 돌아온 나는 마리아에게 한스를 불러달라고 부탁했다.

그러나 마리아가 한스를 데리고 온 것은 거의 30분이나 지나서였다. 이윽고 문이 열리며 유르테 안으로 허우적거리듯 어렵게 들어선 한스는 어둠 속에서 팔을 더듬거리며 걸음을 내디뎠다. 그러고는 입속으로 웅얼거렸다.

"환자는 어디 있는 거지……?"

한스가 나무 조각 파기 삼매경에 빠져 있어서, 곁에서 여러 번이나 부탁했지만 시간이 오래 걸렸노라고 마리아가 미안해했다.

한스는 나를 슬리핑백에서 나오게 한 다음 증세를 살펴보더니 내가 알아들을 수 없는 말을 중얼거리고는 숨을 크게 들이마시도록 시켰다. 그런다음 내 입과 코를 자신의 손으로 완전히 틀어막고는 기절할 만큼 아주 느리게—나에게는 영원한 시간인 것처럼 느껴지게—열다섯까지 세었다. 그러고는 숨을 내쉬게 했다. 이 과정을 서너 번이나 반복한 다음 그가 며칠 전 나에게 말해준 명상의 말을 한마디씩 불러주면서 나에게 따라하도록 시켰다. "내 호흡은 편안하다, 내 호흡은 편안하다. 내 오른팔은 편안하다……" 그러고는 내 가슴 중앙과 배 부분을 강하게 마사지했다. 그리고 다시 느린 호흡법을 실시했다. 호흡법에 내가 어느 정도 익숙해지자, 그는 나에게 스스로 그 느린 호흡법으로 숨쉬기를 반복하라고 했다. 정말 놀라운 것은 그렇게 단순히 호흡법만을 실행했을 뿐인데 어느덧 숨쉬기가 훨씬 더 편해졌음을 느낀 것이다. 적어도 당장 죽을 정도로 숨이 넘어가는 증상은 분명히 사라졌다. 그는 가지고 온 조그만 약병을 열고, 컵에 약간의 물을 담은 다음 거기 약을 몇 방울 따르고는 나에게 마시게 했다. "입안에 30초 동안 머금고 있다가 삼켜야 해" 하면서. 그렇게 약을 두 번

**알타이 병에 걸리다**

먹었다. 지금도 나는 그 약이 무엇인지는 모른다. 아마도 동종요법 치료제 종류가 아니었을까 짐작할 따름이다. 뿐만 아니라 그때 내가 무슨 원인으로 그런 증상을 겪었는지 아직도 알지 못하는 채로 있다. 흔히들 짐작하는 대로 단순한 고산병 증세와 급체가 혼합된 것일지도 모르지만 한스는 병명에 대해서는 아무런 진단도 내려주지 않았다. 어쨌든 나로서는 처음으로 경험하는 증상이었던 것은 확실하다. 하지만 나는 그것이 고산병이었다고 생각하기를 원하지 않는다. 우리 일행 중에는 잇몸에 심한 염증이 나는 바람에 치과 의사도 아닌 한스가 간단한 도구로 수술을 해서 치유한 지그리트도 있고, 파울을 포함한 몇 명은 초반에 음식 때문에 위장에 탈이 나기도 했지만 아무도 나와 같은 호흡 곤란 증상을 겪은 사람은 없기 때문이다. 게다가 그 병은 우리가 향나무 계곡에 도착한 지 한참이나 지나서 발생했던 것이다. 나는 그냥 다른 무엇이 아니라 나 자신을 위해서, 그것을 알타이 병이라고 부르기로 했다.

한스는 나에게 앞으로도 갑작스러운 호흡 곤란 증세가 찾아오면 자신이 가르쳐준 방식으로 호흡을 하라고 말하고는 유르테의 문을 힘겹게 통과하여 휘청휘청 사라졌다.

다음날 아침, 나는 매우 기운이 없긴 했지만 더이상 호흡의 문제는 겪지 않았다. 화장실까지 올라가는 데도 현기증이 좀 났을 뿐이고 전날처럼 심각하게 숨이 차지도 않았다. 나는 내가 음식을 더 충분히 먹을 필요가 있다고 느꼈다. 알타이를 떠나는 그날까지도 양고기의 냄새에 익숙해지지 못했던 나는, 마음 편히 먹을 수 있었던 음식이라고는 아침식사에 나오는 마른 빵뿐이었기 때문이다. 마리아는 전날 저녁식사 자리에서 갈잔이 이렇게 물었다고 말했다.

"마리아, 도대체 네 반쪽은 어디에 있지?"

독수리 협곡. 갈잔은 이곳에서 말을 세우고, 우리를 돌아보며 무엇인가 말했으나 세찬 바람 소리 때문에 나는 아무것도 들을 수 없었다.

## 돌의 어머니, 쇠의 아버지

이후로도 한동안 더 나는 쇠약한 상태로 있었다. 며칠이 지난 뒤 어느 날 오전에 우리는 말을 타고 원승을 나갔는데, 그날만은 말을 그냥 걷게 하는 게 아니라 속력을 내서 달릴 예정이라고 하니 원하는 사람만 참여하라고 했다. 나는 몸이 어느 정도 회복이 된 것 같고, 또 말타기를 아주 좋아하게 되었으므로 빠지고 싶지 않았다. 이번에는 갈잔이 직접 우리를 이끌었다. 햇살이 맑고 비교적 따뜻한 날이었다. 하지만 알타이의 날씨는 아무도 예상할 수 없는데다가 고원 지대로 올라가면 항상 바람이 무섭게 불고 갑자기 추워지는 일이 흔했으므로 항상 말을 탈 때는 옷을 단단히 입고 머리에는 모자나 숄을 써야 하며, 특히 무릎을 매서운 바람 앞에 노출하지 않는 것은 기본이었다. 나는 늘 델을 입고 말을 탔다. 바람을 막아줄 뿐만 아니라 델 아랫자락은 무릎 보호의 역할도 하기 때문이다.

우리는 두 시간이 넘는 거리를 말을 타고 아주 빠른 걸음으로, 거의 달리면서 가다가 탁 트인 평지에서는 드디어 전속력으로 달렸다. 한 마리의 말이 달리기 시작하면 다른 말들도 함께 달렸다. 바람처럼 둥실거리며 달리는 말 등에서 손으로는 고삐를 쥔 채 오직 허벅지의 힘만으로 몸을 안장에 단단히 지탱한다는 것은 초보자로서는 좀 두려운 일이었다. 나는 말에서 떨어질까봐 처음에는 무척 긴장이 되었으나 다행히 그런 일은 일어나지 않았다.

갈잔은 어느 순간 우뚝 멈추었는데, 우리는 어느덧 까마득한 벼랑 위에 서 있는 것이었다. 차마 내려다보기 두려운 아득한 수직의 벼랑 아래로는 회색빛 급류가 미친 듯이 사납게 소용돌이치며 흐르고 있었다. 집채만큼 거대하고 날카로운 강바닥 바위들이 용암처럼 격렬한 물보라를 만들었다. 급류는 무시무시한 이빨을 드러내면서 흘렀다. 구름이 해를 가리면서 비가 내릴 듯이 하늘이 흐려졌다. 청회색 쇠붙이의 장막이 공기에 무거운 그늘을 드리웠다. 그 풍경은, 보이지 않는 고대의 검이 이 세상을 처형하고 있는 느낌이었다. 갈잔이 무엇인가를 말했다는 생각이 들었지만 물소리가 너무나 세차서 아무것도 알아들을 수 없었다.

그곳은 독수리 협곡 부근이었다. 나는 장엄하고 혹독하면서 황량하고 사나운 야생에 압도당하여 숨이 멎을 지경이었다.

우리는 계속해서 말을 달려 말의 무릎에까지 이르는 강줄기들을 건넜고, 그 강가에 위치한 외로운 유르테들을 지나쳐갔다. 알타이 대지의 여기저기에는 상처처럼 쩍쩍 갈라진 곳마다 물고기도 살지 않는 맑고 차가운 광물성의 물이 투명한 회색 피처럼 날카로운 바위틈새 수로를 따라 격렬하게 흐르다가 짧은 여름 우기가 가고 가뭄이 닥치면 깊은 근심의 주름을 만들며 말라붙어가는 것이다.

독수리 협곡. 나는 더이상 가까이 다가가기가 두려웠다. 심연 아래로 회색빛 급류의 강이 흘렀다.

우리는 너르게 펼쳐진 스텝 초원을 달려갔으며, 돌과 바위의 사막을 지났고, 길고 가파른 산등성을 넘어 안개와 연기로 가득찬 천지가 발아래 펼쳐지는 산 위로 올라갔다. 도무지 방향을 짐작할 수 없게 방사형으로, 현기증과 혼돈을 유발하며 반복되는 형태로 아득하게 펼쳐진 산맥과 산맥을 보았다. 이미 사라진 산맥과 죽은 산맥들의 혼령이 우리들을 향해 수만 마리 짐승의 무리처럼 한꺼번에 덮치며 밀려오는 듯이 보이는 그것은 내가 마치 지구 가까이로 다가온 달처럼 커져서, 알타이의 대지 전체를 위에서 내려다본다는 착각에 빠질 정도로 지금까지의 모든 상상을 초월하는 무한대로 광활한 드넓음이었다.

**돌의 어머니, 쇠의 아버지**

그곳에서 나는 슬픔과도 맞닿아 있는 일종의 거대한 몰아의 기분을 느꼈다. 모든 산줄기와 호수마다 특별한 시선과 눈동자가 하나씩 있어서 그것이 나를 강하게 사로잡았고, 하지만 그 사로잡힘은 '자유롭지 못함'의 개념이 아니라, 내 심장과 호흡이 편안함을 그리워할 때마다 저절로 향하게되는 돌의 어머니, 쇠의 아버지와 같은 것이었으며 확실하게 말할 수 있는 것은 눈에 들어오는 모든 암석과 뼈, 돌과 먼지의 석회빛 풍경이 살아있는 생명체처럼 그렇게 보였을 뿐만 아니라, 그 시간 이후로 정말로 그렇게 믿게 되었다는 것이다. 그곳, 한없이 오래된 살아 있는 것들 한가운데서 나는 외롭게 살아 있었고, 그럼으로써 생의 어느 순간보다 더욱 많이 살아 있을 수 있었던 그날, 처음으로 나는 생각했다. 얼마나 큰 선물인가, 내가 지금 이곳에 있다는 것이.

그날 저녁 메뉴는 양고기 스튜와 밥이었는데, 나는 식사를 만드는 유목민 소녀들에게 맨밥을 달라고 해서 그 위에 소금만을 뿌려서 먹었다. 적어도 그런 방식으로는 삼키는 데 아무 문제가 없었고, 당연히 특별한 맛은 없었지만 그래도 나는 많이 먹었다. 남은 밥을 다음날 아침에도 달라고 부탁하는 것을 잊지 않았다. 친절한 소녀들은 나를 위해서 맨밥을 챙겨놓았다가 주곤 했다. 그렇게 하여 나는 서서히 기운을 회복해갔다.

## 냄새의 기억

마지막 날, 우리는 이른 아침에 일어나 유르테를 해체하고 가방을 꾸리느라 바쁘게 움직였다. 우리의 짐을 운반할 낙타들은 벌써 도착해서 바닥에 무릎을 굽힌 채 앉아 기다리고 있었다. 나는 매우 여성적인 자태를 가진 짐승인 낙타가 그 많은 짐을 등에 얹고도 가느다랗고 긴 다리로 땅을 딛고 일어설 수 있는 것을 늘 신기하게 여겼다. 다행히 날은 맑고 화창했으며 바람도 그리 심하게 차지는 않았다. 내가 방풍 재킷도 없이 떨고 지내는 것을 가엾게 여긴 베르나데테가 지난번 이사 때의 혹독한 날씨를 생각해 친절하게도 여분의 재킷을 빌려주었으나 덕분에 필요가 없게 되었다.

열흘 전에는 바람이 휘몰아치는 시베리아와 같던 그 산맥이, 이번에는 들꽃이 만발한 아름다운 꿈의 고원으로 눈앞에 펼쳐졌다. 산을 넘는 동안 뒤를 돌아본 바체체가 깜짝 놀라 소리를 질렀고, 유목민 남자들이 급하게 말을 달려 다시 산으로 올라간 일이 있었다. 우리 모두는 산을 거의 다 내려왔는데, 한스 혼자만이 뒤처진 채 아직도 산중턱에 있고, 더구나 그의 말이 바위투성이 길을 제대로 걷지 못하는 듯 그대로 멈추어 서 있었기 때문이다. 말 등에 앉은 한스는 우두커니 다른 생각에 빠진 사람처럼 멀어져가는 우리의 뒷모습을 바라보고 있었다. 갈잔은 지프를 타고 미리 떠났고, 갈타이는 우리의 짐을 실은 낙타떼를 인솔하여 따로 가고 있었으므로 아무도 한스를 눈여겨보지 못한 탓이었다.

여러 시간 동안 말을 타고 산을 넘어 첫번째의 거주지였던 검은 호수 아일에 도착하자 우리를 욀기에로 싣고 갈 버스가 보였다. 3주일 전 우리가 타고 왔던 그 버스였다. 나는 운전수에게 가서 버스에 두고 내린 책에 대해서 물었고, 그는 나에게 직접 버스를 뒤져보라고 했는데, 내가 책을 두었던 선반에는 한국어 책인 『소멸』이 그대로 있었으나 기묘하게도 독일어 책 『마법의 씨앗』은 사라져버리고 없는 것이었다. 누군가 아마도 독일어를 해독할 줄 아는 자가 가져가버린 것이 분명했다. 그리하여 나는 내 이름이 적혀 있는 그 책과의 영원한 이별을 받아들일 수밖에 다른 도리가 없었다. 그것은 내가 알타이에서 겪은 유일하게 슬픈 사건이었다.

돌아가는 길에서도 버스가 한 차례 고장을 일으키는 바람에 우리는 언덕길을 헉헉대며 걸어올라갔다. 수리를 마친 버스는 커다란 만곡을 그리는 비탈길을 느릿느릿 달려 우리를 따라왔다. 귀를 찢는 바람 소리와 먼지. 뒤돌아보면 그곳에 알타이가 있었고, 눈앞에도 마찬가지였다. 한참 동안 버스를 타고 가다가 드디어 모스크가 있는 카자흐 마을이 나타났다. 버스의 차창 밖으로 자그마한 모스크의 지붕이 다가왔다가 멀어져갔다. 이제 정말로, 알타이와 영영 작별이었다.

버스를 타고 욀기에에 도착하니 오후가 되었다. 이번에 우리는 욀기에

의 한 유르테 호텔에서 하룻밤을 묵은 후 다음날 일찍 비행기를 타고 울란바토르로 가게 되었다. 유르테 호텔이란 단층 벽돌 건물인 호텔 마당에 몇 개의 유르테가 서 있고 투숙객들이 거기서 묵는 관광객 캠프를 말한다. 그곳의 유르테는 알타이의 유목민 유르테와는 달리 문명 시설이 갖추어져 있었다. 전등이 있었다는 뜻이다. 비록 우리가 묵던 날은 정전이라고 해서 불이 들어오지는 않았지만 말이다. 무엇보다도 나를 기쁘게 한 것은 유르테 호텔에 어쨌든 샤워 시설이 있었다는 점이다. 각자 짐을 유르테 안에 넣은 일행은 주방에서 맥주를 사서 마당의 테이블에 둘러앉기 시작했지만 나는 마당 한구석에 서 있는 샤워실로 갔다. 샤워 꼭지에서 뜨거운 물이 나오자 정말이지 행복했으나 곧 뜨거운 물밖에 나오지 않는다는 것을 알게 되었다. 옆 칸으로 갔지만 이번엔 찬물밖에 나오지 않았다. 두 개의 칸을 왔다 갔다 하면서 샤워를 대충 마치자 이번에는 양쪽 다 더이상 물이 나오지 않았다.

호텔의 저녁식사로 접시에 가득 담긴 샐러드가 나왔다. 토마토와 야채가 들어 있고 요구르트 크림소스로 버무린 것이었다. 내가 접시에 남은 샐러드 소스를 말끔하게 다 닦아서 먹지 않는다고 갈잔이 한참이나 잔소리를 해댔다. 갈잔은 작년에도 여행이 끝난 다음 비행기를 기다리기 위해 울란바토르에 있는 그의 집에서 하룻밤을 묵었던 일행들이 샤워를 하고 싶다고 하자, 조금의 불편을 참지 못하고 자원을 낭비하기만 하는 유럽인들에 대한 비판의 설교를 한 시간 동안 해댔으며, 결국 그들은 샤워를 하지 못했다는 것이 마리아의 설명이었다.

저녁을 먹은 후 마당에 나와 맥주를 마셨다. 해가 지고 어둠이 내렸지만 어디에도 불빛의 흔적은 보이지 않았고, 개 짖는 소리나 자동차의 소리, 일상적인 목소리 등의 소음은 들려오지 않았다. 혹은 나에게 들리지 않았다. 산의 그림자가 드리운 듯한 어슴푸레한 어둠이었다. 사람들의 얼굴이 희미한 윤곽으로 떠올랐다가 구름에 가리듯이 사라지곤 했다. 늘 그랬듯이 갈잔이 마당 한가운데 탁자 앞에서 내가 알아들을 수 없는 가사를 가진 긴 몽골의 노래를 불렀다.

그의 노래는 냄새로 가득했다.

단단한 돌을 깎아 만든 병에 든 코담배 냄새와 자욱한 흙먼지, 한때는 유기체의 일부였던 수많은 광물질들의 흙먼지, 이슬에 흠뻑 젖은 야크가 코를 부릉거리는 가운데 태양이 높이 떠오르기 시작하는 순간, 영혼과 가슴이 모두 일렁이는 알타이 아침의 냄새, 저녁이 깊어지면 계곡과 산등성에 내려앉던 건조하고 차가운 흙과 바람과 대기의 냄새, 불의 냄새, 돌과 쇠의 냄새, 유르테 문짝이 삐걱거리는 밤의 냄새, 알아듣지 못하는 언어의 냄새, 연기 냄새, 무엇보다도 동물들, 동물들의 건조한 똥, 붉게 변한 화석과 동물의 흰 등뼈, 뱃속의 내장을 드러내고 누워 있는 양의 냄새, 그 위를 빙빙 도는 매와 솔개의 냄새, 대지에 몸을 바짝 눕힌 채 자라는 고원지대 향나무의 냄새, 바람에 부러진 향나무 가지, 뜨거운 난로 위에서 흰 연기를 지독하게 뿜어대는 향나무 가지, 그래서 앞이 보이지 않고 숨을 쉴 수조차 없어 정신이 혼미해지던 그 냄새, 그 연기 속에서 서로의 눈동자를 혀로 핥아주던 주술 의례의 냄새, 길에 굴러다니는 죽은 말의 쓸쓸한 편자, 초록빛 돌들로 덮인 끝없는 회색길, 바위틈에서 자라는 조그만 초록 양파의 냄새, 양털과 밀크티의 냄새, 난로 위에서 김을 피우며 뜨겁게 데워지는 밀크티의 냄새, 1년 내내 녹지 않고 쌓여 있는 저 먼 산 정상의 눈, 자부심 넘치는 독수리의 깃털, 눈이 녹아 흘러내리는 얼음처럼 차가운 물, 긴 시간 동안 돌과 뼈가 쌓여 이루어진 듯한, 꼭대기가 마치 테이블처럼 편평하여 정령의 탁자라고 이름 부르고 싶은 그러한 산 정상에서 푸르게 너울거리는 커다란 헝겊 조각들의 냄새가 났다. 알타이 체류 내내 내 몸처럼 나에게 머물러 있던 냄새의 기억.

## 문명의 구멍

━━━━━━━━━━━━━━━━━━━━━━━━━━━━━━━━━━

다음날, 평소에는 비교적 한적할 것이 분명한 월기에 공항의 직원들은 다시 한번 더 예외적인 외국인 단체 여행객들을 맞아 한바탕 힘겨운 일과를 보내야 했다. 우리는 좁은 대기실의 카운터 앞에 길게 줄을 서 있다가 한 사람씩 유리 칸막이가 달린 카운터 앞으로 가서 커다란 저울에—넓적하고 커다란 화물용 쇠저울이 직원 옆자리에 놓여 있었다—우리가 부칠 화물과 기내용 가방까지 모두 올려놓아야 했다. 그래서 도합 15킬로까지만 허용되고, 저울의 바늘이 15킬로 이상을 가리키면, 초과하는 킬로 수만큼 계산해서 추가 비용을 내는 것이다. 제복을 입은 항공사 직원은 우리의 이름과 여권, 갈타이가 제시하는 티켓을 확인한 다음 그 내용을 수하물의 무게와 추가 비용과 함께 꼼꼼히 다 노트에 기록을 했다. 공항에서는 약간의 소요가 있었다. 한스가 자신의 소니 카메라를—그것은 보통의 디지털카메라가 아닌 전문가용으로 값이 비싼 물건이었다—알타이에 두고 왔다고 했기 때문이다. 늘 그렇듯이 갈타이가 한스의 문제를 책임지고 알아보겠다고 약속하는 것을 듣기는 했으나, 한스가 그 카메라를 정말로 되찾았는지 어쨌는지는 알 수 없다.

우리는 울란바토르에 도착한 다음 시내에서 환전을 하고 '르 비스트로 프랑세'의 카페테라스에 앉아 커피를 마셨다. 오랜만에 마시는 커피였지만 '르 비스트로 프랑세'의 커피 맛은 알타이로 가기 이전이나 마찬가지로 입맛에 맞지 않았다. 그것은 좀 묘한 기분이었다. 나는 그처럼 오랫동안 커피를 마시지 않고 지낸 적이 없으며, 알타이에서 진한 유럽식 커피를 몹시 그리워하기도 했으므로 울란바토르에 도착해서 마시는 커피가 미칠 듯이 향기로울 거라고 짐작했던 것이다. 그렇지만 3주일 만에 마시는 '르 비스트로 프랑세'의 커피는 마음에 아무런 감동도 흥분도 불러일으키지 않았고, 오랫동안 그리워하던 것을 실제로 현실에서 마주치게 되면 그 환상의 힘을 허무하게 상실하게 된다는 경험을 하나 더 추가해주었을 뿐이다.

나는 카롤라와 카렌 등과 같은 테이블에 자리를 잡게 되었는데, 그녀들은 앉자마자 한스에 대해 품고 있던 짜증 섞인 감정을 털어놓았다. 한스는 말투가 퉁명스럽고, 어떨 때는 무례하기까지 하며, 여자들에게 예의를 차리지 않으며, 다른 사람을 고려하지 않고 늘 자기 고집대로만 행동하기 때문에 "더이상은 정말이지 참을 수 없다"는 것이다. 우리 일행들, 특히 여자들은 한스에 대해서 유감이 매우 많았다.

예순아홉인 나이에 비해서 한스는 많이 늙어 보였다. 일행 중에는 한스와 비슷한 나이대의 사람들도 있었지만 그들은 젊은이나 마찬가지로 활동적이었다. 한스는 10년이 넘도록 현재의 아내와 동거를 하다가 몇 달

전에 결혼을 했는데, 그 일을 두고도 몇몇 사람들은 한스의 아내가 결정을 잘못한 거라고 숙덕거리기까지 했다. 여자들은 한스를, 아무도 듣기를 원하지 않는 소리를 혼자서 길게 웅얼웅얼 설명하기만 하고 다른 이들의 말에는 전혀 귀를 기울이지 않는, 약간 상태가 이상해진 퉁명스러운 늙은이라고 단정하고 있는 듯했다.

그리고 마리아도 한스와 관련된 당황스러운 에피소드를 말해준 적이 있다. 어느 날 마리아가 주방 유르테 안에서 갈잔과 한스와 함께 앉아 있었는데, 대화 중에 화제가 우리 일행들의 인상에 관한 것으로 흘러가자 문득 갈잔이 한스에게 마리아의 인상은 어땠느냐고 물었다고 한다. 그러자 한스가 아주 어리둥절한 표정으로, "도대체 마리아가 누군데?" 하고 되물었다는 것이다.

그러나 나는 한스의 그러한 무심한 면이 크게 이상하거나 거슬리지 않았다. 나는 한스가 특별히 상냥하지 않다는 것은 알았지만, 그렇다고 기분 나쁘게 무례하다고 생각하지는 않았다. 물론 그는 내가 아침에 일어나 큰 소리로 "구텐 모르겐!" 하고 인사를 해도 듣지 못하는 탓인지 매번 무시하고 휙 지나가버렸고, 우리가 열심히 모아서 유르테 앞에 쌓아놓은 야크똥을 말없이 몇 개 슥 집어가버린 적은 있었다. 또 남자 노인 특유의 습성 때문인지 불분명한 발음으로 자꾸 뭔가 길게 불만스러운 톤으로 중얼거리는 일이 종종 있었는데, 독일어에 서툰 외국인인 나는 어차피 알아들을 수 없었으므로 다른 유럽 여자들처럼 신경에 많이 거슬리지도 않았고, 그래서 양지바른 곳에서 나무 조각 파기에 열중하고 있는 그의 곁으로 일부러 다가가 앉아 있을 수 있었던 유일한 사람이기 때문이다.

그러면 그는 조각 파기를 잠시 멈추고 하늘을 올려다보면서 말하곤 했다. "나를 따라해라. 내 호흡은 편안하다, 내 호흡은 편안하다, 내 오른팔은 편안하다, 나는 편안하다……"

환전을 마친 한스가 휘청거리는 발걸음으로 '르 비스트로 프랑세' 카페 테라스로 들어섰다. 그리고 내 곁의 자리가 비어 있는 것을 발견하고는 주저없이 우리 테이블로 다가오는 것이었다. 정말 좋지 않은 타이밍이었다. 한스가 의자 등받이를 잡고 의자에 막 주저앉으려는 찰나, 카렌이 날카로운 목소리로 쏘아붙였다. "한스, 여긴 여자들끼리 얘기하려고 일부러 모여 앉은 테이블이니까 다른 데로 가봐욧!" 그러자 한스는 아무런 표정의 변화도 없이 반쯤 주저앉았던 몸을 힘겹게 다시 일으키는 것이었다.

휴식을 취한 뒤에 우리는 잠시 동안 시내 구경을 나섰다. 백화점으로 쇼핑을 갈 사람, 박물관으로 갈 사람 등 여러 그룹으로 흩어졌다가 두 시간 뒤에 수흐바타르 광장에서 만나기로 했다. 돈도 다 떨어진데다 백화점 쇼핑에는 원래 관심이 없었던 마리아와 나는 인터넷 카페에 들러서 이메일을 체크한 다음 박물관 숍으로 가서 엽서를 샀다. 마리아는 몸이 안 좋다고 하면서 화장실로 가서 두 번이나 토했다. 그녀는 그 이유를, 알타이와 작별하는 것이 너무나 괴롭기 때문이라고 설명했다. 하지만 내 생각에는 '르 비스트로 프랑세'에서 먹은 신선하지 않은 초콜릿 음료 때문인 것 같았다.

약속 시간이 되어 우리는 광장으로 갔으나 한스를 포함한 세 명의 남자들이 보이지 않았다. "한스는 분명 손목시계를 다시 돌려놓는 걸 잊었을 거야, 그래서 알타이 시간에 맞춰서 한 시간 늦게 어슬렁거리며 나타날 게 분명해" 하고 건물 앞 계단에 주저앉은 릴로가 커다란 소리로 투덜댔다.

**문명의 구멍**

시내를 돌아다니느라 지친 우리가 뙤약볕 아래서 30분 이상을 기다린 다음에야 그들 세 명이 어슬렁거리며 나타났다. 게르하르트의 말에 의하면, 백화점에서 한스가 사라지는 바람에 찾으러 다니느라 늦었다고 했다.

갈타이는 우리를 데리고 시내의 한 철판구이 레스토랑으로 갔는데, 가족 단위의 손님들이 마음껏 먹고 마시며 큰 소리로 떠들고 와글거리는 분위기나 뷔페식으로 차려진 산더미 같은 풍족한 음식들, 와인을 비롯한 세계 각지의 술은 알타이에서의 생활과 너무도 큰 대조로 다가왔다. 그 레스토랑에서 한스는 다시 지갑을 잃어버리는 사고를 겪었다. 화장실 세면대에 서서 손을 씻고 나니, 뒷주머니에 넣어둔 지갑이 사라졌다는 것이다. 우리는 모두 수선을 피우며 그가 앉았던 테이블 주변과 화장실을 찾아보았지만 지갑은 보이지 않았다. 다행히 그는 지갑에 현찰이 조금뿐이었으며, 원래 여행할 때는 신용카드는 절대 가지고 다니지 않는다고 했다. (그런데 나는 그런 치밀한 습관이 화장실 세면대 앞에서 지갑을 잃어버리는 것보다 더 이상하게 느껴졌다.)

"오, 한스가 계속 이렇게 나가다가는 분명 내일 아침 공항에 도착해서 여권과 티켓을 숙소에 두고 왔다고 말할 게 분명해" 하고 마리아가 걱정스럽게 중얼거렸다. (그러나 한스는 다음날 아침 일찍 여권도 티켓도 모두 챙겨서 공항에 도착했다.)

비행기의 스케줄 때문에 우리는 그날 울란바토르에서 하룻밤을 보냈는데, 일행의 절반쯤은 교외에 있는 갈잔의 집에서 묵었고 나머지 절반은 시내에 있는 숙소에서 묵었다. 땅거미가 질 무렵, 우리는 미니버스를 타고 울란바토르 교외를 지나 갈잔의 집으로 향했는데, 도시를 빠져나가는 동안 도로 주변에 한동안 펼쳐지며 우리의 눈앞에 그늘진 인상을 남겼던, 가도 가도 끝없는 변두리 유르테 거주지의 음울한 풍경이 뇌리에서 사라지지 않는다. 그동안 내가 울란바토르에서 본 것은 광장 주변의 도심 지역과 갈타이가 살고 있는 상대적으로 부유한 신도시 구역뿐이었다. 그런데 유르테 주택이 늘어선 이 광활한 변두리는 일단 불빛이 없는 탓인지 매우 음산한 인상을 주었다. 팽창하고 있는 도시 울란바토르의 실질적 인구가 정확히 얼마인지는 모른다. 이해할 수 없는 일이긴 하지만 주민등록을 하는 비용이 매우 비싸기 때문이라고 했다. 지하수의 수위는 하루가 다르게 낮아지고 있으며 값싼 석탄으로 난방을 하는 덕분에 겨울이 되면 울란바토르의 상공은 검은 연기 구름으로 자욱해지고 공기는 참혹할 정도가 된다. 내가 읽은 여행 가이드북에는 그런 말이 나와 있지는 않지만, 갈잔의 설명에 의하면 변두리 유르테 주택의 상당수가 상하수도 시설이 없다고 한다.

우리를 태운 버스는 위험해 보일 정도로 온통 구멍투성이인 도로를 달려갔다. 길가의 상점과 건물들은 부분부분 철자가 망가져서 보이지 않는 키릴문자 간판을 달고 있는데, 어둠이 내려도 불을 밝히지 않는 것이 태반이었고, 그래서 자동차의 헤드라이트만이 눈을 찌르며 번득일 뿐 세상은 완전한 암흑이었으며, 그 어둠 사이로 커다란 개들이 홀로 돌아다니고 행인들의 실루엣이 아무 신호도 없이 어둠 속에서 커다란 그림자인 듯 불쑥 나타났다가 태연하게 길을 건너며 사라지곤 했다.

버스에 탄 일행들은 어느새 말하기를 멈추고 차창 밖으로 스쳐가는 인적 드문 주거지의 풍경을 침묵 속에 지켜보았다. 그 침묵 속에는 마음을 착잡하게 만드는 것, 바로 하루 전까지만 해도 알타이의 원시적인 자연 속에서 충만해져 있었던 우리의 기분을 잿빛 현실로 돌려놓는 것, 그리고 우리가 감탄했던 유목민의 삶과 이 도시 변두리의 삶 사이에 놓인 것이 무엇인지를 문득 깨닫게 하는 싸늘하고 무거운 인식이 자리잡고 있었다. 그것은 가난에 대한 생각이었다.

자연으로부터 받은 것 이외에는 거의 가지지 않은 유목민의 특징은 비교하지 않는 가난이었다. 나는 그것에서 깊은 인상을 받았었다. 예를 들자면 내가 처음 알타이로 가서 남몰래 큰 충격을 느꼈고, 충격을 느낀 사실이 스스로 한동안 매우 부끄러웠던 한 가지는, 구멍 뚫린 낡은 옷을 아무런 문제없이 입고 다니던 유목민들의 모습이었다. 시간이 흐르면서 나는 그들에게 옷이란 예의나 외모의 치장, 좋은 인상을 주기 위한 수단이 아니라, 우선적으로 자연으로부터 몸을 보호하기 위한 것임을 깨달았다. 그것은 그다지 새로운 사실은 아니다. 그러나 그동안 나 자신이 예의나 외모의 치장, 좋은 인상을 주어야 한다는 강박에 사로잡혀 있었고, 그러한 강박 이외에는 아무런 생각을 할 수 없었음을 알아차린 것은 놀랍고도 충격적인 경험이었다. 유목민의 삶은 내가 이제까지 잘 알고 있던, 내가 내 이웃보다 돈이 없으므로, 그래서 나는 가난하다는 도시의 공식을 새처럼 훨훨 벗어나는 것이었다. 나는 자연의 혹독함과 기후 변동이 유목민들의 삶을 너무나 피폐하게 만들어서 그들이 모두 어쩔 수 없이 이러한 도시 변두리로 몰려와 구멍난 옷을 의식하며 살게 되는 날이 결코 오지 않기를 바라지만, 내 소망이 헛된 것임을 잘 알고는 있다. 영원히 변하지 않는 상태란 없을 것이며, 또한 그 변화의 속도가 무섭게 빨리지는 시대를 우리는 직접 체험하면서 살고 있다. 알타이에서 갈잔은 입버릇처럼 이렇게 말하곤 했다.

"투바 유목민은 오늘 존재할 뿐이다. 다음 세대에 우리는 없을 것이다. 우리는 지평선 아래로 저물어가는 민족이다. 보아라, 저기 태양이 진다."

그해 가을, 나는 베를린에 있으면서 인근의 하벨 강변에 사는 프란츠를 방문하게 된다. 그때 나는 프란츠의 아내인 칼리가 구멍이 뚫린 티셔츠를 입고 우리를 맞는 것을 보았다. 그 티셔츠의 구멍은 도저히 거부할 수 없는 힘을 가지고 나에게 알타이의 기억을 회상시켰으며, 나에게 지워지지 않는 질문을 끝없이 던지는 것 같았다.

칼리는 네팔에서 왔다.

왜 나는 구멍이 있는 옷을 입으면 안 된다고 생각해왔는지, 왜 남에게 흉하게 보여서는 안 된다는 것이며, 왜 흉하게 보이는 것이 심지어는 예의에 어긋난다는 인상을 주는지, 그리고 더 나아가서 왜 구멍이 있는 옷은 흉하게 보이는 것이고 구멍 모양의 장식이나 무늬는 그렇지 않다는 것인지. 나에게 가장 최초로 그런 계율을 주입한 사람은 누구였는지. 나의 정신은 이렇듯 오직 전해 내려오는 것으로만 구성되었는데, 나 자신은 지금껏 그 사실을 모르면서 스스로를 자유인이라고 생각해왔던 것인지. 칼리의 티셔츠 구멍은 내 눈앞에서 점점 더 크고 또렷하게 인식이 되면서, 내 안에서 나를 차지하고 있는 텅 빈 공간의 존재를 각인시켜주었다. 도시의 삶, 혹은 문명, 그 모든 도그마가 형성해놓은 구멍.

# 아직도 너는 거의 알타이에 있다

2009년 10월, 베를린에 머물고 있던 나는 마리아를 만나러 빈으로 갔다. 우리는 알타이에서 여러 가지를 약속했는데, 그중에는 빈의 오페라 관람이 있었던 것이다. 베를린과 빈 사이 기차 구간은 열 시간이나 걸렸으며 뮌헨이나 뉘른베르크에서 한 번을 갈아타야 했다. 나는 빈을 몇 년 전에 한 번 방문한 일이 있다. 하지만 그때는 베를린에서 비행기를 타고 오후에 도착한 다음 저녁에 어떤 행사에 참석하고 다른 일행과 함께 저녁식사를 했으며 다음날 아침 일찍 호텔을 떠나 버스를 이용해 뮌헨으로 가야만 했기 때문에 그 도시를 거의 보지 못한 것이나 마찬가지였다.

오스트리아는 나에게 페터 한트케의 나라이기도 하다. 하지만 오스트리아를 하나의 나라로서 가장 선명하게 인식한 것은 엘프리데 엘리네크의 소설『욕망』을 통해서였다. 그 사실은 마리아의 마음에 들지 않았음이 분명하다. 마리아의 표현에 따르면 오스트리아에 대한 엘리네크의 묘사는 비판이 아닌 증오이며, 그것은 용서할 수 없는 수준의 것이라고 했다.

용서할 수 없음은 곧, 미학도 없다는 것이다. 그러나 나는 조국에 대해서 병적인 가혹함을 가진 작가 옐리네크를 옹호했다. 미친 듯한 소시민 근성과 인습에 의한 행동양식, 그것으로부터 자유로운 현대인은 없을 것이고, 그녀가 자신의 주변 사회로부터 그런 모습을 강렬하게 느꼈다면, 그것을 쓸 권리를 가졌음은 너무나 당연하며, 그녀의 글을 좋아하는 독자라면, 설사 오스트리아 사람이라 할지라도, 그녀의 세계를 좋아할 권리, 그것에 매혹당할 권리 또한 가졌으리라.

뮌헨에서 기차를 갈아탄 이후 낯선 국경 도시들을 지날 때마다 굵은 빗방울이 마치 인사라도 하려는 것처럼 기차의 유리창을 물의 주먹으로 스치듯 두드리곤 했다. 기차가 독일 오스트리아 간 국경을 넘자, 편평하던 독일의 평야는 어느 순간 거짓말처럼 높다란 알프스 산맥으로 둘러싸인 풍경으로 변했다. 날은 무섭게 흐렸으며 진하고 어두운 구름들이 천지에 낮은 지붕을 이루고 있었다.

나는 무엇을 예감하는 사람처럼 저녁의 어둠 속에 가라앉기 시작하는 차창 밖 풍경에서 눈길을 떼지 못했다. 기차는 빈의 서부역으로 향했으며, 발음 하나하나마다 힘을 주며 길게 늘이는 듯한 악센트의 오스트리아 특유의 말투가 스피커를 통해 울려왔다. 마리아는 서부역에서 나를 기다리고 있을 것이며, 3주일 후에는 마리아가 베를린 필하모니의 콘서트를 보러 역시 열 시간 동안 버스를 타고 내가 머무는 베를린으로 올 예정이었다.

오기 전에 이미 대충 설명을 들은 바가 있지만, 빈 국립 오페라 극장에서 오페라를 본다는 것에 살짝 긴장이 되었다. 오페라가 나에게 낯설어서

가 아니라, 네 시간이나 걸리는 바그너의 〈로엥그린〉을 입석 자리에서
서서 봐야 한다는 점 때문이었다. 베를린 필의 학생석처럼 긴 나무의자가
놓인 게 아니라, 정말로 서서 보는 자리라고 했으니 말이다. 나는 아직 그
런 경험이 한 번도 없었다. 〈로엥그린〉의 공연은 일요일이었는데, 그 전
날인 토요일 저녁에 우리는 시내에 나갔다가 오페라 극장 앞을 지나게 되
었다. 이미 밤이 되어 어두운 가운데 오페라 극장 외벽에 설치된 커다란
스크린에서 그날 공연작인 〈나부코〉의 마지막 부분이 흘러나오고 있었
다. 사실 우리는 토요일 공연인 〈나부코〉를 볼까 아니면 일요일에 〈로
엥그린〉을 볼까 고심을 했었다. 〈나부코〉도 물론 보고 싶기는 했지만,
나는 이미 한 달 전 베를린에서 베르디의 오페라 〈라 트라비아타〉를 관
람한데다가 아직 한 번도 바그너의 작품을 정식 무대에서 본 적이 없었으
므로, 그리고 바그너에 대한 강한 호기심도 있었고, 이미 〈로엥그린〉 공
연을 여러 번 보았던 마리아지만 그럼에도 불구하고 낭만적 스토리를 사
랑하는 그녀가 가장 좋아하는 작품 중의 하나가 〈로엥그린〉이라고 하
므로, 우리는 주저 없이 〈로엥그린〉을 보기로 결정했었다. 하지만 그날
비교적 포근한 토요일 저녁, 어둠이 깔린 빈의 오페라 광장의 바닥에 앉
아서 단 한 번 고개를 돌리는 법도 없이 꼼짝하지 않은 채 화면에서 흘러
나오는 음악에 정신을 빼앗긴 수많은 다른 사람들과 함께 〈나부코〉를
감상한 것 또한 내가 빈에서 체험한, 그 무엇과도 비교할 수 없이 아주 멋
진 추억이 되었다.

　우리는 일요일 오후 네시에 시작하는 오페라를 보기 위해 정오쯤에 극
장 앞에 도착해서 입구에 줄을 섰는데, 놀랍게도 우리가 가장 첫번째가 아

빈 국립 오페라 극장의 입석 매표소 대기실에서 창구가 열리기를 기다리는 마리아와 나.

니었다. 배낭을 들거나 접이식 간이의자를 든 사람들이 하나둘 모여들고 있었다. 좌석이 정해져 있지 않은 입석표는 예매를 하거나 인터넷으로 살수 없으므로 가장 앞줄에서 보려면 가장 먼저 줄을 서는 이 방법밖에 없다고 했다. 반시간쯤 지나자 극장 문이 열렸고, 우리는 현관처럼 위치한 1층의 대기실로 들어갔다. 입석 관객을 위한 대기실은 마치 한창 시즌 공항의 카운터처럼 순서대로 줄을 설 수 있게 펜스가 지그재그로 설치되어 있었다. 우리는 매표소 앞에 순서대로 주저앉은 채 입석 매표소가 열리는 세시경까지 기다렸다. 그동안 책을 읽거나 노트북으로 무선 인터넷을 하고 장난삼아 우리의 모습을 카메라로 찍었으며 너무나 당연하게도 마테차

**아직도 너는 거의 알타이에 있다**

를 마셨다.

마리아는 이미 12년간이나 빈 오페라의 입석표 단골 고객이므로 입석 대기실의 나이 든 직원을 비롯하여 오페라 극장 코트 보관소의 여자, 좌석 안내원 등 웬만한 사람들과는 모두 아는 사이였고, 또한 항상 입석표를 사서 오페라를 보는 고정팬 상당수와도 친구 사이가 되어 있었다. 일반적인 선입견과는 달리 입석표를 사는 사람들은 반드시 젊은이거나 가난한 계층만은 아닌 듯했다. 무엇보다도 무대 정면에 위치한 입석 자체의 매력을 아는 사람, 일주일에 서너 번이나 오페라를 보러 오는 마리아 같은 사람, 정체불명의 무소속과 자유로움이 좋은 사람, 오페라를 중산층의 문화 쇼핑 상품으로 소비하기를 거부하는 사람 등이 입석의 단골이었다. 특징이라고 한다면 기다리는 사람 중에 일본인 관객들이 눈에 띄었다. 마리아의 설명에 의하면 일본인이 유난히 바그너를 사랑한다는 것이다. 이미 나는 그곳 대기실에서부터 베를린과 빈의 음악 문화의 차이를 실감하고 있었다. 베를린이 유명인과 무명의 군중, 부자와 빈자, 사랑하는 자와 사랑받는 자의 차이가—적어도 외면적으로는—거의 의식되지 않고, 계층 탈피와 무게 없는 당당함, 익명으로 인하여 얻는 해방감으로 가득한 전형적인 대도시라면 이곳 빈은 베를린에 비해 전통적인 색채를 훨씬 더 진하게 지니고 있는 것 같았다. 적어도 음악을 사랑하는 방식에 있어서는. 그런 점은 〈나부코〉 공연이 끝나고 밖으로 나온 관객들이 음악가들의 출입문 앞에서 서서 기다리고 있다가 자신이 좋아하는 음악가가 나오면 자연스럽게 다가가 사인을 부탁하거나 말을 거는 친근한 모습에서 더욱 두드러졌다. 특별히 세계적으로 유명한 스타 연주가나 가수가 출연한 것은 아니었는데도 말이다. 모든 것은, 예를 들자면 베를린 필하모니나 국립오페라극장에 비해 규모가 더 작고, 더욱 우아하며, 더욱 사적이며, 매우 친밀하고, 현대적인 특징을 지향하기보다는 그 지역에서 고유하게 발생했으며 그것에 어울리는, 그런 예술적 자부심이 강하게 느껴지는 방식으로 진행되었다.

나중에 마리아가 베를린에 왔을 때 우리는 빈에서 그랬던 것처럼 마리아의 요청에 따라 베를린 필하모니의 문 앞에서 그날 오케스트라를 지휘한 지휘자의 사인을 받으려고 기다렸는데, 소박한 사이즈의 빈 오페라 앞 거리에 비하면 큰 광장이나 다름없을 널찍한 필하모니 앞 공터에는 지극히 사물적인 태도로 주차한 차를 가지러 오는 오케스트라 단원들의 무심한 모습 말고는 단 한 명의 열광자의 모습도 보이지 않았던 것이다.

매표소가 열리자 우리는 1인당 4유로를 주고 표를 사서 대기실 문을 통과해서 극장 내부 홀로 들어설 수 있었다. 거기서 끝나는 것이 아니고, 커다란 홀을 가로질러 달려서, 널찍한 돌계단을 올라 다시 문을 통과하고, 그래서 객석으로 통하는 유리문 앞에서 또다시 20분 정도를 기다려야 했다. 빈 오페라에 처음 오는 관광객들은 이런 복잡한 시스템과 경로를 알지 못할 테니 설사 빨리 와서 기다린다고 해도 좋은 입석 자리를 차지하기는 힘들 거라는 생각이 문득 들었다. 드디어 공연장 내부가 개방되어 안으로 들어서면, 최대한 재빨리 움직여 무대 정면 가장 뒤쪽에 위치한 입석 좌석으로 달려가서, 오랜 기다림이 무산되지 않도록 가장 앞줄, 자신이 개인적으로 선호하는 위치에 가서 자리를 잡는데—마리아의 경우는 이 위치가 정면에서 살짝 왼쪽으로 치우쳐진 두번째 자리라고 했다—그런 다음에는 앞쪽에 설치된 가로 기둥에 색색의 스카프 등을 이용하여 자신의 자리를 표시하라는 안내원의 설명이 있었다. 입석은 마치 극장이나 합창대 자리처럼 계단형으로 이루어졌고 계단과 계단 사이에 몸을 기댈 수 있는 가로 기둥이 있으며, 개개인을 위한 의자나 좌석 번호 등이 없으므로 이렇게 표시를 해두어야 오페라가 시작하기 전이나 휴식 시간에 자리를 뜰 수가 있다. 우리는 미리 준비해온 기다란 스카프로 자리 표시를 한 다음 밖으로 나가 분식집에서 스시를 사서 바람 부는 극장 앞 계단에 앉아 저녁을 먹었다.

대기실에서 〈로엥그린〉을 기다리면서 마리아와 나는 여러 가지 이야기를 나누었는데 그것은 주로 두 개의 테마, 즉 오페라와 그리고 알타이였으며 그 두 화제를 관통하는 성격은 너무도 분명한 한 가지, 그리움이었다. 마리아는 말했다.

"작년에 내가 알타이를 처음 방문하고 돌아온 다음, 나는 이곳의 일상에 적응하는 데 너무나 힘이 들었어. 1년 동안 나는 매일매일 오직 한 가지만을 기원하며 살았어. 다시 알타이로 갈 시간이 어서 빨리 돌아오기를. 그래서 마침내 그곳에서 영원히 돌아오지 않을 수 있도록. 그런데 이상한 일이야. 올해 두번째로 알타이로 갔을 때 여전히 이별은 어려웠고 돌아오기 싫은 마음은 마찬가지였지만, 그러나 집으로 돌아온 다음 마음이 작년보다 훨씬 더 편했으며, 내게 주어진 이 현실이 작년처럼 고통스럽지만은 않았거든. 마치 내가, 작년에 알타이에 두고 온 내 마음을 올해 다시 찾아서 가지고 온 것처럼 말이야."

그래서 나는 놀람과 실망에 차서 물었다. 그렇다면 너는 이제 알타이에서 정착해 살고 싶다는 네 꿈을 현실적으로는 포기한 것인가? 너는 이제 더이상 알타이를 사랑하지 않는다는 뜻인가? 그러나 마리아는 그런 건 절대 아니라고 대답했다. 그리움으로 인한 고통이 덜해졌고 현실을 견디기가 수월해졌다는 것뿐이지, 지금이라도 그럴 기회가 생긴다면 알타이로 가고 싶다는 마음 자체가 변한 건 결코 아니라고. 단지 시간이 흐르면서 현실에 적응하는 감각이 되돌아온 것뿐이라고.

알타이에 정착하고 싶다는 마리아의 꿈을 알고 있는 갈잔은 작년에 그녀에게 실제로 투바 유목민 청년 한 명을 소개시켜주기도 했다. 갈잔은 그 청년과 마리아에게 단둘이 말을 타고 원숭을 나갈 기회를 만들어주면서 말했다. "사람의 일은 여기까지이고 나머지는 자연이 알아서 하는 것이지."

청년은 잘생기고 착해 보였다. 그러나 마리아는 곧 그의 나이가 겨우 열아홉 살에 불과하다는 것을 알게 되었다. 그토록 어린 청년을 남자로 맞아들일 수는 없다는 생각을 했고, 그것을 갈잔에게 알렸다. 하지만 갈잔은 그에 대해서는 특별한 대꾸를 하지 않았다. 아마도 갈잔에게는 그 정도의 나이 차이는 그다지 큰 문제가 아닌 것으로 보였을지도 모른다.

"그렇지만 마리아, 그건 너는 유목 생활을 위해서 너의 오페라를 버릴 수 있다는 말인데, 아마도 무척 어려운 일일 거야. 이런 식으로 오페라를 즐길 수 있는 도시는 지구상에서 그리 많지 않을 테니까. 내가 아는 한 베를린만 해도 아무런 조건 없이 이 가격에 오페라를 볼 수 있는 방법은 없어. 그리고 오페라뿐 아니라 네가 사랑하는 음악, 너의 첼로 오케스트라, 네가 개인적으로 숭배하는 가수들과 지휘자, 음악가들, 이 모든 것이 사라질 테고, 너도 잘 알다시피 알타이는 아마도 지구상에서 그런 것들과 가장 먼 곳에 있는 장소일 텐데. 그리고 알타이에서는 대학을 다닐 수도, 계속해서 스페인어나 헝가리어를 공부할 수도 없을 거야."

"그건 사실 큰 문제가 안 돼. 내가 알타이로 간 것처럼, 알타이에서 나는 간혹 빈을 방문할 수 있고, 그때 오페라를 보면 될 테니까. 나머지 일들은 크게 중요하지 않아. 내가 사랑하는 그 두 가지, 그것이 이 세상에 존재한다는 생각만으로, 그리고 내가 그것을 방문할 기회가 앞으로 남아 있다는 기대만으로 나는 얼마든지 행복할 수 있고, 내 마음은 날아갈 것 같으니 말이야."

누명을 쓴 공주 엘자는 꿈속에서 만난 신비한 기사 로엥그린이 실제로 나타나 자신을 위기에서 구해줄 것을 믿고 있다.

"꿈속에서 본 그이가 이제 옵니다. 그는 나를 위해서 싸워줄 거예요!"

마리아는 로엥그린이 공연되는 내내 고개를 앞으로 고정시킨 채 꼼짝도 않고 무대를 뚫어져라 지켜보고 있었다. 오페라가 시작되기 전 그녀는 말했다.

"나는 로엥그린을 기다리는 엘자의 마음을 이해할 수 있어. 나는 거의 엘자야."

그때 나는 생각했다. 마리아, 너는 내가 개인적으로 알고 있는 사람 중 가장 열렬한 그리움의 열광자이다. 그리움만으로 너는 거의,

알타이에 있다.

## 남겨진 사물들의 시간

━━━━━━━━━━━━

알타이에서 몸이 아팠던 어느 날 오후, 혼자 남겨진 나는 어둑어둑한 흙 바닥에 무릎을 꿇고 앉아 유르테의 조그만 사각형 문을 통해 보이는 외부의 선명하고 투명한 대기와 푸른 하늘, 여전히 비현실적인 눈 덮인 산, 공중을 빙글빙글 선회하는 한 마리 독수리를 응시하면서, 내가 누구이며 내가 어디에 있는 것인지, 멀리 허공으로 달아나고 있는 나의 낡고 허물어진 에고를 멍하니 지켜보았다. 이것은 세계의 전환이다, 하는 말이 머릿속을 빙글빙글 돌았다. 어느 순간부터 나는 더이상 독수리를 지켜보는 내가 아니었고, 독수리가 지켜보는 나일 뿐이었다.

아무런 소리도 없고 아무도 없으며 아무런 일도 일어나지 않은 그날 오후가 어느 정도 지나간 다음 나는 천천히 걸어서 화장실로 갔는데, 돌아오는 길에 문득 이상한 기분이 들어 스커트 자락을 보니 5~6밀리 정도의 길이를 가진 조그맣게 꼬물거리는 투명하고 불그스름한 벌레들이 끝자락에 묻어 있었다. 나는 신기한 마음으로 그것들을 오랫동안 물끄러미 바라보았다. 내가 한 번도 본 적이 없는 이것은 무엇의 유충일까. 분명 이것은 화장실에서 묻어왔겠지. 그러나 화장실에서 지금까지 벌레를 본 적은 없다. 무엇보다도 이곳 알타이는 벌레가 살기에 지나치게 춥고 바람이 많은 곳이 아닌가. 아마도 나는 이것을 씻어내야 하리라. 이 상태로 슬리핑백 속으로 들어갈 수는 없으니 말이다.

나는 느리게 휘적휘적 걸어 강가로 다가갔다. 검은 바위 위를 투명한 뱀처럼 힘차게 흐르는 강물의 표면에는 반짝이는 대기와 푸른 하늘과 산이 물살의 흐름에 따라 형체를 일그러뜨리며 들어 있었다. 나는 강가에서 스커트를 벗어 물속에 넣고 문질렀으나 섬유에 달라붙은 벌레들은 사라지지 않았다. 그때 나는 강가의 풀밭에 커다란 대야를 놓고 빨래를 하는 카롤라를 발견했다. 그래서 스커트를 들고 그녀에게 가서 그 비눗물에 내 치마를 잠깐만 빨아도 좋은지 물었다.

짙푸른 델을 입은 마리아가 언덕 뒤편에서 말머리장식호궁을 연습하고 있었다. 그러나 소리는 들리지 않았다. 무언극 배우처럼 침묵에 사로잡힌 마리아의 얼굴, 그녀의 몽롱하면서도 심각한 표정, 느리게 움직이는 활, 애수에 잠긴 이 모든 소리 없는 기억.

우리는 알타이에서 "화장실에 간다"는 표현으로 "언덕 뒤편으로 간다"는 말을 썼다. "언덕 뒤편"은 단순히 사적인 볼일을 보는 곳뿐만 아니라 누구의 눈에도 띄지 않고 홀로 있다고 싶다는 느낌을 말하는 장소이기도 했다. 예를 들어 마리아도, 말머리장식호궁을 들고 연습하러 갈 때면 항상 "나는 언덕 뒤편으로 갈 거야"라고 했다.

저 위쪽으로 붉은색 재킷을 입은 베르나데테가 지나가는 것이 보였다.

그녀는 혼자 어디로 가고 있는 것일까.

오후가 한참이나 흘렀으나 우리들의 유르테는 여전히 인적이 없고 텅 비었다. 유르테의 열린 문이 바람에 삐걱거렸다. 솔개의 그림자가 내 눈 앞을 지나갔다. 주방 유르테의 소녀가 강물을 떠서 주방으로 향하고 있었 다. 나는 그녀에게 다가가서 말을 걸고 싶었다. 너는 한 마리 어린양처럼 예뻐. 그러나 그녀는 내 말을 이해하지 못할 것이다.

알타이에서 홀로라는 것은, 도시에서 홀로라는 것과는 아주 다른 느낌 이다.

아마도 일행들은 점심식사를 마친 후, 사냥이나 양털 짜기 등의 작업을 구경하러 갔을지도 모른다. 혹은 어느 유르테에서 마유주인 아이락을 담 가 파티를 했을지도 모르는 일이다. 내가 단 한 번 마셔본 아이락은 몹시 여성스러운 느낌의 술이었다. 아쉽게도 그 술은 항상 있는 것이 아니라 여름에만 맛볼 수 있으며, 일반 상점에서는 살 수 없고 암말을 기르는 유 르테에 들러야만 구할 수가 있다. 아이락을 만들기 위해서는 말젖을 발효 시켜야 하는데, 커다란 가죽 부대에 든 말젖을 끊임없이 저어주어야 했 다. 아이락 담그는 유르테에 초대를 받으면 우리는 한 사람씩 돌아가면서 커다란 막대기로 말젖을 백번씩 저어주곤 했다.


그날도 변함없이 해가 기울어가면서 저녁이 찾아왔고, 아무런 일도 일 어나지 않았으며, 거의 아무것도 먹지 못한 채로 하루의 마지막이 가까워 졌다. 싸늘한 알타이의 바람 속에 서서 산 위로 뜬 달을 바라보며 소원을 빌던 나는 따뜻한 한 잔의 밀크티가 그리웠다. 그리고 문득, 이제 우리의

**남겨진 사물들의 시간**

여행이 끝날 시간도 머지않았음을 생각했다. 우리는 다시 버스와 비행기를 타고 3주일 전의 여정을 거슬러서, 울란바토르를 거쳐, 각자가 떠나온 고향으로 되돌아갈 것이다.

나는 누구였던가. 나는 이곳에서 그것을 완전히 잊고 지냈는데, 눈앞으로 닥친 귀향을 생각하니 갑자기 그런 질문이 고개를 들었다. 지금까지 나는 너무나 나 자신으로 존재함으로써만 살아갈 수 있었는데, 여기서는 나 자신이 되기를 그토록 강요하는 불안과 혼돈이 없으며, 그래서 늙은 뿔처럼 단단히 뭉쳐 있던 나의 자아는 무엇인가의 영향 아래 서서히 부드러워졌고, 점점 밀도가 희박해지고 가벼워져서 검은 호수 아래로, 향나무의 연기를 따라, 밤 늑대의 울음 속으로, 달의 둥근 얼굴 속으로 휘발되어버렸고, 그럼으로써 도리어 나는 검은 호수와 향나무의 연기, 늑대의 울음, 달의 얼굴로 동시에 모두 존재할 수 있다는 느낌을 갖게 되었다.

그러므로 이제 나는 돌아갈 것이지만, 그 말은 곧 나는 여기 남겨진다는 것과 같은 의미가 될 것이다. 나는 알타이의 언덕 뒤편에서, 마리아가 잊고 간 말머리장식호궁으로 변해 숨어 있는 나 자신을 상상해보았다. 그때부터 삶은 지금까지와는 다른 것으로 변신하리라. 현실로부터 남겨진 사물들의 시간으로.

어느 날 갈타이는 맥주를 마시는 자리에서 마리아와 나에게 말했다. "유목민들은 늑대 사냥에 얽힌 전설 같은 이야기들을 많이 알고 있지. 방금 이 남자가 했던 말을 너희에게 들려줄게. 그는 늑대를 잡으려고 덫을 놓았는데, 어느 날 밤 늑대 한 마리가 그의 덫에 걸렸어. 그런데 그 늑대는 밤새도록 덫에서 빠져나가려고 사투를 벌이다가 동이 터올 무렵 결국 덫에 걸린 자신의 발목을 스스로 물어뜯고 빠져나갔다고 한다. 그는 상처 입은 늑대를 잡으려고 산을 뒤지고 다녔지만 늑대는 굴속으로 숨어들어 간 듯 어느 지점부터는 더이상 핏자국의 흔적을 찾을 수가 없었다는군. 그는 자신이 사냥하려고 한 대상이긴 하지만 그 늑대를 존경하지 않을 수 없다는 말을 했어. 물론 그 늑대는 죽을 테지만, 그래도 자유롭게 죽을 것이고, 중요한 것은, 스스로 그것을 선택했다는 점이니까."

축제가 있던 날, 나는 매우 아름다운 유목민 남자를 본 것을 기억한다. 내가 그를 발견했을 때 그 남자는 사람들의 뒤편으로 돌아 어디론가 바삐 가고 있었는데, 그때 나는 투바 유목민의 얼굴을 찍고 있던 중이었으므로 너무나 당연히 그에게 다가가 사진을 찍어도 좋으냐고 물었는데, 지금껏 단 한 명도 사진 찍는 것을 싫어한 유목민은 없었고, 도리어 자진해서 사진을 찍어달라며 카메라 앞으로 다가오는 이들만을 만나보았던 나는, 내가 카메라를 갖다대자 그 남자가 얼굴을 일그러뜨리면서 살짝 혐오감을 표시하는 듯 반항적으로 고개를 숙여버리는 모습 때문에 깜짝 놀랐다. 당연히 나는 그에게 사과하고 그를 보내주었어야 옳았겠지만, 그 남자의 인상적인 외모에 매우 감탄하고 있던 까닭에 그를 카메라에 담고 싶다는 욕심이 컸으므로 다시 한번 더 셔터를 눌렀고, 그때 남자가 무서운 눈을 한채 고개를 번쩍 들었고 그렇게 그의 눈빛과 얼굴은 내 사진기에 남았다. 그리고 그는 말 한마디, 형식적인 미소 한 번을 던지지 않은 채 그 자리를 떠났다. 나는 그가 누구인지 모르지만 우리 아일에 있는 유목민들에게 그

**남겨진 사물들의 시간**

유목민 남자의 얼굴.

의 얼굴 사진을 보여주면서 그에 관해서 물어보았다. 그는 누구인지, 어디에 사는지, 그에게 가족은 있는지.

사람들이 대답했다. 그는 가족과 함께, 여기서 아주 먼 곳에 산다.

알타이 체류 초반 무렵, 우리는 독수리 계곡으로 원숭을 가는 길에 물가에서 옆으로 길게 쓰러져 누운 검은 말을 한 마리 발견했다. 특별히 상처가 난 것처럼 보이지도 않는 저 말은 평화롭게 죽은 것일까. 사람들은 궁금해했고, 가까이 다가가니 눈동자가 사라진 채 커다랗게 텅 빈 구멍으로 남아 있는 말의 두 눈을 볼 수 있었다. 말의 몸통은 가스가 차오르기 시작하는 듯 둥그렇게 살짝 부푼 상태였다. "저 말에게 손대지 말아라" 하고

Aas. 사람이 아닌 동물의 시체.

갈타이가 빠르게 말했고 우리는 다시 독수리 계곡의 입구를 향해서 말머리를 돌렸다.

"저것을 아―스Aas라고 한다"

갈잔이 말 등에서 나를 뒤돌아보며 말했다.

"사람이 아닌 죽은 동물의 시체를 나타낼 때 쓰는 단어이다. 우리는 이곳에서 저런 시체를 자주 보게 될 것이다. 아―스 말이다."

갈잔은 종종 독일어가 서툰 나를 위해 일부러 특별한 어휘들을 골라 이런 식으로 설명해주곤 했다. 그럴 때 그는 엄격하면서도 다정한 교사와도 같았다. 어느 날 저녁식사 자리에서 그는 내게 무심한듯 물었다.

"한국에는 보르델Bordell이 있겠지?"

나는 그 단어를 몰랐다. 그래서 보르델이 뭐예요? 하고 되물었으나 갈잔은 입을 다물고 대답하지 않았다. 주변의 몇몇 일행들이 머뭇거리며 좀 주저하면서 작은 목소리로 알려주었다.

"보르델이란 여자들이…… 자신을 판매하는 장소란다."

그것은 유곽을 의미하는 단어였다. 나는 자신 있게 고개를 끄덕였다. "물론이죠. 어느 나라나 다 마찬가지 아닌가요?"

"모든 나라가 같지는 않아. 알타이는 다르지. 여기는 보르델이 없어." 갈잔은 단호하고도 자랑스럽게 말했다.

알타이에 없는 것이 보르델만은 아닐 것이나 나는 굳이 대꾸하지 않았다.

또다른 날 저녁 그는 나에게, 마음속으로 그리워하는 이상향과 같은 남자가 있느냐고 묻기도 했다.

"물론이죠. 내가 그리워하는 남자는 일단 나에게 독일어로 문학을 말해 줄 줄 아는 사람이어야 해요. 나는 독일어를 배우는 사람이고, 일상 언어가 아니라 문학 언어를 배우고 싶으니까요. 그리고 내 글쓰기를 그 누구보다도 이해하고 옹호해주는 사람이었으면 좋겠어요. 문학의 화제가 바다처럼 풍부해서 나를 그 안에서 헤엄치게 만들어주었으면 좋겠어요. 나에게 영감을 주고 나를 이끌어줄 줄 아는 문학의 종족, 그리고 바흐와 베토벤을 함께 들을 수 있는 사람, 그러한 삶과 사랑을 행복해하는 사람, 나와 함께 웃는 사람, 나를 웃게 해주는 사람, 그리고 이런 모든 요소를 갖춘 그가 다른 어느 곳도 아닌 바로 이곳 알타이에 사는 유목민이었으면 좋겠어요."

그러자 주변에 있던 유럽인 여자 일행들이 일제히 웃음을 터뜨렸다. "수아, 그런 남자는 유럽에도 없어!"

하지만 갈잔은 웃음기라곤 전혀 없는 엄숙하고 연극적인 얼굴로 "그건 바로 나로군" 하고 말했을 뿐이다.


어린아이의 머리 자르기 행사가 있던 날, 알타이 고원의 햇살은 눈부시게 밝았고, 우리는 모두 밖으로 나와 환한 태양 아래서 갈타이의 말머리 장식호궁 연주를 들었다. 갈잔을 비롯한 유목민들은 돌아가며 구슬픈 노래를 불렀다. 그날 처음으로 머리를 자른 어린아이의 어머니는 음악에 맞추어 춤을 추었다.

천지가 뜨거우면서도 차가왔고, 허망한 삶의 광채는 보석과 같았다. 가까이 보이는 얼음의 절벽은 눈으로 덮여 희게 반짝였다. 손가락처럼 갈라진 날개를 한 솔개가 바람을 타고 느리게 공중을 선회했다. 그때 갈잔이 춤추는 여인을 가리키면서 나에게 말했다.

"저 여인은 한때 알타이에서 가장 아름다운 유목민 소녀였다. 뺨이 붉고 눈이 별과 같았지. 하지만 스텝 초원의 혹독한 삶은 여인이 아름다움을 오래 간직하게 허용하지 않는다. 오늘 머리를 자른 아이는 저 여인의 네번째 아들이지. 그녀의 남편은 피가 뜨거운 남자라 젊은 시절 스스로를 주체하지 못하고 많은 실수와 방황을 했다. 그러나 이제 그는 아이들의 아버지로, 한 가족의 가장으로 자리를 잡았다. 부지런한 목동이 된 거야. 저 여인의 춤을 봐라. 저 여인의 미소도. 삶과 음악에 겨워 춤추는 저 유목민 여인을."

**남겨진 사물들의 시간**

잔치 예복인 분홍빛 비단 델 차림의 그녀는 몸매가 갸날프고 아리따웠으며, 비록 검게 탄 피부에 주름진 얼굴이었으나 젊은 시절에는 꽤나 어여쁜 여인이었으리라. 그녀가 나를 향해 손을 내밀며 수줍은 미소를 짓자, 시커멓게 썩은 앞니가 드러났다. 내년에도 당신이 이곳을 찾아주었으면 해요. 당신을 우리 유르테에 초대하고 싶어요. 하고 그녀가 말했다고 바체체가 전했다. 그녀는 누르하치의 아내였다.

어느 날 밤, 저녁식사가 끝난 후 나는 다른 유르테에서 릴로와 함께 손전등 불빛에 의지한 채 바체체로부터 양 복사뼈 공기놀이를 배우고 있었

갈타이의 연주에 맞추어 춤추는 유목민 여인. 한때 그녀는 알타이에서 가장 사랑스러운 소녀였다.

다. 양 복사뼈 공깃돌은 유목민 가족이라면 다 갖고 있는 일상적인 장난감인데 경우에 따라 색색의 물감으로 물을 들이기도 하며, 마치 농경 민족에게 곡식 낟알이 그러하듯이 풍요와 수확의 상징이면서 샤머니즘의 의식이나 점을 치는 용도로도 사용된다. 공깃돌의 네 면은 각각 형체에 따라 양, 말, 낙타, 그리고 염소를 표시한다. 공깃돌을 바닥에 던졌을 때 어느 면이 위쪽에 오느냐에 따라 놀이의 진행이 달라지는 식이다. 그 유르테 안에는 우리 외에는 한스뿐이었다. 한스는 이마에 광부들이 사용하는 것같이 밴드가 달린 랜턴을 쓰고 나무 조각 파기에 열중하고 있었다.

잠시 후 유목민 가족이 한 아이를 데리고 한스에게로 왔다. 아이가 양고기를 익히는 뜨거운 돌을 만지는 바람에 손에 화상을 입은 것이다. 유르테 가운데 난롯불이 있는 환경 때문인지 유목민 아기들에게 화상은 가장 흔한 사고였다. 그래서 항상 아기를 눈앞에 두고 있을 수 없는 유목민 어머니는 사고와 늑대에 대한 두려움 때문에 걸음마를 시작한 어린 아기들을 유르테의 기둥에 묶어놓기도 한다.

한스는 나무 조각 파기를 멈추고 아이를 치료하기 시작했다. 아이는 소리를 지르며 울어댔고, 근심에 싸인 젊은 유목민 부부는 아이의 손에서 눈을 떼지 못하고, 그 와중에도 바체체는 여전히 명랑한 목소리로 공기놀이의 다양한 규칙을 일일이 설명하느라 여념이 없었다. 한스의 이마에 달린 랜턴 불빛과 노랗게 사그라드는 난롯불이 미치지 않는 유르테의 나머지 부분은 오직 짙은 어둠뿐인데, 흐릿한 불빛 아래서 바체체가 공깃돌을 던질 때마다 양, 말, 낙타와 염소가 탁자로 사용하는 의자 위에서 규칙적인 간격으로 또르르 소리를 내며 굴렀다.

하스는 치료를 마쳤고 고개를 들어 어둠 속의 어느 불특정한 지점을 쳐다보는 것처럼 우묵한 눈길을 허공에 고정했는데, 그의 고갯짓을 따라 이마의 랜턴 불빛도 함께 번득이며 움직였고, 그날, 침울하고 고독한 저녁, 공기놀이를 하느라 침대에 앉아 허리를 굽히고 있는 우리들의 흐릿한 그림자도 유르테 벽에 무서울 만큼 커다랗게 새겨진 채 불안하게 흔들리곤 했다.

이듬해, 중국 상하이의 푸동 공항에서 만난 W가 말했다. 한국에서 온 비행기가 도착했다는 신호를 보고 나를 찾기 위해서 오랫동안 사람들 사이를 두리번거렸으나, 이상하게도 베를린에서와는 달리, 나의 검은 머리와 동아시아인의 편평한 얼굴이 금방 눈에 들어오지 않아서, 그런 경험은 처음이었으므로 당황하고 있는데, 그제야 이곳이 유럽이 아닌 실크로드의 마지막, 아시아의 동쪽 거의 끄트머리이며, 이곳의 모든 사람들이 나와 같은 동아시아인의 외모를 갖고 있다는 사실을 깨닫게 되었다고.

그의 말을 듣고 나는 웃었다. 그리고 말했다. 아마도 그래서, 나의 알타이에서 나는 보이지 않았다고.

나는 보이지 않았다고.

어느 날 저녁 나는 홀로 나선 산책길에서 우연히 카롤라를 만나는 바람에 어스름한 박명 속을 카롤라와 함께 나란히 걸어 우리들의 아일로 돌아왔는데, 도중에 땔감으로 사용할 만한 나뭇가지를 주워서 손에 들고 있었다. 그 광경을 본 베르나데테가 나중에 말했다.

"나는 저 멀리서 너희들이 걸어오는 것을 보았단다. 그리고 순간 든 생각은 아, 카롤라가 스텝 평원에서 우연히 마주친 유목민 여인과 함께 걸어오는구나. 유목민 여인은 검은 머리를 길게 기르고 치렁치렁한 양털 스커트를 입었는데, 손에는 양치기 막대를 들고 있구나. 처음 보는 유목민 여인은 어디서 왔을까. 그녀의 양떼는 어디에 있는 것일까. 처음 보는 유목민 여인이 우리들을 향해 오고 있구나. 우리는 오늘 저녁 그녀를 만나게 되겠구나. 그녀와 함께 양고기 죽을 먹고 밀크티를 마시게 되겠구나."

● **걸어본다 06** | 알타이

# 처음 보는 유목민 여인

ⓒ 배수아 2022

**1판 1쇄 발행** 2015년 9월 25일
**1판 2쇄 발행** 2022년 8월 31일

**지은이** 배수아
**펴낸이** 김민정
**편집** 유성원 김동휘 권현승
**디자인** 한혜진
**마케팅** 정민호 이숙재 김도윤 한민아 정진아 이민경 우상욱 정유선
**브랜딩** 함유지 함근아 김희숙 박민재 박진희 정승민
**제작** 강신은 김동욱 임현식
**제작처** 영신사

**펴낸곳** (주)난다
**출판등록** 2016년 8월 25일 제406-2016-000108호
**주소** 10881 경기도 파주시 회동길 210
**전자우편** nandatoogo@gmail.com **페이스북** @nandaisart **인스타그램** @nandaisart
**문의전화** 031-955-8865(편집) 031-955-2696(마케팅) 031-955-8855(팩스)

ISBN   978-89-546-3733-6 03810